ハヤカワ文庫JA
〈JA1428〉

読書嫌いのための図書室案内

青谷真未

早川書房
8504

目次

読書嫌いのための図書室案内

本書は、書き下ろし作品です。

序章　蘇る図書新聞

教室で居眠りをしていると、ポップコーンの夢を見る。

映画館などでよく見かける、大きな紙コップのような容器から溢《あふ》れてくる夢だ。一粒一粒色が違う。赤やピンクや橙が溢れて溢れて、最後は黄色いポップコーンが雪崩《なだれ》を起こして目を覚ます。そういうときは、近くの席で女子が笑っていることが多い。

委員会の始まりを待ち、ざわつく視聴覚室でうとうとしていたときも同じ夢を見た。寝ぼけた頭で聞く生徒同士の会話は意味をなさず、ぽろぽろと意識から落ちていく。

「お待たせ！　遅くなってごめんね！」

ぼん、と器の中でポップコーンが爆発して目を覚ました。直前に瞼《まぶた》の裏で弾けたそれは茶色くて、キャラメルポップコーン、と思いながら顔を上げる。

小脇にファイルを抱えて視聴覚室に飛び込んできたのは司書の河合《かわい》先生だ。三十代と思《おぼ》しき先生は腰まで届く長い髪を後ろで一本に束ね、ロングスカートの裾《すそ》を蹴るようにして教壇に立つ。

「最初の委員会なのに待たせちゃって申し訳ない。会議が終わらなくてさ」

女性にしては少し低い声。こんな声の人だったのか。一年前、高校入学直後のオリエンテーションで河合先生が図書室の使い方などを説明してくれたはずなのだが、その後一度も図書室を訪れたことがないので声の印象など忘れていた。

にもかかわらず、僕は今年から図書委員になった。別になりたくてなったわけではない。必要に迫られ、消去法で選んだだけだ。

視聴覚室に集まった図書委員は四十人前後。室内に漂っていたお喋《しゃべ》りが徐々に消えるのを待って、先生が声を上げる。

「改めまして、司書の河合です。去年この学校に来たばかりなので、まだ図書室の運営や委員会活動は手探りです。三年生の方が私より図書室のことをよくわかっているかもしれないので、気がついたこと、要望などがあったら言ってください」

まばらな拍手が上がる。新学期が始まって間もないからか、室内の雰囲気はどこかぎこちない。先生もそれに気づいたようで、空気をほぐすように口調を砕けたものに変えた。

「今日は初めての顔合わせだし、自己紹介もかねて学年と名前、好きな本のタイトルでも挙げてもらおうか。その理由も一言添えて」

ざわっと室内の空気がうねった。生徒たちの動揺をよそに、先生は「私は『レ・ミゼラブル』が好きだなぁ。ジャン・ヴァルジャンの苦悩がねちねちし過ぎてて逆に吹っ切れる」などと早速自分の好きな本を挙げている。

「それじゃあ、廊下側の席の人からどうぞ！」

先生に指《さ》された女子生徒が戸惑い顔で立ち上がった。上履きのゴムの色は青。三年生だ。僕らの学校は学年ごとに上履きの色が異なる。

彼女は学年とクラス、名前を言った後、わずかに口ごもって「好きな本は『坊《ぼ》っちゃん』です」と言った。

夏目漱石《なつめそうせき》か。作者くらいは知っているが読んだことはない。

この三年生だって本当に読んでいるのか怪しいものだと思っていたら、先生が「どこが好き？」などと突っ込んできた。他人事ながら万事休すと思ったが、彼女は「清《きよ》さんが、うちのお祖母ちゃんにちょっと似てて」などと照れ臭そうに言う。直後、周囲から納得したような声が上がってぎょっとした。

誰だ、清さんとは。そしてなんだ、この連帯感は。まさかここにいる全員が『坊っちゃん』を読んでいるのか。図書委員なんて図書室のカウンターに座っていれば誰でもなれるのかと思いきや、ある程度の読書量が必要なのかと青くなる。彼女の後に続く図書委員たちも『銀河鉄道《ぎんがてつどう》の夜《よる》』だの『三国志《さんごくし》』だの、ごく当たり前に本のタイトルを挙げていく。

ということで万事休すは僕の方だった。

窓際の席に座っていたので考える時間はたっぷりあったが、一向に好きな本が思い浮かばない。適当にタイトルを挙げることはできるが、どこが好きかと問われたら終わりだ。まずもって、読書を面白いと思ったことがなかった。

つまり、そういう人間が図書委員であること自体が何かの間違いなのだと開き直り、いよいよ自分の順番が回ってきたとき、僕は正直に言った。

「二年六組、荒坂浩二《あらさかこうじ》です。好きな本は特にありません」

しんと室内が静まり返る。

僕以前の生徒は何かしら本のタイトルを挙げており、場の空気も盛り上がっていただけに完全に水を差す形になった。

河合先生が僕を見る。まともに答えろと叱られるかと危ぶんだが、先生は怒らなかった。むしろ口元にくっきりとした笑みを浮かべ、「わかった」と力強く頷《うなず》く。

「それでは、荒坂浩二君。貴方《あなた》を図書新聞の編集長に任命しようと思います」

視聴覚室に、先生のはつらつとした声が響き渡る。

なにが「わかった」で、なにが「それでは」なのか。

先生の思考回路がまるでわからず、僕は無言で目を剝《む》くことしかできなかった。

僕たちの通う白木台《しらきだい》高校では、十年ほど前まで、図書委員が図書新聞なるものを発行していたらしい。

春休み中に閉架書庫の掃除をしていた河合先生は、書架の奥からたまたま古い図書新聞を発見したのだそうだ。内容は、新着図書や図書委員が薦める本の紹介などであるという。その図書新聞を復活させたいのだと、委員会の最後に先生は言った。

「それで、なんで僕が編集長に任命されないといけないんですか」

委員会が終わり三々五々生徒が教室から出ていく中、教壇から河合先生に手招きされた僕は不満も隠さず尋ねる。

僕を編集長に任命した後、先生はこちらの返事も聞かず自己紹介を続行したので冗談かと思ったが、待ち構えるその顔は満面の笑みを浮かべていて、冗談で済ます気はないらしい。二つ折りにしたA4サイズの図書新聞を笑顔で僕に差し出してくる。

「とりあえず読んでみて、案外面白いから。昔は図書室を利用する生徒が今よりずっと多かったみたいで、こういうものを図書室の前に置いておくと結構捌《さば》けたみたいなんだよね。でも年々図書室の利用者が減って、図書新聞を読んでくれる人も少なくなって、それで新聞も自然消滅したみたい。折角作っても、読んでくれる人がいないんじゃね」

先生が笑顔で新聞を差し出し続けるので渋々《しぶしぶ》受け取った。新聞は全て手書きで、記事の隙間《すきま》を気の抜けた犬と猫のイラストが埋めている。

「私もこの学校に赴任してまだ二年目だけど、図書室の本の貸出実績は年々落ちていく一方で、どうにかして図書室に人を呼び戻す方法はないかと悩んでいたときにこの新聞を見つけたんだ。昔は毎月発行してたみたいだけど、さすがにいきなりそのペースにするのは難しいから、まずは年に四回、季刊紙として発行できたらと……」

「やりませんよ」

放っておくといつまでも先生の言葉が続いてしまうので、半《なか》ば強引に話を遮《さえぎ》る。先生の要望を撥《は》ねつけるべく、きっぱりとした口調で言い切った。

「生憎《あいにく》ですが、僕はあまり本を読まないので適役とは思えません」

「そう、貴方は本を読まなそうだから、ぜひお願いしたいの」

反論を逆手に取られて黙り込んだ僕に、先生は堂々と持論を主張した。

「私はね、これまで図書室に来たことがなかった人とか、本を読まない人にこそ図書新聞を読んでもらいたいの。でも私は本が好きだし、読書に興味がない人の気持ちがわからないから、どんな紙面にすればいいか見当がつかない。だから読書をしない荒坂君に、本に興味がない人も手に取ってもらえるような新聞を作ってもらいたいんだ。むしろ適任は貴方しかいないと思ってる」

無茶なことをと内心呆れた。本好きが本好きのために何か行動を起こすならともかく、本嫌いを動かしてどうする。本嫌いに本好きの心理などわかろうはずもない。

「確かに図書委員の中で好きな本がないだなんて明言したのは僕だけかもしれませんが」

「でしょう。まさかこんな逸材がいると思わなかったからさすがに興奮しちゃった。とりあえずは文化祭に向けてプレ新聞を作ってみようと思って。生徒だけじゃなく保護者の目にも留まれば万々歳《ばんばんざい》じゃない？　だからゴールデンウィーク明けをめどに新聞を作ってもらって、次の委員会で皆にも目を通してもらうことにしようかと」

「無理です、他を当たってください。僕の他にも本が好きじゃない図書委員がいるかもしれないじゃないですか」

「そうは言っても貴方以外は全員好きな本のタイトルを挙げられたし。そこそこ本の好きな人が集まっちゃうんだよね、図書委員会って」

「どうしても拒否できないんですか」

「諦めてくれると嬉しい」

　こんな不条理がまかり通っていいのだろうか。しかし地団太《じだんだ》を踏んで抵抗したところで室内にはもうほとんど生徒が残っていない。残る手立ては走って逃げるくらいだが、逃げたところでこの人は追いかけてきそうな気がする。半分諦めの境地でいたら、先生が思案顔で腕を組んだ。

「でもさすがにひとりだと厳しいかな。二年六組の図書委員全員に担当してもらおうか。二年六組は……あ、でも二人しかいないんだね」

だったらさすがにもう一クラスぐらい合同にして、できれば僕は新聞の空きスペースにイラストなど描く役に収まりたかったのだが、委員の名簿を見た先生は相好《そうごう》を崩した。

「なんだ、二年六組は貴方と藤生《ふじお》さんか。じゃあ二人でも大丈夫でしょう」

先生は室内をぐるりと見回すと、部屋の隅に向かって「藤生さん」と呼びかけた。もたもたと帰り支度をしていた女子が、先生の声に反応してぴくりと肩を震わせる。見覚えがある。彼女が藤生か。ホームルームで図書委員に立候補するとき、僕の他に女子も一人手を挙げていた記憶があるが、彼女だったのか。

俯《うつむ》き気味に教壇の前までやって来た藤生に、先生は僕にしたのと同じ説明を繰り返す。

「そういうわけで貴方たちに図書新聞を作ってほしいんだけど、やってもらえる？」

藤生がぼそっと何か言う。手を伸ばせば届く距離にいるにもかかわらずよく声が聞きとれなかったが、どうやら「はい」と言ったらしい。

ここで藤生がごねてくれたら二対一で先生に歯向かうこともできたのに即答か。アイコンタクトで「抵抗しろ！」と訴えようとしたが、藤生はこちらを見もしない。

仮にアイコンタクトが成功したとしても彼女が僕と一緒に先生に立ち向かってくれたかは疑問だ。俯いてこちらを見ない藤生はあまりにも大人しい風貌をしている。悪く言えば暗い。背丈は僕の肩くらいだが、猫背気味なのでもっと小さく見える。髪を肩に届くくらいに伸ばし、縁《ふち》の大きな眼鏡をかけているが、前髪が長いので顔がよくわからない。河合先生にぐいぐい来られたら僕以上に抵抗できなそうだ。

河合先生は教卓に肘《ひじ》をつき、僕を見遣《みや》って口元で笑う。

「荒坂君、藤生さんはものすごい読書家だから、彼女がいれば図書新聞の作業もはかどると思うよ。わからないことがあったらなんでも彼女に聞きなさい」

はあ、と気の抜けた返事をする。藤生は俯いて一向にこちらを見ようとしないし、質問してもも返事をしてもらえるかわからない有り様だが、本当に大丈夫だろうか。

前髪の隙間から藤生がこちらを見た気がしたので、「荒坂です、よろしく」と声をかけてみた。すぐに重たげな前髪が目元を隠し、視線も合わせないまま藤生は言った。

「藤生、蛍《ほたる》です。……よ、よろしくお願い、します」

蚊取り線香の煙に巻かれて地に落ちていく蚊を連想させる声だった。微《かす》かに羽を震わせる蚊の断末魔。線香から立ち上る淡い紫の煙が脳裏をよぎる。

「とりあえずこれ、昔の図書新聞だから。これを参考に作ってみて？」

不安を隠せない僕に先生が図書新聞を数部差し出してくる。先程僕にくれたのとは違う号だ。受け取ろうと手を差し出したら、横から勢いよく新聞を奪われた。

川辺で鮭を捕るヒグマにも似た俊敏な腕の動きに驚いて思わず後ずさる。先生の手から新聞を奪い取ったのは藤生だ。僕のことなど目に入っていない様子で紙面に顔を近づけ動かない。食い入るように文字を目で追うその姿に啞然《あぜん》としていると、先生がおかしそうに笑った。

「藤生さんは活字中毒だからね。活字があるとなんでも読んじゃう。教科書の奥付《おくづけ》まで舐《な》めるように読むタイプだから。ほら藤生さん、荒坂君にも新聞見せてあげて」

藤生ははっとしたように顔を上げ、ようやく正面から僕を見る。眼鏡の奥の瞳は案外大きく、視線が合っただけでびくりと体を竦《すく》ませる仕草はどこか小動物じみていた。

藤生はごくごく小さな声で「すみません……」と囁《ささや》いて新聞の束を手渡してくる。

「閉架書庫にも図書新聞のバックナンバーが保管されてると思うよ。鍵は用務員室にあるから、いつでも見に行っていいからね」

「閉架書庫……！　さ、早速今日、行ってもいいんですか？」

藤生の声が少しだけ大きくなった。「荒坂君と相談してみたら？」と先生に言われてこちらを向いた藤生は、おどおどした表情から一転、期待に満ちた眼差しで僕を見る。今日でなくともいいだろうと思ったが、こうも熱心に見詰められると断りにくい。

それに新聞を完成させるまで時間の余裕があまりないのも事実だ。新学期が始まってから一週間が経ち、すでに四月も半ば近い。月末になればすぐゴールデンウィークに突入する。まかり間違って本当に僕が新聞製作に関わることになったら、今月中に細部まで考えておかなくては間に合わない。

「……じゃあ、行こうか」

気乗りはしなかったがそう告げると、藤生の唇に微かな笑みが浮かんだ。第一印象よりは可愛げのある表情に、ちょっとほっとしたのは本当だ。

しかしそれは一瞬の安堵《あんど》だった。

用務員室で鍵を借り、図書室と隣接した司書室を通り抜け、そのまた奥にある閉架書庫に足を踏み入れた瞬間、やっぱりこの藤生という人物は普通じゃないんじゃないか、という思いがしてくる。

書庫の鍵を開けるまで大人しく僕の後ろにいた藤生は、扉が開くなり僕を押しのける勢いで室内に入り込み、今は壁に張りつくヤモリよろしく書架の前にへばりついている。微動だにせず、舐めるように本の背表紙を目で追っているらしい。

「……何か珍しい本でもあるの？」

藤生の後ろを通り過ぎながら尋ねてみたが、はい、という呆《ほう》けたような返事があるばかりだ。僕には古びた本が並んでいるだけにしか見えないが、藤生は宝の山を見るような目をしている。普段図書室に並んでいないこれらの本が藤生の目当てだったらしい。

閉架書庫は物置のような場所で、窓もない薄暗い部屋にスチールの書架がずらりと並んでいた。藤生と違ってこの場所になんの魅力も感じない僕は、さっさと目的を果たすため図書新聞のバックナンバーを探し始める。

閉架書庫には古い本の他にも、ファイルにまとめられた学校広報誌や、歴代の卒業文集も保管されていた。学校行事に関する紙の資料は軒並《のきな》みここで保管されているらしい。その量は膨大で、書架に並ぶ本が前後二列になっていたりする。後ろの本を出すためには、前列に並んだ本を全て出すしかないらしい。年号などもばらばらだ。

古い資料を書架から手当たり次第引っこ抜き、ようやく『図書新聞』と背表紙に書かれた分厚いファイルを発見した。新聞は二つ折りにしてクリアポケットに収納されている。近くに置かれていたワゴンにファイルを広げると、ようやく藤生もやってきた。胸に数冊の本を抱きしめている。勝手に持ってきていいんだろうかとは思ったが、本のことになると藤生は目の色が変わる。余計な質問はやめてファイルをめくった。

新聞の外枠に発行日が記されている。第一号は二十三年前の日付だ。

「この新聞、最初は毎月発行されてたみたいだね。それが隔月になって、季刊になって。でも、十年くらいは続いてたんだ」

藤生が頷く。唇は微動だにしないが紙面を追う視線は忙《せわ》しなく動いていて、ぱらぱらとめくられる新聞をものすごい速さで読んでいるようだ。

「内容は毎回そんなに変わらないかな。新しく入った本の紹介と、お薦めの本のコーナーがある。このコーナーの文章は……図書委員が書いてないね」

藤生がちらりとこちらを見る。瞬《まばた》きだけで、なぜ、と問われ、モノクロ印刷された新聞を指でなぞった。

「筆跡が違う」

新聞は全て手書きだ。新着図書を紹介するコーナーは前後の号で筆跡が一致しているから図書委員が書いたのだろうが、お薦めの本の紹介コーナーは一冊ごとに文字の印象が違った。

説明したものの、藤生はよくわからないという顔をしている。筆跡の違いを見極めようと紙面に顔を近づけて、あ、と新聞の端を指さした。

「……図書室の前に、投書箱があったみたいです」

「本当だ。『皆さんの感想文をお待ちしております』だって」

生徒が投書した感想文を、図書委員が選別して新聞に載せていたらしい。感想文の端には、書いた本人の学年と名前を書く欄がある。

お薦めの本のコーナーは僕ら図書委員ではなく、本を紹介する人に書いてもらえばいいようだ。新着図書のコーナーは、新しく入ってきた本のタイトルとあらすじでも載せておけばいいだろう。空いたスペースにはイラストを描いておけば案外なんとかなりそうだ。

河合先生の暴走を止めるより適当に新聞を完成させた方が話は早いか、などと算段をつけファイルを閉じようとしたが、藤生が熱心に新聞を読んでいるのに気づき、手を止めた。

「どうかした?」

急に声をかけられ驚いたのか、藤生は身を仰《の》け反《ぞ》らせるようにしてファイルから顔を離した。

「あ、あの、二十年前と今では、読まれている本が全然、違う、と、思って……」

よほど驚かせてしまったのか藤生の言葉がぶつ切りになる。身を守るように本を抱きしめる姿は警戒心の強い小動物のようで、ごめん、と謝ってから僕は図書新聞に目を落とした。

「確かに古い本が多いかな……。でもこの辺はラノベっぽいよ。魔術学園とか。二十年前にもラノベってあったんだ。翻訳物も多いね。ホームズはさっきも好きだって言ってる人いたっけ。もっと前になると古典の名作みたいなのが増え……、え、『源氏物語《げんじものがたり》』?」

こんなものを古典の授業以外で読む高校生がいるのかと目を疑った。藤生も興味深げに身を乗り出してくる。

「これは、谷崎潤一郎《たにざきじゅんいちろう》訳ですね」

「谷崎潤一郎って……」

何を書いた人だっけ、と尋ねようとしたら、藤生が大きく一歩踏み出して僕との距離を詰めてきた。

「谷崎潤一郎といえば、『細雪《ささめゆき》』や『痴人《ちじん》の愛《あい》』が有名でしょうか」

いきなり藤生の声が近づいて、今度は僕が仰け反る羽目《はめ》になった。しかし藤生はこちらの反応など無頓着《むとんちゃく》で、僕を見上げて口早に続ける。

「耽美《たんび》主義派と見る向きもありますが、生涯にわたって作風や文体が様々に変遷《へんせん》したので一言でまとめるのは難しいです。『卍《まんじ》』のように関西弁の美しさが際立つ文体もあります し、作品によって巧みに語り口を変えるイメージがありますね」

「う、うん……？」

さっきまで俯いてぼそぼそと喋っていたのに、本の話になったら急に口数が増え、声まで大きくなった。呼びかけても目も合わせなかったのが嘘のように、視線はがっちりと僕を捉えて動かない。

「『源氏物語』は様々な作家が現代語訳をしていますが、谷崎潤一郎が訳したものは谷崎源氏と呼ばれることもあります。原文よりずっと読みやすくなっていますが、それでも大長篇なのは変わりません。私が読んだものは文庫で五冊ありましたが、すごいですね、この人はそれを三日で読破しています」

藤生は感嘆の溜息をついて図書新聞に視線を落とす。

互いの肩が触れ合うくらいの近距離で藤生にまくし立てられ、ついでに一心に見詰められてうろたえていた僕は、藤生の視線から解放されてこっそり息を吐いた。

第一印象とは異なり、案外喋るタイプらしい。ならば思ったより作業もスムーズに進むだろうか。呼吸と気持ちを同時に鎮め、藤生と一緒に新聞を眺める。

欄外の日付は二十年近く前。携帯電話はさておき、インターネットはまだ一般家庭に普及しきっていなかった時代だ。今より娯楽が少なかったからこそ、三日で五冊というハイペースで読み進められたのかもしれない。

お薦めの本のコーナーで一冊に与えられたスペースはA4用紙の四分の一程度。『源氏物語』の感想を書いた女子生徒の字は小さく、古びた紙の上に連綿《れんめん》と続くそれは赤錆《さ》びた細い鎖のように見えた。

「二十年前っていうと、僕らの親世代より少し若いくらいかな」

何気なく呟《つぶや》くと、はたと藤生が顔を上げた。急に傍《かたわ》らの書架を見上げたので気になる本でも見つけたのかと思ったが、その書架に並んでいるのは歴代の卒業文集ばかりだ。

かつては鮮やかなピンクや緑の表紙だったのだろう卒業文集は、時を経てすっかり色褪《あ》せてしまっている。どの表紙にも卒業生が描いたのだろうイラストと、『はるかぜ』という文字が躍《おど》っていた。文集の名前らしい。

「卒業文集に興味あるの？」

背中に声をかけると、またしてもぴくっと藤生の肩が跳ねた。振り返った藤生は、先程谷崎潤一郎について朗々《ろうろう》と語っていたのが嘘のように、くぐもった不明瞭な声で呟く。

「私の母が、この学校の、卒業生なので……、ちょっと、気になって」

「へえ、母娘二代で同じ学校に通うなんて珍しいね。お母さんの文集、探す？」

藤生はちらっと書架を見たものの、「何期生なのかよくわからないので……」と呟いて胸の本を抱き直した。大体の年代は目星がつくだろうが、僕たちの学校は来年開校七十年を迎える。つまり卒業文集の数も膨大だ。おまけに、文集は年代ごとに整理されていない。司書室で河合先生も待っていることだし、今回は諦めてもらうことにして閉架書庫を出た。

閉架書庫と扉一枚で繋がっている司書室には、六人掛けの長テーブルとパソコンデスクが置かれている。残りのスペースも書架が占め、部屋半分が書庫と化していた。

パソコンに向かっていた河合先生が、閉架書庫から出てきた僕たちに気づいて「お疲れ様」と声をかけてくる。

「図書新聞のバックナンバー見つかった？」

「はい、ざっと見てきました」

「どういう構成にするかは大体固まった？」

「まあ、一応……」

僕が言いかけたところで、傍らを藤生が小走りにすり抜けていった。無言のまま、胸に抱えていた本をぐいぐいと先生に押しつける。

「あら、藤生さんまた何か面白そうな本見つけちゃった？　閉架書庫の本は基本的に持ち出し禁止なんだけど……見つけちゃったものは仕方ないか。ここで読んでいったら？」

「はいっ、ありがとうございます！」

これまでで一番大きな声を出し、藤生は手近にあったパイプ椅子に腰を下ろした。膝の上に本を開くや、ページに視線を落としてこちらを見ようともしなくなる。

河合先生は窓辺に置かれたパソコンデスクから身を離すと、司書室の隅に寄せられた長テーブルに僕を手招きした。

「はいこれ、新聞の台紙」

テーブルに着いた僕に、先生はA4サイズの厚紙でできた台紙を四枚手渡した。それから薄い青で罫線《けいせん》を引かれた方眼紙《ほうがんし》も数枚。

「こっちの方眼紙が原稿用紙。好きなサイズに切って、記事を書いたら台紙に貼りつけてね。台紙に全ての記事を貼り終えたら学校のコピー機で両面印刷するから。それで全四面の新聞の出来上がり」

ごく簡単に新聞の体裁《ていさい》を説明され、僕は台紙と原稿用紙を受け取った。

「で、荒坂君はどういう新聞にするつもり？」

僕はちらりと藤生に視線を向ける。藤生は黙々《もくもく》と本を読んでおり会話に参加する気もなさそうなので、勝手に話を進めることにした。

「昔の新聞を踏まえて、新着図書の紹介と、誰かに読書感想文的なものを書いてもらおうと思います。『あの人の心に残る一冊』みたいな見出しをつけて、これまで読んだ本の中で一番面白かったものをお薦めしてもらう、とか」

「ちなみにそのテーマ、本に興味のない人も手に取ってくれるかな？　荒坂君だったら読んでみようと思う？」

「思わないですね」

即答したら先生に笑われた。しかし事実だ。僕なら読まない。興味のないものを紹介されても興味は湧かない。

「でもまあ、そうだろうね。本嫌いにこそ手に取ってもらいたいのに、難しいな」

先生は真顔に戻って腕を組むと、ややあってからぴんと人差し指を立てた。

「どうせだったら、皆から集めてきた読書感想文の横に貴方の感想も並べたら？『本嫌いが読んだ感想』とか添えられてたら、同じく本に興味のない人も興味を持ってくれるかもしれないし」

冗談じゃない、と喉まで出かけた。

読書は苦手だ。時間がかかる。拒否したかったが、「じゃあ別の案を出して」なんて言われても何も思いつかない。

忙しなく視線をさ迷わせていたら、どこ吹く風で本に没頭する藤生の姿が目に入った。

「『本嫌いの感想』もいいですけど、『本の虫の感想』も面白いんじゃないですか？　僕だけじゃなくて、藤生の感想も載せるとか」

「あ、それもいいね。同じ本でも人によって着眼点は違うから、他人同士の感想を並べるのは面白いかも」

よし、と内心ガッツポーズを作った。最悪一冊くらいは感想を書くのもやむなしとして、後は藤生にお願いしてしまおう。彼女なら本を読むのも苦にならないはずだ。

いっそのこと感想文だけでなく、新着図書の紹介も藤生に任せてしまえばいい。僕は大まかな構成を考えるだけで、後は丸ごと藤生にやってもらえないだろうか。大人しそうな藤生のことだ、よろしくと一言頼めば黙って頷いてくれるに違いない。

そう思ったら途端に気が軽くなった。

「じゃあ、ゴールデンウィーク明けまでになんとか形にしてみてね」

「わかりました」

「お、急にやる気になったね。大丈夫そう？」

「大丈夫だと思います」

実際は知らない。新聞作りは藤生に丸投げだ。間に合わなかったとしても知ったことか。僕は適任ではないと最初に申告したのに無視して話を進めた先生にも非はある。

開き直ってそんなことを考えていたら、自然とふてぶてしい表情になっていたらしい。先生は僕の表情からその考えを読んだかのように目を眇《すが》めた。

「もしかして、藤生さんに全部仕事を押しつけようとか思ってない？」

ぎくりとして返答が遅れた。たちまち先生の表情が険《けわ》しくなる。

「調子よく引き受けておいて仕事は他人任せにするの？　そういう態度は良くないな。見逃せないね」

「いえ、もちろん僕もやりますよ」

後ろめたさからうっかり口を滑らせた。「そもそも新聞作りなどやりたくない」と言うべきところだったのではと思ったが後の祭りだ。先生はまだ疑わしげな顔をしている。

「本当に？　ゴールデンウィーク明けまでに間に合う？」

「多分、大丈夫だと思います」

「間に合わなくても謝れば済むだろう、とか思ってない？」

「まさか」

「だったら、間に合わなかったらペナルティを課すよ」

本心を言い当てられて動揺していたら、思わぬ条件を突きつけられた。

「期限までに間に合わなかったら、今年度の放課後のカウンター当番は荒坂君に担当してもらうっていうの、どう？」

とんでもない条件に目を見開く。

カウンター当番は図書委員の業務の一環だ。図書室のカウンターに座り、本の貸出と返却処理を行う。昼休みと放課後は必ず図書委員がカウンターにいなければならず、本来は各クラスの図書委員が一週間交代で当番につくことになっていた。

昼休みより、放課後の当番の方が圧倒的に拘束時間は長い。一番楽そうだからという理由で図書委員会を選んだというのに、なんの冗談だ。

さすがに反論しようとしたら、先生に人差し指を突きつけられた。

「ゴールデンウィーク明けまでに間に合うって言ったね？　藤生さんに全部任せるつもりで適当に言ったわけじゃないんでしょう？　私も間に合うと思うよ。貴方たちが二人でやるなら」

二人で、という部分を強調されてぐうの音も出ない。

藤生に仕事を押しつけようなんて姑息《こそく》なことを考えた報いか。僕は潰れたような声で「はい」と答えることしかできなかった。


新聞の方向性が大まかに決まり、思わぬペナルティも課せられたところで図書室の閉室時間になった。十八時になると閉まるらしい。

藤生は閉架書庫から持ってきた本を名残《なご》り惜しそうに司書室の本棚に戻して廊下に出てきた。後日司書室で続きを読む気だろう。何を読んでいたのか尋ねたら「『バラの名前便覧《なまえびんらん》』です」と言われてしまったが、全然知らないタイトルだし、そもそも本篇とは別に便覧が必要な本ってなんだ。なんてマニアックなものを読みたがるのか。

図書室を出て廊下に出る。窓の外はすでに暗く、廊下に点々と明かりが灯《とも》っていた。

図書室はコの字型の校舎の上棒、右隅にある。図書室を出て右手が昇降口に向かう長い廊下で、正面の短い廊下は左右にトイレと手洗い場がある。図書室の向かいにあるのは生物室で、廊下にずらりと並んだ水槽から淡い光が漏れていた。

僕は図書室を出たところで立ち止まって藤生に尋ねた。

「図書新聞だけど、新着図書の紹介と、読書感想文を集めることになった。感想文の隣に僕たち図書委員の感想も添えることになったよ」

「そ、そうです、か……」

「うん。だから僕も本を読まないと……」

うんざりだ、と口にしなくとも顔に出たらしい。藤生は落ち着かなげに鞄《かばん》の持ち手を握り直し、あの、と掠《かす》れた声で言った。

「荒坂君は、本を読むの、嫌いですか……？」

嫌いというか、面白さがよくわからない。架空の世界に住む架空の人間の話を読んでいても、頭の片隅では全然別のことを考えてしまう。明日の時間割はなんだったかな、とか、宿題はなかったかな、とか、そろそろスマホゲームのイベントの時間だ、とか。

文字を目で追っていると、どうしたって集中力が散漫になる。けれどその状態をわかりやすく他人に伝えることは難しい。まして相手は藤生だ。本好きに本嫌いの理屈など伝わるとも思えなかった。

「僕、活字アレルギーなんだ。ずっと活字を見てると蕁麻疹《じんましん》が出る」

冗談のつもりで言ったのだが、藤生は笑い飛ばすこともせず困惑した顔で僕を見た。真に受けられてしまったらしい。

今更冗談だと言うのも間が抜けているので、深刻な表情で頷くにとどめた。ますます混乱した顔になる藤生をよそに話題を変える。

「とりあえず、誰に読書感想文を書いてもらうか決めよう。三人ぐらいいればいいかな。まずは僕の友達と、君の友達、あと……」

「あ、あの……」

藤生はか細い声で僕の言葉を遮り、指の先が白くなるほどきつく鞄の持ち手を握りしめる。

「あの、私、そういうことを頼める、友達が……」

小さな声はどんどん尻すぼみになり最後まで聞き取ることができなかったが、いないんだろうな、ということは察しがついた。

クラス替えから一週間、まだクラスメイトの顔はよく覚えていないし、女子ともなればなおさら顔と名前が一致しないが、それでも藤生の横顔には見覚えがあった。休み時間、いつも席でひとり本を読んでいたからだ。集団行動を好む女子たちの中にあって、誰ともつるまず黙々と本を読む藤生の姿は、教室内でも少し浮いた存在だった。

「じゃあ、僕の先輩にも頼んでみようかな。他も適当に探しておくよ」

余計な詮索《せんさく》はせずにそう返すと、鞄の持ち手を握りしめていた藤生の指先が緩んだ。

「あ、あの、だったら、図書委員の感想文は、全部私が書きますから」

願ってもないことだ。河合先生の思惑《おもわく》からは少し外れるかもしれないが、新聞が完成さえすればペナルティは免《まぬか》れる。

「ありがとう、助かる。じゃあ、僕の友達と、先輩と、最後のひとりは……」

ぱしゃん、と水の跳ねる音がして言葉が途切れた。音のした方に目を向ければ、生物室前の廊下に並んだ水槽から漏れる青白い光が目に留まる。

水槽はスチールのオープンシェルフに並んでいる。その中で飼育されている生き物たちは様々で、ドジョウやサワガニ、珍しいものではウーパールーパーなんかもいる。

水音の正体はなんだろう。魚が跳ねたか。それとも岩場からサワガニが落ちたか。

気になって水槽に近づいたら藤生もついてきた。屈《かが》み込んで熱心に水槽に顔を近づけているので水棲《すいせい》生物に興味があるのかと思いきや、水槽に貼られたラベルを読んでいる。活字があればなんでも読む、という河合先生の言葉は嘘ではなさそうだ。

藤生はさらなる活字を求めるようにふらふらと横に移動して、生物室の扉を素通りし、その横に置かれたスチールの戸棚の前に立った。

廊下に置かれたスチールの戸棚は、藤生の体を隠すぐらいの幅だ。食器棚のように上半分がガラスの戸で仕切られ、中にホルマリン漬けの標本がずらりと並んでいた。

藤生は標本の瓶《びん》に貼られたラベルを読んでいる。色の抜けた魚やエビはまだしも、臓物を広げたカエルの標本などもあって見た目がえぐいのだが、気にしたふうもない。

僕も藤生の横に立ち、横目で生物室の中の様子を窺《うかが》う。室内に電気はついておらず誰もいないようだ。隣の生物準備室も静まり返っている。

「去年、授業中にスズメが教室に迷い込んできたことがあったんだ」

棚に並ぶ標本に視線を戻して呟く。藤生はまたしても肩をびくつかせたが、さすがに慣れてきたのか身を仰け反らせて僕から距離をとるようなことはなかった。

「スズメは教室中を飛び回って外に出ようとしたんだけど、窓ガラスに激突して気絶した。そのまま生物室に送り込まれたらしい」

「……生物室で、樋崎《ひざき》先生が手当てでもしてくれたんですか？」

「どうかな。樋崎先生の手で標本になったんじゃないかな」

廊下に置かれた戸棚にはたくさんの標本が並んでいる。その中には、小鳥の骨を骨格標本さながらホルマリン漬けにしたものもあった。藤生の顔が強張《こわば》る。あれがあのときのスズメかも、と言おうとしたら、後ろから肩を叩かれた。

「標本にはしてないよ」

肩を叩かれるまで、後ろに人が立っていることに全く気付かなかった。驚いて振り返れば、背後にいたのは当の樋崎先生だ。

樋崎先生は生物の男性教諭で、いつも染みひとつない白衣を着ている。もう定年が近く、僕らの親より年上だが、その年代の人にしては背が高い。目線も僕より少し上だ。くせっ毛なのか緩くウェーブのかかった髪は灰色で、柔和な笑みを浮かべた顔はちょっと日本人離れして彫りが深い。若い頃はさぞモテただろうと唸《うな》らされる風貌だ。

藤生も先生に気がついて振り返る。スズメが標本にされていないとわかりほっとしたようだが、「あのスズメなら、今は生物室の冷凍庫に入ってる」という先生の一言で再び顔が強張った。無理もない。

「僕が前に生物室の冷凍庫を見たときは、何かの脚が入っていましたけど」

「おや、勝手に開けてはいけないよ」

「すみません、前から気になっていたもので掃除中につい。あれ、なんの脚です？」

「脚だけか。カモの脚かな。近くの川でカモの死骸を拾ってきた生徒がいてね。その処理をしたときの残りかもしれない。どうしてかこの学校の生徒は、動物の死骸を見つけると私のところに持ってくるから」

そりゃそうだろう、と思いながら傍らの棚に目を移した。横板をいくつか外された戸棚の中にはホルマリン瓶だけでなく、獣の毛皮もいくつか吊《つ》るされている。中には生前の形をしっかりと想像できるくらい丁寧に剝《は》ぎ取られたタヌキの毛皮もあった。

僕の視線の先を追い、先生は腰の後ろで手を組んで朗《ほが》らかに笑う。

「そのタヌキもね、車に轢《ひ》かれて死んでいるのを生徒が持ってきたんだ。皮を剝ぐときは大変だったな。大きな寸胴鍋《ずんどうなべ》を借りてきて、生物準備室でタヌキの死骸を煮たんだよ。困ったことにタヌキ汁の美味しそうな匂いが廊下まで広がってしまって、練習後の野球部のメンバーが何事かと集まってきてね」

「覗いてみたら獣の皮を剝いでるんですから、トラウマになりそうですね」

藤生なんて話を聞いているだけなのにもう青い顔をしている。

「見てごらん、このカニはそこの水槽で飼ってたんだ。でも脱皮に失敗して、半分殻を脱いだ状態で水槽の隅で死んでいたから標本にした」

カニの無念な死にざまを語りながら、先生は口元に淡い笑みを浮かべている。

基本的にこの人はいつも笑っている。授業中も、実験中も、廊下ですれ違うときも、試験の監督をしているときでさえ。

獣の死体から皮を剝ぐときも、こんなふうに笑っていたのだろうか。

益体《やくたい》のない想像をしてしまい、考えを振り払うように口を開いた。

「先生、僕たち図書委員なんですが、今度図書新聞を作ることになったんです」

唐突な僕の言葉に先生は目を瞠《みは》り、すぐに唇を弓形にする。

「図書新聞か。随分《ずいぶん》昔もそんなものを作っていなかったかな？」

「知ってるんですか？」

「知ってるよ。この学校に赴任したのは二度目なんだ。一度目は二十年以上前になる。あの新聞が復活するのかな？」

ならば話は早い。僕は体ごと先生の方を向く。

「お薦めの本を紹介するコーナーを作ろうと思ってるんです。紹介者が書いてくれた感想文の横に、僕たち図書委員も一言感想を添える形式で」

「それは面白そうだ」

「それで読書感想文を書いてくれる人を探してるんですが、先生にもお願いできませんか？」

藤生が驚いたような顔でこちらを見る。いいんですか、とでも言いたげな顔をしているが、別に構わないだろう。新聞に載せる文章は生徒が書いたものに限ると決まっているわけでもない。

先生もさすがに驚いたようで、改めて僕の顔を正面から見据える。

「君は確か二年六組の……、出席番号、二番だね」

そこまで覚えていてなぜ名前が出てこないのだろうと思いつつ「荒坂です」と応じた。

「すまない、授業中は出席番号順に席に着くから、席順と顔は一致するんだ。それで、藤生さんも図書委員なの？」

僕のことは出席番号で呼んだくせに、藤生の名は覚えていたらしい。急に話を振られても藤生はあまり驚かず、黙って小さく頷いている。

先生は顎《あご》に指を添え、少しだけ考える素振りをしてから僕を振り返った。

「どんな本でもいいのかな」

「はい、先生が面白いと思ったり、印象深かったりした本ならなんでも構いません」

へえ、と呟いて、先生は目元にくっきりとした笑みを浮かべた。

「じゃあ、安部《あべ》公房《こうぼう》の『赤《あか》い繭《まゆ》』にしよう」

「構いません。後で原稿用紙を持ってきますので……」

「その代わり、条件がある。先に君の書いた感想文を見せてほしい」

思いがけない要求に返答が遅れた。言葉を詰まらせた僕を見下ろし、「図書委員の感想文も隣に並べるんだろう？」と先生は小首を傾げる。

「そうですが、感想文は藤生さんが書くことになっているので……」

「いや、君の感想文を読んでみたいんだ」

「……僕は読書が苦手で」

「そういう子があの物語にどんな感想を抱くのか、ますます興味があるな」

ここにも河合先生のような考え方をする人物がいた。読書嫌いが書く読書感想文なんて、絶対ろくなものにはならないのに。

言い淀《よど》む僕の前で、先生は白衣のポケットに両手を入れて薄く微笑んだ。

「君も図書委員なんだろう？　藤生さんにばかり仕事を押しつけて、自分の仕事を疎《おろそ》かにしてしまっては駄目だよ」

「あ……あの、でも、先生、私……」

藤生がフォローを入れようとしてくれたが、小さな声は廊下の向こうから近づいてきた華やかな声にかき消されてしまった。

「あっ！　樋崎先生、こんなところにいた！」

「学校中探し回ったんですよ！」

昇降口の方から女子が三人やって来て、傍らにいた藤生を押しのけて先生の腕を取った。上履きの色は黄色。二年生だ。

「ウーパールーパーにエサやらせてくれるって約束だったじゃないですか」

「忘れてたんでしょう？　放課後に行くって言っておいたのに」

三人は僕らを振り返ることもなく先生を取り囲み、廊下に並んだ水槽の方へ押していく。ひとりは完全に先生と腕を組んでいた。

もう定年間近だというのに、樋崎先生は女子にモテる。実年齢より十歳は若く見えるからだろうか。それにしてもオッサンだと思うのだが、女子の心理はよくわからない。

女子生徒に腕を取られながら、先生が肩越しに僕を見た。読書感想文を渡すための条件を変えるつもりはないらしく、よろしくね、と言いたげに目元に笑みを上らせる。

僕は無言で会釈《えしゃく》を返して先生に背を向けた。歩き出せばすぐに藤生もついてくる。

「あ、あの、私、『赤い繭』の感想文、こっそり書きますよ……？」

背後にいる先生の耳を気にしてか、藤生が声を潜める。一瞬心が揺らいだが、思い直して首を横に振った。あの人は僕を指名したのだ。応えてやろうと半ば喧嘩腰《けんかごし》で思う。

正直、自分でもむきになっている自覚はあった。だが仕方ない。樋崎先生と僕の間には浅からぬ因縁がある。少なくとも、僕は勝手にそう思っている。

睨《にら》むように廊下の向こうを見据え、僕は前置きもなく藤生に尋ねた。

「校庭の隅に焼却炉があるの、知ってる？」

焼却炉はグラウンドの隅にある体育倉庫のそのまた裏にある。マットやサッカーボール、石灰の袋などが保管されている倉庫はよく運動部員が立ち入っているが、その裏手にある焼却炉を訪れる生徒は少ないだろう。

「その焼却炉、火事になると危ないからって実際にはもう使われてないんだけど、中を覗くとたくさん骨が出てくるらしいよ」

「ほ、骨、ですか……？」

「樋崎先生が生物室に集まってくる生き物の死骸を夜な夜な焼いてるらしい」

後ろから響く藤生の足音が乱れた。つんのめるような気配がして、すぐに僕は「冗談だけど」とつけ足す。

「死骸は焼いてないんじゃないかな。放課後に使ってはいるみたいだけど」

「焼却炉を、何に……？」

「さあ、なんだろう」

僕の方が知りたいくらいだ。中途半端に話題を振られた藤生はなおさらわけがわからないだろう。個人的な話につき合わせるのはこれくらいにして話題を変える。

「帰る前に、もう一か所だけ寄っていい？　もうひとり読書感想文を書いてくれそうな人に当てがあるんだけど」

喋りながら、二階の職員室の前を通り過ぎ、昇降口までやって来た。外は暗いが、新聞完成の締め切りまであまり日がない。できることは早めにしておきたかった。

「あ、でも帰りがあんまり遅くなると危ないか。やっぱり僕ひとりで……」

「いえ、私も、一緒に行きます。私は、その、それくらいしか、できないので」

ずっと後ろを歩いていた藤生がようやく隣に並んだ。感想文を頼める相手がいないことを気にしているのか、真剣な表情だ。

しかしよく考えれば彼女は僕に巻き込まれただけで、本来新聞を作らなければならない筋合いなどない。それなのに文句も言わないので申し訳ない気がしてきて、少しだけ歩調を落とし藤生と並んで昇降口前の階段を上った。

「今更だけど、新聞作りを任されて文句とかないの？　僕は自業自得《じごうじとく》な部分もあるけど、君は完全にとばっちりじゃないか」

藤生は階段を上りながら、俯いて眼鏡を押し上げる。三階に到着した時点で既に少し息が上がっていて、いいんです、と呟く声はこれまで以上に聞き取りにくかった。

「河合先生には、いつもお世話になっているので、協力できるなら、したいです」

「司書の先生にどんなお世話になるの？」

「……図書室に行けばいつでも、何も言わずに、ずっといさせてくれるので」

ひどく言葉足らずだったが、言わんとしていることはなんとなく察せられた。

近距離から声をかけられただけで大げさに体をびくつかせる藤生に、賑やかな教室の空気は合わないのかもしれない。そんな藤生の避難所となっているのが図書室なのだろう。藤生にとって新聞作りは、委員会の仕事という以上に先生への恩返し的な側面があるらしい。

話をしているうちに四階に着いた。四階は音楽室や美術室、書道室など専科の部屋があるばかりで教室がない。音楽室からは楽器の音が聞こえてくる。ブラスバンド部だろうか。

音楽室の前を通り過ぎ、廊下の奥にある美術室へと向かう。

廊下に貼りだされた鉛筆画の自画像を横目に美術室の前までやって来たが、部屋に明かりはついていない。一応戸口に手もかけてみたが鍵がかかっていた。

美術部の部活があるなら先輩もまだいると思ったのだが、日を改めた方がよさそうだ。

無駄足を踏ませてしまったことを詫びるべく振り返ったが、背後にいるはずの藤生がいない。人気《ひとけ》のない廊下に視線を走らせると、ここから数メートル戻った美術準備室の前に藤生が立っていた。壁の方を向いて動かないので何かと思えば、壁に立てかけられていたロールキャンバスを凝視している。

ロールキャンバスは美術部の備品だ。美術部では節約のため、部員たち自ら木枠に画布を張ってキャンバスを作っている。

木枠は角材で四辺を組み合わせて作られており、漢字の『口』のような形をしている。補強のために桟《さん》を入れ、『目』や『田』の形をしているものもあるが、どちらにしろ画布を木枠に張って釘で打ち付けるのはかなり骨の折れる作業だ。

クラフトの梱包《こんぽう》紙に包まれたロールキャンバスは小柄な藤生の背丈に等しく、一見するとカーペットのようだ。

藤生は包装紙に貼りつけられた説明書きを黙読していた。本当に活字があると読まずにはいられない質《たち》らしい。

藤生のもとに戻るべく足を踏み出したとき、美術準備室から誰かが出てきた。美術部の顧問ではなく制服姿の男子生徒が、藤生に気づいて声をかける。

「美術部の入部希望者ですか？」

男子生徒の声は決して大きくなかったが、急に声をかけられた藤生はやっぱり大げさなくらいに驚いて、思わずと言ったふうにロールキャンバスに縋《すが》りついてしまった。その様子を見て、僕も慌てて藤生のもとへ走る。

「藤生、大丈夫？」

声をかけると、ロールキャンバスの後ろから藤生がおずおずと顔を出した。男子生徒もこちらを向いて、僕を見るなり目を瞠る。

二人のもとへ駆けつけた僕は、まず美術準備室から出てきた生徒に頭を下げた。

「お久しぶりです、緑川《みどりかわ》先輩」

見開いた目をゆっくり緩めたこの人こそ、探していた緑川彰人《あきひと》先輩だ。

先輩は僕が顔を上げるのを待って、「久しぶり」と微かに眉を下げる。いつも唇に笑みを含ませたような顔をしているので、困ったような笑顔になった。

美術部では、緑川先輩を王子と呼ぶ女子が結構いた。物腰が柔らかく、どことなく品のいい顔立ちをしているからだろう。髪と瞳は明るい紅茶色で、肌は陶器のように白い。全体的に色素が薄い印象で、王子と呼びたくなる気持ちもわからないではなかった。

「どうしたの、荒坂君。もしかしてまた美術部に入部する気になった？」

「いや、まさか。美術部はもうこりごりです」

肩を竦める僕を見て、先輩は申し訳なさそうに眉を下げた。

「ごめん、僕のせいで。君の絵は、まだ……」

「別にいいです。あんなもの。それより先輩、あの後大丈夫でした？」

「僕は大丈夫だよ。気にしないで」

ロールキャンバスの後ろでは、藤生がきょとんとした顔で僕らのやり取りを聞いている。

僕は藤生を振り返り、簡単に先輩を紹介した。

「この人は美術部の元部長で、緑川先輩。僕も去年まで美術部員だったからお世話になったんだ。もう退部したけど。緑川先輩は今年も美術部に入ったんですよね？」

そうだね、と柔らかく頷いて、緑川先輩は藤生に「初めまして」と声をかける。人慣れしていない子犬に声をかけるような口調だったせいか、今度は藤生もむやみに驚かず、顎を引くようにして会釈を返した。

続いて緑川先輩にも藤生を紹介する。僕と同じ図書委員だと告げると、先輩にひどく驚いた顔をされた。

「荒坂君、図書委員になったの？　前に小説を貸そうとしたとき、本は好きじゃないって断ってきたくせに？」

「そうなんですけど、他にやりたい部活もなかったし、委員会なら図書委員が一番楽そうかな、と思ったので」

僕らの通う学校では、生徒は部活動、または委員会活動のどちらかに参加しなければいけないという校則がある。部活に関しては美術部の他に興味を引かれる物がなかったので、仕事が楽そうな委員会を選ぼうと吟味《ぎんみ》して図書委員会を選択した。結果として、こんな面倒臭い仕事を押しつけられているわけだが。

深く考えもせず本当のことを口にしたのだが、緑川先輩は「他にやりたい部活もなかった」という部分に反応して、自責の念に駆られたような顔になってしまう。

「本当に、ごめんね。僕のせいで……」

「やめてくださいよ、先輩のせいなんかじゃないですから」

謝罪を繰り返す先輩を見て藤生が不可解そうな顔をしているが、説明は後だ。早速図書新聞に載せる感想文を書いてもらえないか先輩に打診した。以前、僕に美術ミステリー小説を薦めてくれたことがあるくらいだから、先輩も普段から本は読んでいるはずだ。

思った通り、先輩はさして悩む素振りも見せずに「いいよ」と頷いてくれた。

「感想文を書けばいいんだね？」

「はい、A4サイズの紙の、半分くらいを埋めてもらえるとありがたいです。あとで原稿用紙も持ってきますので」

「わかった。じゃあ週末までに用意しておくから、教室まで取りにきてくれる？」

「そんなに早く？　うわ、助かります！　ありがとうございます！」

深々と頭を下げる僕を見て、先輩は「大したことじゃないよ」と苦笑する。

廊下に置かれていたロールキャンバスを抱え上げた先輩は、美術準備室にそれを運び入れながら僕を振り返った。

「荒坂君、本当にいつでも美術部に戻ってきてくれていいんだからね？」

真剣な顔でそんなことを言う先輩に、僕は肩を竦める。

「そう言ってもらえるのはありがたいんですが、美術室でなくても絵は描けますから」

「……絵を描くこと自体が嫌になったわけではないんだよね？」

「もちろんです」

「だったらせめて、たまには遊びにきてね。待ってるから」

先輩は口元に弱々しい笑みを浮かべると、そう言い残して美術準備室に入っていく。

僕が退部した後、先輩は美術部でどう過ごしているか心配だったのだが、以前と変わらず活動しているようでほっとした。読書感想文もすんなり用意できそうで、ひとつ肩の荷が下りた気分だ。

「二人目の感想文も確保できそうだし、行こうか」

「は、はい……、あの……。……はい」

階段を下り始めると藤生も黙って横に並んだが、物問いたげな視線がちくちくと頬に刺さる。口元も何か言いたげに小さく動いているが、声は出ない。直接声をかけられるより余計気になって「何？」と水を向けると、ようやく藤生が口を開いた。

「あの、緑川先輩は、何に対してあんなに謝ってたんですか……？」

「大したことじゃないよ。去年、僕の描いた絵が美術室からなくなったんだ。誰が持ち出したのかはわからない。でも先輩は、自分の鍵の管理が甘かったからだって未だに悔《く》やんでる。あの人のせいじゃないのに」

「……絵は、まだ見つかってないんですか？」

「うん。でも、別に絵の一枚や二枚どうでもいいのに」

僕は絵を描くという行為を楽しむだけで、完成した絵そのものに興味はない。だから、たかが一枚絵が消えたくらいで何も思うところなどないのだが、他の美術部員たちが当時部長だった緑川先輩の責任をやたらと追及するものだからうんざりして美術部を退部した。それが去年の暮れの話だ。

階段を下りて昇降口に戻ると、ズボンのポケットからスマートフォンを取り出した。待ち受け画面に時刻が表示される。画面にふわりと浮かび上がった数字は橙色。十八時半だ。

「ごめん、すっかり遅くなった。自転車で来てる？　それとも電車？」

「で、電車です」

「じゃあ駅まで一緒に行こう」

藤生はうろたえたように口をパクパクと動かし、結局何も言わずに俯いてしまう。こちらに遠慮しているのか一緒に帰るのを嫌がっているのか、判断しかねる反応だ。

昇降口を出て、レンガ色の階段を下りる。この学校は緩く傾斜した土地に建っているので昇降口が二階にあるのだ。

特に会話もないまま校門を出たところで、背後から「荒坂！」と声をかけられた。

校舎脇にある自転車置き場から飛び出してきた自転車が僕と藤生を追い越し、少し先で急ブレーキをかけて止まる。自転車にまたがってこちらを振り返ったのはクラスメイトの八重樫徹《やえがしとおる》だ。

八重樫は片手で坊主頭をつるりと撫で、僕だけでなく藤生にも人懐《なつ》っこい笑顔を見せる。一見すると野球部のようだが、これで八重樫は卓球部だ。卓球部は髪型に規則などないのだが、寝ぐせを直すのが面倒臭いという理由で坊主にしている。非常にどうでもいい情報だが、八重樫とは一年のときも同じクラスだったので嫌でも耳に入ってきてしまった。

「荒坂、今帰り？　部活？」

「委員会。そうだ、八重樫も読書感想文書いてくれないか？」

八重樫はサドルにまたがったまま地面を蹴り、「何、読書感想文って」と首を傾げた。

「図書委員会で作る図書新聞に必要なんだ。僕を助けると思って頼む」

樋崎先生、緑川先輩と続き、さすがに三回も同じ説明をするのは面倒臭いのでだいぶ端《は》折《よ》ったが、八重樫はそれ以上深く尋ねることもなく、「そうだなぁ」と空を仰いだ。

「前に財布忘れたとき、荒坂からは五百円もらっちゃったからなぁ」

「やってない。貸したんだ。そろそろ返せ」

「もらっちゃったからには恩返ししないと」

「やってないって言ってるだろ。利子の分働いて返せ」

八重樫はハンドルに腕を乗せ「借りパク失敗かー」などと笑っている。図々《ずうずう》しい。

「感想文って、なんの本でもいいの？　『舞姫《まいひめ》』とかでも？」

「『舞姫』って、現国の授業でやってるやつじゃないか」

言わずもがなの森鷗外《もりおうがい》だ。全国の高校生のほとんどが教科書で読んでいるのではないだろうか。主人公は日本の留学生、豊太郎《とよたろう》。法学の勉強をするためドイツに留学した豊太郎が、現地でエリスという名の少女と出会うのが主なあらすじだ。

新学期最初の授業で二人の出会いのシーンまで読んでいるものの、現国というより古典のような文章で文意を摑むのに苦戦した。なぜあんな読みにくい本を、と訝《いぶか》しんでいると、八重樫は片手を胸に当て、芝居がかった仕草で目を閉じた。

「俺は今、すごくあの話に感情移入してるんだ。感想とかするする書けそうな気がする」

「だったら明日にでも感想文持ってきてくれ」

「それは無理。話のオチわかんないし。授業で習ったところまでしか読んでない」

「授業で習ったところって、やっとエリスが出てきたところじゃないか？　授業で解説してもらうのを待たなくても、予習として全部読めばいいだろ。そうしたらすぐに感想文も書けるし」

「無理、俺今忙しいの。彼女と放課後に勉強会しててさ」

「彼女？」

思いがけない言葉に反応すると、八重樫がわざとらしく片手で口をふさいだ。

「いやまだ正式にはつき合ってないんだけど!? えっ、聞きたい!? 実はさ!」

「別に聞きたくはない。じゃあ、感想文よろしく」

ちょうど分かれ道に来たので駅に向かって歩きながら手を振る。駅とは反対方向に帰っていく八重樫は、「ちゃんと聞けよ! 明日は聞いてもらうからな!」と大騒ぎしてペダルを踏み込んだ。

八重樫と別れると、僕の半歩後ろでひっそりと存在を消していた藤生が小さく息を吐いた。藤生は声の大きな相手が苦手らしい。僕は藤生をびっくりさせないよう、小さく咳払いをして相手の意識をこちらに向けさせてから声をかけた。

「案外あっさり三人分の感想文が揃いそうで、よかったね」

藤生はわずかに僕の方へ顔を向け、視線を斜めに落として小さく頷く。

「でも、樋崎先生の感想文は、どうしますか?」

「あー……、それはやっぱり、僕が先に感想文を書くしかないんだろうなぁ。なんだっけ、先生が言ってた本のタイトル」

「『赤い繭』です」

「聞いたことないタイトルだけど、有名なの?」

何気なく尋ねた次の瞬間、それまで小さな歩幅で僕の後をついてきた藤生が大股で前に出た。

「有名です。安部公房です、ご存じですか？」

突然藤生の声が大きくなる。それまでは締め忘れた水道の蛇口《じゃぐち》から、ぽたり、ぽたりと水が滴《したた》るような調子で呟き続けていたのに、突然蛇口を全開にしたように。僕が「知らない」と答えるや、蛇口どころか温泉の給湯口が湯を吐く勢いで藤生はまくし立てた。

「安部公房は戦後の復興期に頭角を現した戦後派の作家です。有名なのは『砂《すな》の女《おんな》』や『箱男《はこおとこ》』でしょうか。もちろん『他人《たにん》の顔《かお》』も名作ですが、言い出すときりがありませんね。個人的には『燃《も》えつきた地図《ちず》』も好きです。失踪《しっそう》三部作です」

「え、ん、んん？」

藤生の早口に驚いて、返事とも咳払いともつかないものしか出なかった。藤生は僕の反応などどこ吹く風でますます声を大きくする。

「しかし安部公房といえばやはり『砂の女』です。海外でも評判が高く、フランスでは最優秀外国文学賞を受賞しています、私も大好きです。読んでいると口の中がざらっとする気がしませんか。襟元や靴下の隙間から細かな砂が入り込んでくるようで落ち着かない気分になります。物語自体の不穏さによるものかもしれませんが」

「そんな話なんだ……」

「安部公房は国内外で高く評価され、晩年はノーベル文学賞の候補とも目《もく》されていた人物です。劇作家、演出家でもあり、その舞台演出もまた海外で高く評価されています。私もまれます」

ぜひ彼の演出する舞台を見てみたかったのですが、六十代の若さで亡くなられたのが惜し

「そ、そうなんだ……？」

「作風も複雑です。幻想文学ともとれますし、メタフィクションとも前衛文学とも呼べます。実験的な作品も多いですね。文字だけで読者を翻弄《ほんろう》する人が、舞台の上で一体どんな風に自身の作品を表現したのか実に興味があります。私が生まれるのがあと数十年早ければと思わずにいられません」

「そ、そうか、あの」

「そうでした、『赤い繭』でした。『赤い繭』は読み終えるのに十数分とかからない短篇小説ですが、体感時間は長く感じるかもしれません。自分の中で咀嚼《そしゃく》するのに時間がかかるからでしょうか。簡単に説明するとですね、主人公は家を持たない男で、でも皆家を持っているのだから自分にもあるだろうと家を探し回ります。しかし他人の家に入ろうとして追い出され、公園で休んでいても警官に追い立てられて、最後は主人公の体が糸のようにするするとほどけて赤い繭になり、子供のおもちゃ箱にしまわれるという」

「は……、ん？　何？　え？」

「抽象《ちゅうしょう》的な内容です。あるいは寓意《ぐうい》的というか、様々な示唆《しさ》に富む物語として読むこともできます。でも私は純粋に、赤い繭という美しいモチーフに心酔するだけでもこの作品

は十分鑑賞足り得ると思っています。そうです、これはある種、一篇の詩のような——」

「ま、待って、待った！」

少し大きな声で遮ると、生き生きと講釈していた藤生がはたと我に返った顔になった。

僕の顔を見てひとつ瞬きをすると、急に怯《おび》えた表情を浮かべ、「すみません……」と消え入りそうな声で言う。まるで理不尽に怒鳴りつけられた子供のようにびくびくとこちらの様子を窺ってくるものだから、慌てて声のトーンを落とした。

「ごめん、急に大声出して。怒ったわけじゃないんだ。ただ、びっくりして」

おっかなびっくりこちらを見上げてくる藤生の顔を、僕はまじまじと覗き込む。

「君、案外たくさん喋るんだね？」

「す……すみません」

「いや別に、全然構わないんだけど」

顔つきや喋り方が急変したので驚いただけだ。喋っている間、藤生は目がキラキラして、頬にも赤みが差して、なんだか別人のように見えた。

藤生は赤くなった頬に片手を押し当て、俯いたままぼそぼそと喋る。

「本のことになると、つい夢中になってしまって……すみません」

「それは本当に、いいんだけど」

むしろそうやって項垂《うなだ》れて喋るくらいなら、さっきのように夢中でまくし立ててくれた方がずっといい。本の話をする藤生の声は普段より一段高く、喋っている間中、光の礫《つぶて》を間断なくぶつけられている気分になった。驚いたけれど、不快ではない。

でも僕はそういう自分の気持ちを上手く言葉にすることが不得意で、言っても周囲に理解してもらえないことの方が多い。それがわかっているから口を閉ざせば、藤生もぴたりと口をつぐんでしまう。夜道に響く二人分の足音はリズムがばらばらで、次の会話を始めるタイミングも摑めない。

こんな調子で、期限までに図書新聞を完成させることができるのだろうか。河合先生が言った通り、藤生は本に関する知識や関心が人並み外れているようだが、あまりに引っ込み思案で意思の疎通が難しい。本の話になれば饒舌《じょうぜつ》になるが、今度は藤生の熱弁に僕がついていけなくなってしまう。

こんな二人がふつりと途切れた図書新聞を復活させようというのだから前途多難だ。正直投げ出してしまいたいが、やるしかない。僕の今後の放課後がかかっている。

まずは藤生とまともなコミュニケーションが取れるようになるのが先決だ。頑張ろう、と声をかけるつもりで振り返ると、藤生がびくびくと背中を丸めて僕の半歩後ろを歩いていた。僕が振り返ったのに気づいているのかいないのか、顔を上げようともしない。

視線も合わせない藤生を見て、やっぱり前途多難かな、と僕は溜息を呑み込んだ。

第一章　ルーズリーフのラブレター

図書新聞を作るに当たって一番の難関と思われた読書感想文の書き手が早々に見つかり、危機感が薄れた僕は週末まで新聞作りにほとんど手をつけなかった。やったことといえば、緑川先輩と八重樫にA4サイズの半分の原稿用紙を渡し、この枠内に収まるように感想を書いてほしいと改めて頼んだくらいだ。

今にして思えば、気が緩み過ぎていたとしか思えない。

金曜日は朝から雨で、昼休みの教室はいつも以上に人口密度が高かった。

緑川先輩は週末までに感想文を用意しておくと言ってくれていたので、購買部にパンを買いに行きがてら受け取りにいこうと席を立つ。

生徒の出入りが激しい教室の戸を潜《くぐ》ろうとしたら、藤生と一緒になった。

藤生は弁当箱を片手に持ち、深く俯いてどこかへ行こうとしている。声をかけると大げさなくらいに肩が跳ね、ひどく警戒した様子で振り向かれたが、「これから緑川先輩の所に感想文をもらいに行ってくるよ」と告げると、たちまち顔つきが変わった。

「だったら、私も行きます」

「原稿もらうだけだから僕ひとりでも……」

「いえ、私も、図書委員ですから。先輩の感想文の内容も、気になりますし」

ついて来るよう催促したつもりはなかったが、断る理由もないので一緒に緑川先輩のもとへ向かうことになった。

三年の教室は一階だ。緑川先輩がいる一組の教室を覗き込むと、室内でクラスメイトと弁当を食べている先輩を見つけた。先輩はすぐ僕らに気づいて廊下に出てきてくれる。

「新聞に載せる感想文だよね？　用意しておいたよ」

「ありがとうございます、助かります」

差し出された原稿用紙には丁寧な字がびっしりと並んでいた。文句なしだ。このくらいの文字サイズなら印刷しても潰れないだろう。

もう一度礼を言ってその場を離れようとしたら、横から藤生が首を伸ばしてきた。僕の袖口に顎先が触れるほど顔を近づけ、先輩の原稿を黙読している。

後にしたら、と声をかける間もなく感想文を読み終えた藤生は、真正面から先輩の顔を見て言った。

「どうして本のタイトルが書かれていないんですか？」

言われて僕も感想文に視線を落とす。確かに冒頭ではタイトルが記されていない。

「なんの本ですか？」

「秘密」

一瞬そういうタイトルの本かと思い、でも先輩が笑っているので冗談だと思って一緒に笑った。だが、いくら待っても先輩は微笑むばかりで本のタイトルを口にしない。

さすがに顔を引きつらせた僕を見て、先輩は目元から笑みを消した。

「当ててみて。正しいタイトルがわかったら、その原稿を新聞に載せていいよ」

え、と小さな声が漏れてしまった。

「じゃあ、もしタイトルがわからなかったら――」

「それは当然、載せられないんじゃないかな？」

先輩が紅茶色の目を細める。口元には笑みが浮かんでいるのに、声だけが突き放すように冷たくて困惑する。

「本のタイトルがわからない感想文なんて、読書感想文とは呼べないからね」

――これは一体どうしたことだ。感想文の話を持ち掛けたときはむしろ積極的に協力してくれたのに、急に態度を翻した意図が摑めない。何か怒らせるようなことでもしたか。

「まあ、よく読んでみてよ」

立ち尽くす僕にそう言い残し、先輩はうっすらと笑みを浮かべて踵《きびす》を返した。

先輩と別れた後すぐ購買部に向かったが、もうろくなパンは残っていなかった。売れ残ったパンを吟味する気力もなく、あんパンを二つ買う。成り行きで一緒に購買部までついてきた藤生は司書室で昼食を食べると言うので、僕も一緒に図書室へ向かった。

図書室のカウンターには一年生の図書委員がひとり座っていた。カウンターの奥にある司書室では残りの図書委員が六人掛けのテーブルで弁当を食べている。昼のカウンター当番は、こうやって司書室で順番に弁当を食べるようだ。

室内に河合先生の姿はなく、僕と藤生は一年生たちから離れた椅子に腰かけた。テーブルにパンと弁当と先輩の原稿を置けば、知らず唇から溜息が漏れる。

「まさか先輩が、こんななぞなぞみたいなことを仕掛けてくるなんて」

一番スムーズに原稿をもらえるだろうと信じて疑っていなかっただけに落胆が大きい。先輩が態度を急変させた理由が一向に思い当たらず、項垂れてあんパンの袋を開ける。

藤生はテーブルに弁当を広げ、黙々とおかずを咀嚼しながら先輩の原稿を読んでいる。一縷《いちる》の望みをかけ「なんの本だかわかる？」と尋ねてみたが、難しい顔で首を傾げられてしまった。

「わかりませんね……。わかるのは、主人公が過去に犯した自分の罪を悔いていることくらいです。でも、そんなお話なんて山ほどありますし」

　プチトマトを口に放り込み、藤生は片側の頬を膨らませて原稿を読み上げる。

「『今ならば主人公の気持ちがよくわかる。罪は消せない。大人になっても、きっと一生自分のしたことを忘れられないだろう。自分の行動を悔やんで、恥じて、もう無邪気に趣味に没頭することもできない。昔読んだときは退屈だとしか思わなかったのに、主人公の行動に自分の浅ましさを重ねるばかりで読み返すのが辛いくらいだ。この本を読むことは、僕にとって自傷行為に似ている』。この部分だけ読んでも、主人公が何か取り返しのつかないことをしたのがわかります」

　読み上げられた文章があまりに後ろ向きで、本当に緑川先輩の書いたものかと疑った。先輩はいつも笑顔で、大らかで、何か失敗をしても前向きに対処するタイプだと思っていたのに。自傷行為なんて言葉が出てきてどきりとする。

「本を読むことが自傷行為になるって、どういうことだろう」

　あんパンを口に運びながら呟くと、藤生は不思議そうな顔で「そのままの意味では？」と言った。本にまつわる話をしているせいか、口調は滑らかで声量もある。

「主人公と自分を重ねてしまって、その心境を何度でも追体験するんです。もしかすると先輩は、主人公の犯した罪と近しいことを過去にやってしまったのかもしれません。だから本を読んでいると当時を思い出して、いたたまれない気分になる」

「緑川先輩が、罪かぁ」

童話に出てくる王子様のような風貌の緑川先輩が。どんな罪なのか想像もつかない。

首を捻《ひね》っていると、藤生がじっとこちらを見ていることに気づいた。箸を止め、何か言いたげに瞬きを繰り返している。

どうかしたのかと尋ねると、藤生はひどく言いにくそうに口を開いた。

「私は先輩のことをよく知らないのですが……前に荒坂君の絵が美術室から消えたって話、してましたよね。もしかして先輩は、そのことに罪の意識を覚えているのでは……？」

僕は藤生の顔を見詰め返し、「まさか」と返す。

「それは先輩のせいじゃない。そんなことに罪悪感を覚える必要もない」

「でも、当時緑川先輩は美術部の部長だったんですよね……？　鍵の管理だって先輩がしていたんですし。読書感想文を依頼したときも、本当に申し訳なさそうに荒坂君に謝ってました」

藤生の言う通り、先輩は未だに消えた僕の絵のことを気に病んでいる。僕が何度先輩のせいではないと言っても耳を貸そうとしなかった。

「だとしても、ここまで強い罪悪感を覚えることじゃないよ。その言い草じゃまるで、先輩が絵をどうにかした張本人みたいじゃないか」

「……違いますか？」

ほとんど吐息が掠れているだけの声で藤生が呟く。緊張した面持ちで僕を見る藤生は、何か勘違いをしているようだ。

僕は藤生と視線を合わせ、きっぱり「違うよ」と言った。

「断言してもいい。先輩はやってない」

ゆるぎない僕の物言いに怯《ひる》んだのか、藤生がおずおずと目を伏せる。

他の誰がなんと言おうと僕だけは断言できる。絵が消えたのは先輩のせいじゃない。僕はそれを知っている。

納得してくれたのか、それとも我を通すことに慣れていないのか、藤生は小さな声で「そうですか……」と言ったきり、もう先輩を疑うような言葉を口にしなかった。

とりあえず緑川先輩が読んだ本のタイトルを考えるのは藤生に任せることにして、僕は樋崎先生の条件をクリアすべく、昼食を終えると図書室で「赤い繭」を探した。

藤生曰く、「赤い繭」は『壁《かべ》』というタイトルの短篇集に収録されているらしい。文庫のコーナーをうろうろしていると、「ア」行の作家の棚で目当ての本を見つけた。一体いつ購入されたものなのか、すっかりくたびれた本を手に近くのテーブルに腰を下ろす。

昼休みの図書室にはあまり利用者がいない。室内には何列も長テーブルが並べられているが、僕の他には男子と女子が合わせて三名いるばかりだ。

僕はひとり、窓辺の席で本を開く。以前藤生が言っていた通り、「赤い繭」はほんの数ページのごく短い小説だ。

ズボンのポケットからスマートフォンを取り出す。予鈴が鳴るまでまだ十分ある。斜め読みなら十分でも足りるだろうと、「赤い繭」の一行目に目を走らせた。

図書室は教室の喧騒《けんそう》が嘘のように静まり返り、ページをめくる微かな音すらくっきりと浮かび上がる。朝から続く雨はまだ止まず、昼間だというのに窓の外は薄暗い。蛍光灯が白々とページの表面を照らして眩しいくらいだ。

内容は藤生が語っていた通りだ。家のない男が自分の家を探している。

ぱらぱらと雨が窓を叩く音が耳について、読み終えたはずの行をもう一度読んでいた。今日の雨粒の音はやけに硬い。瞬きのたびに本のページが白く光る。

作中で急に男が怒り出した。怒っているというより動揺しているのか。よその家に入ろうとして家人に拒否されたようだ。また街をさ迷い歩き始める。

目は物語を追っているのに耳は雨音を追いかけてしまう。硬い雨の音は金平糖《こんぺいとう》がガラスを叩く音を連想させた。淡い水色、レモン色。瞬きのたびに瞼の裏で色が弾ける。

男が公園にやって来た。自分の爪先を見ている。

その辺りで文字に集中できなくなってきて片耳に指を突っ込んだが、今度は心臓の音が邪魔をして、文字の上を視線が上滑りする。

何度かそんなことを繰り返し、僕は諦めて読んでいた本を閉じた。耳に突っ込んでいた指を引き抜く。ほんの数分しか活字を追っていないのにひどく疲れた。元から読書は苦手だが、雨の日は特にはかどらない。雨音が耳についてしまって気が散る。

本をテーブルの脇に押しやり、スマートフォンのペイントアプリを開いた。雑音に心かき乱されたときは、なんでもいいから絵を描くと気が休まる。

白い画面に指先で絵を描いていると、ようやく昼食を食べ終えた藤生が司書室から出てきた。僕は顔を上げ、テーブルの端に置いていた本を掲げてみせた。

「本、見つけたよ」

「ど、どうでしたか？」

「まだ読み終えてないけど、主人公が何を思って動いてるのかよくわからない」

短く答えてスマートフォンの画面に指を走らせる。藤生もそちらに目をやって、わぁ、と小さな声を上げた。

「それ、なんの絵ですか？　綺麗……」

「『赤い繭』のイメージイラスト」

絹糸を重ねたような細い線で僕が描いていたのは、本にも出てくる繭の絵だ。俵《たわら》型の繭にはペイズリー柄もどきの適当な柄を描き込んでいる。

しかし藤生はそれが繭だとは予想もしていなかったようで、戸惑い顔で僕を見た。

「あの、私てっきり、湖か何かかと……。でもそれ、繭、なんですよね?」

「うん。繭」

喋っている間も絶えず手を動かして描いているのは、青い繭だ。灰色と水色の中間のような色の形に群青《ぐんじょう》の線を重ねて模様を描く。

一通り描き終えると削除ボタンを押して絵を消した。保存する程のものでもないと思ったのだが、藤生は「あっ」と声を上げ、慌てたように口を押さえる。

勿体《もったい》ない、と言いたげな藤生に、アプリを開いたままのスマートフォンを差し出した。

「ちなみに、君だったらどんな絵を描く?」

「『赤い繭』の、イメージイラスト、ですか……?」

藤生はおっかなびっくり指を伸ばし、慣れない手つきで画面の中央に赤い楕円《だえん》を描いた。

「こう、でしょうか。赤い繭、ですし……」

やはりそうか。理屈では理解できる。でも僕が「赤い繭」という物語から連想するのはやっぱり青い繭で、こういうところで若干人と感覚がずれる。本を読んでいても反転したイメージを抱きがちなので、読書感想文は未だに苦手だ。

「とりあえず本の内容はわかった。意味は全然わからなかったけど」

「どの辺りがですか? ラストシーンですか?」

本の話になると藤生の口調は安定する。反対に、僕の言葉尻は頼りなく溜息に溶けた。

「全部は読めてないんだけど、最後はどうなるんだっけ？」

「主人公の体がほどけて、繭になって、鉄道員に拾われて彼の息子のおもちゃ箱にしまわれてます」

「うん。読んでもわからないと思う」

冒頭からもう不可解だ。主人公は登場した瞬間から家がないし、しかもなぜないのかは触れられぬまま、ふらふらとあてもなく街を徘徊《はいかい》する。情報が少なすぎはしないか。

「この感想って、『意味不明です』以外に何かあるの？」

腕を組んで唸っていると、藤生が遠慮がちに声をかけてきた。

「そんなに難しければ、樋崎先生とは違う人に感想文を頼んだらどうですか……？　生徒ではなく先生にお願いしたいなら、樋崎先生以外にも、いくらでも……」

「いや、樋崎先生がいいんだ。こんな機会は滅多に無いし、あの先生がこういうわけのからない物語にどんな感想を抱くのか知りたい」

知りたい。知ってどうなるものでもないのだけれど、胸の内を垣間《かいま》見たい。

先生はいつも穏やかに笑って、どの生徒にも分け隔てなく接しているように見えるが、本当にそうだろうか。笑顔の裏で特定の生徒に悪意を示すことはないのか。

夜の校庭の片隅で、闇の中に赤く浮かび上がった樋崎先生の後ろ姿を思い出す。

「どうしてそんなに、樋崎先生にこだわるんです……？」

震える吐息に声を混ぜるようにして藤生が尋ねる。多分、教室にいたら他人の耳には届かなかっただろう細い声だ。人の少ない図書室でさえ聞き取るのがぎりぎりだったその問いに、僕は答えではなく質問を返した。

「あの人、ちょっと得体《えたい》の知れないところがない？」

「――えっ、そ、そう、ですか……？」

「生物室に次々運び込まれる生き物の死骸を、なんの疑問も持たず剝製にしたりホルマリン漬けにしたりしてるんだ。そんなこと、多少正気を失っていないとできないように思う」

「それは、偏見では……？」

「偏見かもしれないけど、ああいう人が何を考えてるのか、知りたい」

例えば死んだ動物の体に刃物を当ててるとき、何を考えているのだろう。

普通の人間ならば躊躇《ちゅうちょ》してしまうようなことを、顔色ひとつ変えずに実行するその胸の内が知りたかった。

藤生が何か言いかけたところで図書室のスピーカーから予鈴が流れた。

「樋崎先生から感想文をもらうまでには、まだ少し時間がかかると思う。あとは八重樫がすんなり提出してくれるのを祈るばかりだけど……」

難しいだろうなぁ、とぼやいて椅子を立つ。八重樫が宿題を忘れてくる姿を、去年だけで何度見たかわからない。

図書室を出て教室へ戻る途中、藤生が思い切ったように僕に声をかけてくる。

「あ、あの、八重樫君、でしたか……彼も読書は、あまり好きではないんですか？」

「そうだろうね。じゃなかったら教科書に載ってる話で間に合わせようとしないだろ」

「でも、八重樫君は『舞姫』に共感できる、と言っていたような……」

「ああ、あれね。僕も気になって八重樫に訊いてみたんだけど、なんかあいつ、うちの学校に交換留学で来てるオーストラリア人の女の子と仲良くなったんだって」

僕たちの学校には交換留学制度がある。交換と言いつつこちらから海外へ留学したという話はとんと聞かないが、海外からうちの学校にやってくる生徒はたまにいる。

藤生は眼鏡の奥で目を瞬かせ、そういえば、と視線を落とした。

「隣のクラスとの合同体育のとき、見かけますね。金髪の、髪の長い……」

「そう、多分その子。どういう経緯か知らないけど、その子と放課後に勉強会やってるんだって。それで一緒に『舞姫』読んでるらしいよ。『舞姫』って、主人公が海外に留学して、現地の女の子と恋に落ちるって内容なんだよね？　彼女に内容を解説しながら『俺たちのことみたいだね』とか言ってるらしい。まだつき合ってるわけじゃないらしいけど、そのうち告白するつもりだって張り切ってたよ」

隣を歩いていた藤生の歩調が急激に鈍《にぶ》った。こちらを凝視してくるのでどうかしたのかと尋ねると、半ば青い顔で呟かれた。

「荒坂君も八重樫君も、『舞姫』のラストを、知らないんですか……？」

「知らない。授業でもまだ途中までしかやってないし。八重樫はどうかわからないけど」

「あの二人……主人公の豊太郎と恋人のエリスは……最終的に、別れます。その上、女性側がかなり手ひどく振られるんです。ほとんど裏切りに近い形で……」

言いにくそうに「舞姫」の顚末を語った藤生に、僕まで足を止めそうになった。八重樫はそんな内容を指して『俺たちのことみたいだね』などと言っていたということか。結末を知らなかったにしてもひどい。

「……とりあえず、八重樫が結末を知ってるか確認しよう」

「もし知らなかったら、どうするんです……？」

どうもこうも、教えるしかないだろう。現国の授業で結末を知るまで悠長に待っている時間はない。

しかし、自分と彼女の恋の行く末を「舞姫」に重ねていた八重樫が物語の結末を知ったらどうなるだろう。落胆して感想文どころではなくなってしまうのではないか。

「嘘の結末教えようかな」

「それは駄目ですよ」

すかさず藤生に止められて、僕は低く唸りながら教室に向かった。

「舞姫」の結末を八重樫に教えるべきか、教えざるべきか。本気で悩んでいたものの、それは案外あっさり明かされることになった。

その日の最後の授業は現国だったのだが、授業の冒頭で国語科の田中《たなか》先生がぺらっと豊太郎とエリスの破局を口にしてしまったのだ。「エリスもかわいそうだよね」などと平然とのたまう先生を横目に、斜め前の席に座る八重樫の表情を窺い見る。残念ながら僕の席からではその顔を見ることは叶わなかったが、八重樫は黒板を見詰めて微動だにしない。

僕と同様、豊太郎とエリスが破局するなんて夢にも思っていなかったようだ。

授業後、なかなか席から立とうとしない八重樫にそっと近づいた。藤生も気になっていたようで、少し離れた所から僕たちの様子を見ている。

「……八重樫、前に頼んでた『舞姫』の感想文のことなんだけど」

八重樫がゆっくりとこちらを振り返る。この一時間でげっそりとやつれたのか、坊主頭の八重樫はムンクの叫びのような顔になっていた。

表情もなく僕を見上げ、八重樫は「それどころじゃない」と掠れ声で呟く。

「俺まさか、あんな結末になるなんて知らなくて、アリシアになんて言えば……」

放課後に勉強会をしている彼女の名はアリシアというらしい。まだつき合ってもいないのにちゃっかり下の名前で呼んでんのかよ、と思わないでもなかったが、そこには触れず項垂れる八重樫の肩を叩いた。

「落ち込むのももっともだが、とりあえず結末がわかったところで感想文を書いてくれ」

気落ちした表情から一転、八重樫が憤怒の形相で僕を睨んできた。

「お前、鬼か！　それどころじゃねぇって言っただろ！」

「失恋したお前を急《せ》かすのも気が引けるが、こっちも今後の放課後がかかってる」

「まだ失恋してねぇよ！」

「人生諦めも肝心だぞ？」

「なんだとぉ！」

「あああ、あの、あの、あの……！」

離れた所から僕たちの様子を見守っていた藤生が慌てて割って入ってきた。喧嘩になるとでも思ったのかもしれない。しかしその場を収める言葉が出てこなかったようで、結局「あの……」と言ったきり黙り込んでしまう。

顔面蒼白で唇を震わせる藤生の姿に毒気を抜かれたのか、八重樫は脱力したように机に突っ伏した。その体勢のまま、くぐもった声で呟く。

「アリシアとのこと、相談に乗ってくれたら感想文書く……」

僕は内心天を仰ぐ。

樋崎先生、緑川先輩と続き、またしても妙な条件をつけられてしまった。

項垂れる八重樫を引きずるように学校を出て、僕らは駅前のハンバーガーショップに移動した。夕暮れの店内には僕らのような学校帰りの学生の姿が散見される。安くて長居のできるファーストフード店は高校生にとってありがたい存在だ。

「好きに買って食べてくれ」

レジ前の列に並び、前に立つ八重樫の背中を叩く。悄然《しょうぜん》と肩を落とした八重樫は、肩ごしに僕を振り返り、湿った声で呟いた。

「……おごってくれんの？」

「まさか、自分で買えよ」

「おごってくれないならどうしてこんな店に連れてきたんだよ！」

「人間、腹が減ると悲観的になるからだ」

反駁《はんばく》しようと口を開いた八重樫の腹が、ぐぅ、と鳴る。

八重樫は恨めし気に僕を睨み、チーズバーガーセットを注文した。僕もつき合いでフィッシュバーガーセットを買う。僕の後ろに並んでいた藤生はあまり学校帰りに買い食いをしないのか、散々悩んでアップルパイと紅茶を頼んだ。

四人掛けのテーブルに僕と藤生が隣り合って座り、向かいに八重樫が腰を下ろす。藤生は席に着くとアップルパイの包みを開けるより先に、トレイに敷かれていた従業員募集のチラシに視線を落として動かなくなった。こうなったら読み終えるまで会話には参加してこないだろうと見当をつけ、早速八重樫に尋ねる。

「そもそもの話、八重樫は本当にそのアリシアさんと仲良くしてるのか？　お前、英語の成績悲惨なもんだろ？　意思の疎通ができるのか？」

八重樫はチーズバーガーの包みを開け、もちろん、と胸を張った。

「アリシアは日本語が上手いんだ。ほとんど日本語で喋ってくれるから問題ない」

「ああ、なるほど……」

「かなり読み書きもできるんだぞ。平仮名なら問題なく読める。だから俺、アリシアの教科書に全部ふりがな振ったんだ」

「手間じゃなかったか？」

「大変だったけど、アリシアのためだからな！」

好きになった相手には尽くすタイプらしい。

八重樫の話によると、アリシア嬢は母国で日本のアニメに熱中していたそうで、アニソンやら字幕付きのアニメやらを使い、独学で日本語を習得したらしい。アニメだけでなく日本文学にも興味があるとのことで、いずれ『源氏物語』を原文で読むのが夢だという。

そんな彼女にとって、現代文というより古典のような言い回しが多い「舞姫」は打ってつけの教材だったらしい。僕たち日本の高校生も音を上げたくなる「舞姫」を、アリシアはちゃんと日本語テキストで読んでいるというからあっぱれだ。

「ちなみにアリシアさんは『舞姫』の結末を知ってるのか？」

チーズバーガーをあっという間に平らげた八重樫は、消沈した様子で首を傾げた。

「わかんない……。俺は授業で教わったところまでしかアリシアと読み合わせしてなかったし、アリシアも『舞姫』を読んだことがあるかどうかは、何も……」

「豊太郎とエリスが自分たちみたいだってお前が言ったとき、アリシアさんの反応は？」

「ど、どうだったかな……。にこにこしてたような気がするけど、俺たまに早口になっちゃうこともあるから、意味がわかってなかったのかも……」

「アリシアさん、日本語上手いんだろ？」

「そうだけど、アリシアはリスニングよりリーディングが得意なんだ。早口だと聞き取れないこともあるみたいで、だからなるべくゆっくり喋ってるつもりなんだけど、アリシアと二人きりになると俺、ちょっと緊張しちゃって、つい」

八重樫は照れたように坊主頭を撫で回す。そろそろ惚気《のろけ》が辛い。話を変える。

「そういえばお前、どうやってアリシアさんと接点を持ったんだ？　クラスも違うのに」

「樋崎先生に紹介してもらったんだよ」

不意打ちのように先生の名が出てきて、うっかりポテトを摑み損ねた。トレイに敷かれたチラシを熱心に読んでいた藤生も反応したのか顔を上げる。

八重樫は僕らの視線に気づかず、ポテトに手を伸ばしながら続けた。

「去年俺たちのクラス、生物室の掃除当番だっただろ？　生物室って二階にあるじゃん。窓からテニス部のクレーコートがよく見えるんだ」

生物室の下にはテニスコートがある。夏休み前、八重樫は放課後にテニスをしていたアリシアをたまたま見かけ、その見事なスマッシュに目を奪われたらしい。

「アリシアはテニス部なんだ。ぼーっとアリシアのこと見てたら、いつの間にか後ろに樋崎先生が立ってて、『気になるなら声をかけてみたら？』って言ってくれたんだよ」

樋崎先生は尻込みする八重樫の背を押してアリシアと引き合わせ、『せっかくだからお互い語学勉強でもしたらどうだろう』と放課後に生物室を使わせてくれるようになったらしい。

「お前たちの勉強会のためにわざわざ？」

「うん。生物部の部活が終わった後、そのまま生物室を開けといてくれてる」

「それはさすがに親切が過ぎる。何か裏があるんじゃないか？　騙されてるのかもしれないぞ。あの先生はかなりの変わり者だ」

隣に座る藤生が「偏見です……」と弱い声で反論してきたが無視だ。八重樫も僕の言葉を否定するかと思いきや、何やら複雑な顔で頬杖をつかれてしまった。

「まあ、ちょっと変な先生ではあるよな。何考えてるのかよくわかんないときあるし」

思いがけず同意されて逆に驚いた。何かされたのか、と勢い身を乗り出す。

「いや、特別何かされたわけじゃないんだけど、気分にむらがあっていうの……？　前に勉強してたときも変なこと言われて……もしかして本当は生物室使ってほしくなかったのかな？　みたいな……」

「なんだそれ？」

八重樫の言葉は要領を得ない。藤生まで一緒になって「どういうことです？」と身を乗り出してきた。

「いや、なんか、アリシアと勉強してたら、樋崎先生がふらっと生物室に来て、急に怪談を始めたことがあって……」

「怪談？　怖い話か？」

うん、と八重樫は神妙な顔で頷く。

外が暗くなっても熱心に勉強を続けていた二人に、先生は緩く笑みを浮かべて『そろそろ帰らないとお化けが出るよ』と言ったらしい。それだけならば生徒に下校を促すためのちょっとした脅し文句に過ぎないが、話には続きがあった。

「十八年前、あの生物室から女子生徒が飛び降りたことがあるんだって言うんだよ。それ以来、放課後にひとりで生物室にいると、何かが大きなものがクレーコートに落ちる音が聞こえるんだって。で、窓から下を見ると、壁を這い上がろうとする血まみれの女子生徒と目が合うとかなんとか……」

「本気で怖い話じゃないか」

「そうなんだよ！　急にそんな話するからさ、もしかして嫌がらせかな？　って思うじゃん！　遠回しに生物室から出てけって言われてんのかなぁ、とか」

だとしたら自分から生物室を使えと言った意図がわからない。二人がよほど頻繁に生物室に入り浸っていたせいではないかと尋ねたが、勉強会は毎週金曜日の放課後しか行われていなかったらしい。

「まあ、悪いことばっかりじゃなかったけど。先生の話にすっかりアリシアが怯えちゃって、一緒に帰ることになったりしたし」

「でもつき合ってはないんだよな？」

「そ、そのうち、と思ってたんだけど……」

中途半端に語尾を小さくしたと思ったら、急に八重樫がズボンのポケットからスマートフォンを取り出した。画面に視線を走らせたその顔がにわかに強張る。どうした？　と尋ねると、短い沈黙の後で返事があった。

「……アリシアから。今日は勉強会ないのかって」

「そう言えばお前、毎週金曜日に勉強会やってるって言ってたな？」

今日は金曜だ。アリシアとの約束をすっぽかしたことになる。授業が終わるや否や半ば強引に八重樫をここまで連れてきてしまった手前うろたえたが、八重樫は暗い表情で「いいんだ」と呟いた。

「今アリシアと会っても、どんな顔したらいいかよくわかんないし……」

「『舞姫』と自分たちの関係を重ねたことをそんなに気にしてるのか？」

八重樫がスマートフォンをテーブルに置いて、待ち受け画面がちらりと見えた。八重樫と、金髪の女の子のツーショットだ。恐らくあれがアリシアだろう。二人の笑顔は一瞬で消え、暗くなった画面に八重樫の手が重ねられる。

「……遅かれ早かれ、俺たちも豊太郎とエリスみたいになるの、わかってたし」

普段はテンションの高い八重樫が打ち沈んだ表情を見せ、僕は藤生と顔を見合わせた。

「そういえば、アリシアさんっていつ自分の国に帰るんだ？」

「……五月の中頃。学校に来るのは、今月いっぱいだって」

隣で藤生が息を呑む。僕も両手で顔を覆いたくなった。アリシアが学校に来るのはあと二週間足らず。勉強会は今日を含めて残り二回しかない。そんな貴重な機会をどうしてすっぽかしたのだと詰め寄りたかったが、八重樫が見たこともないくらい気落ちした顔をしていたからできなかった。

「アリシアは留学生だからさ、いつか帰っちゃうのはわかってたし……。でも仲良くなれて嬉しかったんだ。アリシアが『舞姫』を一緒に読もうって言い出したとき、俺本当に内容知らなかったから、日本人の主人公が留学先でアリシアみたいな女の子と仲良くなってるのが俺たちみたいで、それで浮かれて……ちょっと願掛けてた部分もあるんだ」

願掛け？　と問い返せば、少し気恥ずかしそうな顔で頷き返された。

「もし、『舞姫』の二人が末永く幸せに暮らしました、みたいな終わり方したら、俺とアリシアも上手くいくんじゃないかなぁ、とか……告白してみようかな、とか」

寝癖がつかないという理由だけでこだわりもなく丸坊主にしている男の口から出てきたとは思えないくらい、ロマンチックな発言に面食らう。藤生はさらに驚いた様子で、思わずといったふうに口を挟んできた。

「『舞姫』のあの陰鬱《いんうつ》な導入で、ハッピーエンドになると思ったんですか……？」

僕と八重樫は同時に藤生を見て、互いに顔を見合わせる。

「陰鬱っていうか、小難しい感じはしたけど」と腕を組んだのは八重樫で、「あの時代の小説って皆あんな感じじゃないの」と僕も首を捻る。藤生は信じられないと言いたげな顔だが、むしろ物語の冒頭で全体の雰囲気を推し量れる藤生の方が特殊な気もした。

八重樫はスマートフォンの画面を指で叩き、「でもなぁ」と自嘲気味に笑った。

「陰鬱かどうかはわかんないけど、俺なんとなく、『舞姫』がラブコメみたいな展開にならないことはわかってたと思う。わかってて、豊太郎とエリスが上手くいったら告白しようと思ってたんだ。だから今日の授業でネタバレされたとき、ああやっぱりって思ったし、ちょっとだけほっとしたかもしれない。告白しないで済んだって」

「なんだそれ？　アリシアさんのこと好きだったんじゃないのか？」

「そうだけど、告白されてもアリシアだって困るじゃん？　もう帰っちゃうんだし。多分振られる。だってオーストラリアって飛行機使っても十時間近くかかるんだぞ？」

遠いじゃん、とわかりきったことを八重樫は言う。

わかりきっているけれど、八重樫は日本とオーストラリアがどれほど遠いのかちゃんと調べたのだろう。飛行機で何時間もかかるんだろうなと漠然と思うばかりの僕とは違い、十時間という具体的な数字が出てきたからだ。もしかすると一度や二度は、日本からオーストラリアに向かう経路を調べたことがあるのかもしれない。アリシアと撮った写真を待ち受けにした、あのスマートフォンで。

思ったよりも本気で八重樫はアリシアのことが好きらしい。だったら告白してしまえばいいと思うのに、断られる可能性も捨てきれないのか、こんなところでぐずぐずしている。

僕は椅子の背もたれに寄りかかり、「わかった」と腕を組んだ。

「お前の事情はよくわかった。そういうことなら気分転換に読書でもしたらどうだろう。ついでに読書感想文も書いたら気が紛れるかもしれない」

他人の恋愛事情に口を挟むのも野暮《やぼ》なので、当初の目的を完遂すべく読書感想文を催促する。八重樫は信じられないものを見るような目で僕を見て、唇を戦慄《わなな》かせた。

「ひでぇ！　鬼！」

「だってどうしようもないだろう。アリシアさんが帰るのは止められないんだし」

「そうだけど！　そうなんだけど！」

「変えられない現実を嘆いて足踏みするより、目の前の読書感想文を仕上げて前に進んでくれ」

「ちょっといいこと言ってる風だけどお前自分のことしか考えてないだろ！　もうちょっと真剣に相談に乗ってくれよ！」

そう言われても、僕に出来ることと言ったら八重樫の泣き言に一通り相槌《あいづち》を打つことぐらいだ。仕方ないので気が済むまで愚痴を聞いてやろうと思っていたら、藤生が自分のスマートフォンを取り出して何か入力し始めた。しばらくして手を止めると、おずおずと八重樫にスマートフォンを差し出す。

「あ、あの……、よければこの文章、アリシアさんに送ってもらえませんか……？」

八重樫と一緒になって覗き込んだ画面には、長々とした英文が並んでいた。八重樫は目を白黒させ、そろりと画面から身を遠ざける。

「え、な、何これ……？　なんて書いてあるの？」

「アリシアさんに、『舞姫』の読書感想文を書いてもらえないかお願いする内容です」

「ていうかこれ、藤生が書いたの？　この短時間で、こんな長文を？　すごいな」

「ほ、翻訳アプリを使ってますから、文法的におかしいところを手直ししたくらいで」

「いやいや、藤生さんだっけ？　おかしいところがわかるのがすごいよ！　でも、なんでアリシアにも感想文を書かせるの？」

八重樫は心底不思議そうな顔だ。僕もまた、藤生の意図がわからない。

僕と八重樫にしげしげと見詰められ、藤生は緊張しきった顔でシャツの胸元を握りしめる。大きな声だけでなく他人の視線も苦手なのか深く俯くと、隣に座る僕にしか聞こえない声でぼそぼそと言った。

「アリシアさんの、『舞姫』の感想を見たら……、もしかしたら、八重樫君がどうすべきか、わかるかもしれない、ので……」

自信なさげな声は向かいに座る八重樫にまで届かなかったようで、代わりに僕が同じ言葉を繰り返した。八重樫は怪訝《けげん》な顔で、藤生ではなく僕に尋ねる。

「ほんと？　なんで？」

「いや、僕にもわからないけど。でもアリシアさん、日本語で感想文とか書けるのかな？」

「あ、あの、英文で書いてもらえれば、翻訳は、私が……」

八重樫は半信半疑の顔だ。しかしこれは読書感想文が増えるチャンスでもある。新聞の紙面が埋まるのはありがたい。藤生の意図はわからねど、全力で援護射撃することにした。

「とりあえずお前は藤生とアドレスでもなんでも交換して、その文章をアリシアさんに送れ。お前が最初に相談に乗れって言ったんだぞ。こうして有益なアドバイスをしてるんだから、ちゃんと実行しろ」

「ええ？　本当に有益なの……？」

「やってみないとわからないだろ」

八重樫は渋い顔をしながらもその場で藤生とアドレスを交換して、藤生の書いた英文をアリシアに送った。すぐに返信があったらしく、八重樫は藤生にスマートフォンの画面を向ける。英文を送ったからか、アリシアの返信も英文だ。素早く目を通した藤生によると、アリシアは「舞姫」の感想文を、八重樫と続けてきた勉強会の最後の課題と思っているらしい。週明けには感想文を持っていくと約束してくれた。

「あの、八重樫さんも、月曜日までに感想文、お願いできますか……？」

「月曜って、間に合うかな……」

「できれば、二人の感想文を読み比べたいんです」

控えめな口調ながら藤生が引き下がる様子はない。八重樫はしばらく渋っていたが、アリシアも月曜までに感想文を用意するのだからと説得するとなんとか頷いてくれた。

「なるべく、自分の気持ちに素直な感想を、お願いします」

藤生が深々と頭を下げる。八重樫も覚悟を決めたのか「わかった」と頷いたが、すぐにしおしおと項垂れてしまった。

「でも今『舞姫』を読み返すの、辛いなぁ……。感情移入して泣いちゃうかもしれない」

「あっ、あっ、でも、それも読書の醍醐味ですよね……っ」

必死で八重樫を慰める藤生を見ながら、そういうものなのかな、と内心首を傾げる。

普段からあまり本を読まない僕は、物語に感情移入するというのがどういうことなのかよくわからない。自分に似た境遇のキャラクターと自分を重ね合わせ、キャラクターの言動に肩入れしたり、敵対するキャラクターに反発したりするのだろうか。

炭酸の抜けてきたジンジャーエールを飲みながら、八重樫とアリシアの感想文を想像する。きっと八重樫は日本人男性の豊太郎に目一杯肩入れするだろうし、アリシアはエリスに同調して豊太郎を責めるような文章になるだろう。実際豊太郎は最低だ。親友にそそのかされたとはいえ、自分の出世のためにエリスを捨てて日本に帰ってしまうのだから。

そんなことを考える僕の前で、八重樫は持ち前の人懐っこさを発揮し、藤生と「舞姫」について語り合っている。藤生も本のことになると口調が滑らかになって案外楽しそうだ。

手持ち無沙汰にストローをすすれば、紙コップの中から間の抜けた音が上がる。

読書の面白さはさっぱりわからない。読書の話で盛り上がる感覚もよくわからないが、なんとなく今はのけ者になった気分で、僕はますます大きな音を立てて残り少ないジュースをすすった。

ハンバーガーショップを出ると、朝から降っていた雨がやんでいた。

八重樫と別れて駅に向かいながら「随分盛り上がってたね」と藤生に声をかける。はい、と頷く藤生の頬は少し上気していた。八重樫との会話に興奮していた証拠だ。

「読書って面白い？」

ついそんなことを尋ねてしまったのは、楽しそうな二人の会話に参加できなかったのが少し惜しまれたからだ。

藤生が歩調を緩めて僕を見上げる。眼鏡のブリッジが鼻梁《びりょう》からずり下がったが直そうともしない。いつもより長めに視線が交錯して、どうしてか僕の方から目を逸《そ》らした。

「面白い、です」

「やっぱり、自分の境遇に近い主人公が出てくると楽しい？」

「そうとも限りません。自分と全く違う性格の主人公のお話も好きですし」

「自分の理想の姿みたいな登場人物になり切って読むとか？」

「そういう読み方も、ありますね。悪役が主人公でも面白いですし……」

「現実にはできない悪いことをやってる気分になるから？」

藤生からの返答が途切れた。視線を向けると、眼鏡の奥からじっとこちらを見る双眸《そうぼう》とかち合い、僕まで歩みが鈍る。

「荒坂君は、本当にあまり本を読まないんですね。なんだか、どうやって本を読んだらいいのか、よくわかってないみたい……」

ハンバーガーショップでは他人の視線を避けるように俯いていたくせに、今の藤生は一心に僕を見上げて目を逸らさない。たじろいでこちらの視線がぶれる。

「わからない。だって架空の物語だし。どんな危機的状況でも、現実の方が気になる」

「所詮《しょせん》作り話だと思うから、読書が苦手なんですか？」

「苦手というか、集中できない。活字アレルギーだし」

「アレルギーは、冗談ですよね……？」

藤生の口元に、微かだが笑みが浮かんだ気がした。思わず目を向けたが、そのときにはもう藤生は思案げな顔で口元に指を添えてしまっている。

「読書は楽しいです。でもそれ以上に、私にとっては、生活に必要不可欠なもの、でしょうか……」

喋っているうちに駅の改札近くまでやって来た。鞄から定期券を出そうとしたら、ふいに藤生が足を止める。

「――荒坂君は、どうして人は本を読むんだと思いますか？」

唐突な問いかけに僕も足を止める。

僕は通行人の邪魔にならないよう、道の端に寄りながら首を横に振った。わからない。

藤生は僕を見詰め、きっぱりとした口調で言った。

「この世にある物語は、すべて予言の書になり得るからです」

傍らの道を大きなトラックが通り過ぎて、低いエンジン音が僕と藤生の間を遮る。音は目に見えないはずなのに、互いの間に重い緞帳《どんちょう》が下りた気がして目を瞬かせた。藤生が何を言っているのかわからない。

僕の困惑顔を見ても、藤生は自分の発言を取り下げることをしなかった。それどころかまっすぐに僕を見てさらに問う。

「書物の中でも特に物語に没頭するのはなぜだと思いますか？」

「え、面白い、から？」

僕自身はそうは思わないが、世間一般にはそうではないだろうか。しかし藤生は「そういう側面もありますが」と言って全面的に肯定しない。

「私は、幾通りもの経験をシミュレートできるからだと思っています」

経験をシミュレート、と僕は馬鹿みたいに藤生の言葉を繰り返す。

「そうです。そもそも物語というのは、誰かの経験をわかりやすくまとめたものなんです。今でこそフィクションが幅を利かせていますが、原初の物語は『隣の村の人間が、近くにある森を歩いていたら獣に襲われた』なんて内容です。つまり注意喚起です。『川辺を歩いていたら足を滑らせて溺れた』『山になる果実を食べたら死んだ』もそうですね。生死に直結する事柄だったがゆえに、物語は広く人々に語り継がれてきたんです」

藤生曰く、ただの事実だったことが人伝《ひとづ》てに広まるうちに物語は変化するそうだ。『山に毒の果物がある』から『山に化け物がいる』へと、より人の興味を引くトッピングがなされる。最終的には、『山になる果物は化け物のものだから、むやみに採ると化け物に命を奪われる』などと仕上がり、山の植物に対する忌避感を人に植えつけることになるわけだ。

「現代社会において、物語はさらに重要です」

「そうかな。わざわざ物語に頼らなくても、有毒な果物ならスマホで一発で調べられそうだけど」

「私たちが未だに森で暮らしているならそうでしょう。でも私たちはもう森を出て、より複雑に入り組んだ人間社会で生きています。毒や獣など、わかりやすい危機ばかりでは済みません」

毒も獣も縁遠いこの社会で、それでも毎日人は死ぬ。

テレビをつければ凶悪な犯罪や不可解な犯行のニュースに事欠かない現代だ。個人の情報がSNSを経由して世界に発信される昨今、どこで誰に恨まれて、どんな理不尽な目に遭うかもわからない。森で生きていた頃より生活は快適になっているだろうが、危険度はさほど変わらないのかもしれない。

「物語は人生のカタログだと言う人もいます。いつか自分に降りかかるかもしれない人生の難題や、そのときの最良の選択を見せてくれる見本です。私たちは豊太郎のように法学を学ぶことはないかもしれないけれど、留学をすることはあるかもしれません。日本にいても、異国の友人ができる可能性もあります。八重樫君のように」

「だったら八重樫は、『舞姫』を参考にしてアリシアさんを諦めるのかな」

どうでしょう、と藤生は首を傾げる。

「物語の筋を辿《たど》っていけば全てハッピーエンドになるとは限りません。でも、参考にすべき筋立てを模倣することはできます。バッドエンドを迎えた物語を読んで、そうならないよう避けることも」

この辺りで、ようやく僕は藤生が言っていた『予言の書』の意味がわかってきた。

つまりすべての物語は、誰かの身に起きるかもしれない未来予測なのだ。「舞姫」のように百年以上昔に書かれた物語であっても、どこかで誰かの人生と重なって、起こり得る未来を指し示す。それに従うか抗《あらが》うかは読み手次第ということか。

そんなことを考えていたら、藤生がぽつりと「だから私は本を読むんです」と言った。

「私はきっと、物語に何かを期待しているんだと思います」

「何かって？　ハッピーエンド？」

藤生は首を横に振ると、少し考えてから真剣な表情で言った。

「現実を安全に生きるための情報を、どれだけ与えてくれるか」

思いがけず切実な答えだった。

授業の合間の十分休みでも、藤生は自席で本を開いていた。本が好きなんだろうな、程度にしか思っていなかったが、そんな単純な話ではなかったのかもしれない。

「……てっきり、面白いから読んでるんだと思ってた」

まさか読書にそこまで深い意味があったとは。感嘆の声を上げると、藤生はこちらの視線から逃げるように俯いて肩掛け鞄の持ち手をきつく握りしめた。

「あ、あの、もちろん、面白いから読んでいるのも、あります」

「そうか。でも人生のカタログって考えたことはなかったな」

「それも、ただの受け売りですから……」

感心されるのには慣れていないのか、藤生はそそくさと僕に背を向けて改札の方へ歩いて行ってしまう。

猫背気味の小さな背中を追いかけながら、人生のカタログ、と口の中で呟いた。

これまで読書をそんなふうに捉えたことはなかった。物語の登場人物を、未来の自分と重ねようとしたことなど皆無だ。

「舞姫」も、八重樫にとって予言の書になり得るのだろうか。

先に改札を抜けた藤生が肩ごしにこちらを振り返る。お喋りが過ぎたとでも思っているのか、どことなく居心地の悪そうな顔だ。

僕は足を速めて藤生のもとへ急ぐ。興味深い話だと思った。もう少し藤生と話がしたいし、彼女が本の中にどんな世界を見ているのか知りたい。

本を面白がることはまだできないが、本を面白がる人は面白いと、密かに僕は思い始めている。

*

一日で一番ゆっくり時間が流れていく気がする午後三時。

六時間目の授業中にふと顔を上げると、生徒の三分の一が机に突っ伏して撃沈していた。黒板の前に立ち、鴨長明《かものちょうめい》の『方丈記《ほうじょうき》』を読み上げているのは古典の田渕《たぶち》先生だ。五十半ばの田渕先生は声がいい。オペラ歌手のような貫禄のある体から響いてくるのは重低音のバリトンボイスだ。こんな声で朗々と「ゆく河の流れは絶えずして〜」なんてやるものだからどうしたって眠くなる。なんとか目を開けて板書だけは書き写しているが、途中で意識が途切れるので文字の終わりがノートの端まで伸びてしまう。

夢うつつで先生の声に耳を傾ける。布団に入ってもすぐには眠れないのに、午後の授業だとこんなにも容易《たやす》く睡魔に足首を摑まれるのはなぜだろう。そんなことをうつらうつらと考えていたら、瞼の裏で勢いよく青いポップコーンが弾けた。

「荒坂、授業終わってんぞ！」

頰杖をついた格好で目を開ければ、八重樫が僕の顔を至近距離から覗き込んでいた。

いつの間にか授業は終わり、クラスメイトの大半が帰り支度を始めていた。寝起きでぼんやりしたまま教室の喧騒に包まれていると、半分閉じた瞼の裏でまたもやポップコーンが弾ける。赤に緑、水色と黄緑、女子たちの口から弾ける黄色い笑い声。

「起きろってば、ほら。さっき授業中に『舞姫』の感想文書き終わったんだよ」

言われてようやくしっかりと瞼が開いた。

今朝、土日だけでまとめきれなかったと泣き言を漏らしていた八重樫だが、なんとか授業中に仕上げたらしい。

ちなみにアリシアの原稿は昼休みに八重樫経由で受け取っている。今は藤生の手元にあり、八重樫や僕にもわかるよう放課後に和訳してくれるそうだ。

「じゃあ、俺これから卓球部のミーティングがあるから。部活が終わったらすぐ戻る」

「ああ。それまでには藤生の作業も終わってると思う」

八重樫は「頼む」と言って踵を返しかけたものの、すぐに心配顔で振り返る。

「こんなことして、俺とアリシアの関係が何か変わるのかな」

「どうだろう。僕も藤生が何を考えているのかよくわからないから……」

「アリシアも『舞姫』の感想文書いてきたってことは、ラストまで読んだんだよな……。どんな感想書いたんだろう。日本の男って最低、とか書いてたらどうしよう……」

八重樫がちらりと藤生の席に目を向ける。教室の中央からやや窓寄り、前から二番目が藤生の席だ。八重樫はじっとその背を見詰めるが声をかけようとはしない。珍しく藤生の席の周りをクラスの女子三名が取り囲んでいるからだ。

新しいクラスになってまだ一月足らず。三人のうち二人は名前がわからなかったが、一人はわかった。黒崎《くろさき》だ。下の名前は知らない。新学期最初のホームルームで皆が自己紹介をしたとき、黒崎はふてくされたようにぼそっと苗字だけ言って着席してしまい、名前を知ることができなかった。

美人だがちょっと性格がきつそうな黒崎が、休み時間にひとり黙々と本を読んでいる藤生と一緒にいるのが少し意外だった。いかにも接点などなさそうだが。僕らに背中を向けた藤生の表情は見えない。

八重樫は藤生から視線を剝がすと、「じゃあ」と言い残して今度こそ教室を出ていく。

八重樫を見送り、帰り支度を済ませてから藤生の席を見ると、黒崎たちの姿はもうなくなっていた。残りの生徒も続々と教室を出て、潮が引くように放課後の喧騒が遠ざかる。

藤生は机の端にノートを寄せ、ルーズリーフと電子辞書を並べてアリシアの感想文を和訳していた。

僕は藤生の前の席の椅子を引き、無言でそこに腰かける。急に話しかけて驚かせても悪いので、藤生が顔を上げるのを待って「お疲れ」と声をかけた。

「あ、お、お疲れ様です……」

「さっき八重樫も感想文持ってきたよ。部活が終わったらまたここに戻ってくるって」

頷いて藤生は作業を進める。藤生がアリシアの原稿を翻訳する間、僕は八重樫の感想文に目を通した。

改めて見ると八重樫の字はひどい癖字だ。止めも撥ねも勢い任せで、阿呆な小学生男子がメタリックの青いペンに興奮して見境なく書き殴ったように見える。

読みにくい字を目で追い、僕は深々と溜息をついた。

「藤生、残念だけど八重樫のこれは読書感想文じゃないかもしれない」

「感想文でないなら、なんですか……?」

「ラブレター。アリシアさんをべた褒めする文章で始まってる」

八重樫の感想文は、何を読んだかもそっちのけで「僕の隣のクラスにはオーストラリアから留学してきた女子がいます。アリシアさんといいます」から始まる。そして彼女がどれほど日本語の勉強に熱心で、日本のアニメを愛していて、明るい笑顔を見せてくれるか滔々《とうとう》と語っている。この時点で原稿の半分を過ぎているが「舞姫」の文字は出てこない。

他人の惚気を聞かされている気分になってその先はざっと斜め読みにすると、後半でようやく豊太郎とエリスの名前が出てきた。これはもう、欄外に「『舞姫』の感想文です」と注意書きでもしておくべきか。

「このまま新聞に載せてしまってもいいのかな……」

にわかに不安になって藤生の机に肘をつけば、机の端に積み上げられていたノートに肘がぶつかり床に落ちた。謝って拾い上げた拍子に中が見える。古典のノートだ。

田渕先生は授業前に必ず生徒に予習をさせる。次回の授業でどこまでテキストを読み進めるか先に宣言しておいて、古典の原文をノートに書き写させて授業に臨ませるのだ。

今ならば『方丈記』の原文をノートに書いて、その横に授業中に先生が口頭で読み上げる現代語訳を書かなければならない。しかもノートは授業の始めに毎回チェックされ、これもしっかり成績に反映されるという代物《しろもの》だ。毎年授業中に居眠りをする生徒が頻発するため、田渕先生が業《ごう》を煮やしてこういう形式で授業を進めるようにしたらしい。

一瞬見えたページにも『方丈記』が書かれていた。原文は鉛筆で書かれ、その横にオレンジ色のペンで現代語訳が書かれている。すぐにノートを閉じるつもりが、原文と現代語訳の文字に微妙な違和感を覚えた。ノートを広げて机に置く。

藤生は戸惑った顔をしたものの文句は言わない。それをいいことに遠慮なくページをめくり、今学期最初の授業まで遡《さかのぼ》ったところでちらりと藤生を見た。

「これ、君のノートじゃないね。でも宿題の原文は君が書いてる」

藤生は驚いたように目を見開いて素早い瞬きをする。

「……どうして、そう思いました？」

「原文と訳文の字が違うから」

「そんなに、違いました……？」

ただでさえか細い声を不安げに揺らし、藤生も身を乗り出してノートを覗き込む。

原文も現代語訳も筆跡は似ている。全体的に縦長。筆圧が低く、止めも撥ねも曖昧で、オレンジのインクすらどこか淡く滲《にじ》んで見えた。

アリシアの感想文を和訳している藤生の文字とは異なる筆跡だ。藤生のは生真面目に止めて、撥ねる、端正な文字だ。古典のノートの原文には、少しだけ藤生の文字の面影が残っていた。

僕はページをめくり、新学期に入ってから二回目の授業辺りで手を止め、原文を指さした。

「多分ここまではこのノートの持ち主が原文も自分で書いてる。でもこれ以降は字が違う。君が書いてるだろ」

「……よくわかりましたね。田渕先生だって一度も気づかなかったのに」

指摘は正しかったらしく、藤生はますます目を丸くする。

「まあね。上手く似せてあるとは思うけど、僕は筆跡鑑定人を目指してるから」

「本当ですか？」

「いや、冗談」

藤生の表情が驚きから困惑にすり替わる。自分でもあまり面白くない冗談だと思ったが、別に面白くしようと思って言ったわけでもないので気にしない。

「にしても、これだけちゃんと筆跡を真似るんじゃ普通に書くより手間も時間もかかったんじゃない？　よくこんな面倒臭いことするね。友達にでも頼まれた？」

藤生の目が揺れる。視線が不自然に僕から外れ、俯きがちに無言で頷かれた。

だったらその友達に読書感想文を書いてもらいなよ、と言うのはさすがに意地悪だろうか。藤生は自分で「友達はいない」と言っていた。

藤生は居心地悪そうに黙り込んで、ぎこちない動作で席を立った。

「あの、図書室で借りた本が、返却期限今日までで……。ちょっと、返してきます……」

嘘をついた後ろめたさからか、藤生は僕の方を見ずに鞄を抱えて教室を出ていく。別に嘘の一つや二つついてもらっても全く構わないのだが。藤生は真面目だ。

一方僕は不真面目なので、藤生がいなくなると机の隅に積み上げられていた他のノートも無断で広げてしまう。全部で三冊。どれも古典のノートだ。これも丁寧に筆跡を真似ているが、原文はすべて藤生が書いているらしい。古典の授業の後、藤生の席を取り囲んでいた女子たちにでも頼まれたのだろう。

頼まれたというより、押しつけられたという方が正しいか。

ふと、先日藤生が口にした言葉が頭を過《よぎ》った。藤生が物語に期待しているもの。

——現実を安全に生きるための情報を、どれだけ与えてくれるか。

同じ文章が並んだノートを眺め、これを書くのにかかった時間と労力を想像する。

君の現実は安全じゃないのか、とあのとき聞かなかったことを、この期に及んで少しだけ後悔した。


外がすっかり暗くなる頃、八重樫が教室に戻ってきた。

僕たち以外誰もいない教室で、僕らは暇を持て余し、イラストしりとりをやっていた。

思った以上に藤生は絵心がなく、帽子の絵の次に描かれた謎の動物がなんであるか必死で考えていたのだが、藤生が気恥ずかしそうに「鹿です」と言うのでようやく謎が解けた。

どうせならシマウマとかわかりやすい動物を選べばいいのに。そんなやり取りをしていた僕らを見て「何楽しくやってんだよ」と八重樫は不満顔を浮かべる。

「こっちはアリシアがどんな感想文を書いてきたのか気が気じゃなかったのに……!」

「それよりお前、自分の感想文をどうにかしろよ。なんだあれ、ラブレターか」

「よ、読んだのか!」

「当たり前だろ。ていうかあれ、図書新聞に載って校内に配られるんだからな？　その辺ちゃんとわかってて書いたか？」

「わ、わかっ、わかってたけど！」

「ほんとか？」

八重樫はぐっと奥歯を噛みしめ、大股で僕らのもとにやってくると、どさりと藤生の隣の席に腰を下ろした。

「だって……仕方ないだろ！　『舞姫』読んでる間ずっとアリシアのことしか考えられなかったんだから！」

「だろうな。『舞姫』に出てくる二人はお前たちとちょっと似てるし。でも正直、アリシアさんまでこんな感想文書いてくるとは思わなかった」

「な、なんだよぉ、アリシアはなんて書いてきたんだよ……」

「いや、基本的にお前と同じような内容なんだけど」

「えっ！　そうなの!?」

現金なくらい表情を明るくした八重樫に、藤生はおずおずと和訳した感想文を手渡した。八重樫は焦《じ》れた手つきでそれを受け取り、紙面に顔を近づける。

室内に静寂が流れ、僕は手持ち無沙汰にイラストしりとりの続きを始めた。藤生の描いた猫とも犬とも狐ともとれる鹿の横にカマキリの絵を描く。

意外なことに、アリシアの感想文も八重樫を褒めるところから始まっていた。『私と一緒に『舞姫』を読んでくれた彼は優しくて真摯《しんし》で、私に一生懸命日本語を教えてくれる。勉強熱心で、私が教える簡単な英会話でたどたどしくお喋りしてくれるのが嬉しい』という塩梅《あんばい》だ。

僕は最初、八重樫は日本人男性の豊太郎に、アリシアは異国の少女エリスに感情移入するるのだと思ったのだが、蓋を開けてみたらまるで違った。

八重樫が感情移入したのは、豊太郎に捨てられるエリスの方だ。

感想文の冒頭で、アリシアがどんなに優秀であるか並べ立てた八重樫は、後半になると『きっとドイツに留学した豊太郎もこんなふうに優秀だったのだろう』と述べ、その相手を引き留められなかったエリスの気持ちが痛いほどよくわかると書いた。

「舞姫」には豊太郎とエリスの他に、豊太郎の友人である相沢《あいざわ》という男も登場する。日本に帰るべきか、エリスとともにドイツで生きるべきか苦悩する豊太郎の心中を知った相沢は、豊太郎の目を盗んでエリスに言うのだ。豊太郎は日本へ帰る、もう帰った先での職も決まっている、と。

ドイツで豊太郎と生涯を共にすると信じ込んでいたエリスはそれを聞いて発狂する。その姿を見て、豊太郎は涙ながらに日本へ帰るのだ。

ひたすらエリスが可哀想な展開だと思うが、八重樫の見解は少し違った。

八重樫の感想文には、『エリスは発狂したふりをしたのかもしれない』とあった。豊太郎は優秀だ。帰国すればきちんとした仕事もある。でも心根が優しいので異国の恋人を捨てられない。だからエリスは豊太郎の未練を断ち切るために発狂したふりをして、豊太郎を日本へ帰したのではないかというのだ。

そのくだりを読んだときは瞠目《どうもく》した。小学生が殴り書いたような字で、「そうでもしなければ相手の手を離せなかったのではないか」などと書かれているのだ。ギャップがひどい。

一方で強引な解釈にも思え、八重樫を待つ間、これはこじつけではないかと藤生に尋ねた。エリスは本当にショックを受けて発狂したと読むのが普通だ。

けれど藤生は、僕の言葉をやんわりと否定した。

「八重樫君の感想も間違っているとは言い切れません。『あれは詐病《さびょう》ではなかった』と作中で豊太郎が明言していれば話は別ですが」

「そんなことを言ったら、文中で書かれていなかったことはなんでもあり得ることになるよ。豊太郎はエリスと別れて日本に帰った後、またドイツに戻ったかもしれない、なんて読み方もできる」

「それだって間違いではありません。物語はあそこで終わりますが、その先も豊太郎の人生は続くんですから。エリスのもとに戻らなかったとは言い切れません」

小説は、物語に出てくる登場人物の人生の一部を切り取ったものだ。それもシーンは飛び飛びで、幕間《まくあい》にどんな物語が展開したかは詳《つまび》らかにされない。作者本人の頭の中には克明に描かれているかもしれないが、読者にそれが届く機会は極めて少ない。

「だから私は、自由に想像することにしています。文字に書き起こされなかった物語の行間や、エンドマークのその後で何が起きているのか。それらは読み手の想像力に委ねられていて、だから同じ物語でも、読む人によって感想が変わってくるんだと思います」

八重樫もそうやって物語の隙間に想いを馳《は》せ、「舞姫」のエリスに自分を重ねた。そして、自分ならこんなふうに狂言めいたことをしなければ相手の背を押してやることはできないだろうと感じたのだ。本当は帰ってほしくないのだから笑顔で手は振れない。でも引き留めることもできない。

一方のアリシアも、意外な人物に感情移入していた。豊太郎である。

アリシアは、エリスのことを愛しく思いながらも母国への未練を断ち切れなかった豊太郎にひどく同情していた。その気持ちは痛いほどよくわかる、と。

一度母国に戻ってしまえば、再びこの地に戻れるという確証はない。それだけに、置き去りにしていく恋人に自分のことを待っていてくれとは言えない。だが離れがたいのは本当で、別れ話を切り出すこともできない。ならば腹を決めて異国に永住すればいいではないかと思われるかもしれないが、やはり異国は心細い。豊太郎が母国に焦がれる気持ちを容易に想像できるのは、アリシアが異国で過ごしている真っ最中だからだろう。

日本のカルチャーに憧れてやってきたアリシアも、さすがに故郷が恋しくなってきているようだ。帰国は延期できないが、だからといって離ればなれになる想い人に待っていてくれとは頼めない。

豊太郎やエリス以上に、高校生である僕らの未来は不確かだ。

二人の感想文を読んでわかったことは、お互いに相手の事情を斟酌《しんしゃく》し過ぎて本音を口にできていないということだった。

飛行機で十時間。その遠さを二人ともよく理解していて、離ればなれになった後まで相手の心を縛ってしまわぬよう、明確な言葉を避けている。

もうとっくにアリシアの感想文は読み終えただろうに、八重樫はなかなか紙面から顔を上げようとしない。おかげで僕の描くカマキリは無駄に描写が克明になって、足元に草花まで描き加えられている。

鉛筆が紙の上を走る音だけが響く教室で、おずおずと口火を切ったのは藤生だった。

「あの……豊太郎は物語の冒頭から、ずっと悔やんでますよね。日本に帰る船の中でも、ずっとずっと。腸が日に九回も捻《ねじ》れるほどですから、相当です」

アリシアの感想文から目を離そうとしなかった八重樫がようやく顔を上げた。

食い入るような目で八重樫に見詰められても藤生は怯まない。本の話をしているときだけ、藤生は視線が揺らがなくなる。

「豊太郎がこんなにも悔やんでいるのは、なぜだと思いますか？」

「……そりゃ、エリスを置いてきたから」

力なく呟いた八重樫に、藤生は「そうでしょうか」と真っ向から問いかける。

「私はそれだけではないような気がします。豊太郎があんなにも悔やんでいたのは、何も自分で決めていないからではないでしょうか」

机の下から足を抜き、藤生は体ごと八重樫に向ける。

「豊太郎はエリスを選ぶか日本に戻るかなかなか決めることができませんよね。でもそれは、豊太郎の性格の問題によるものだけではないんです。当時の日本はまだ明治半ば、家や国が重視された時代です。家というのも、単純に同じ家に住んでいる家族のことではなく、代々続く血統を指すのに等しいものでした。豊太郎は日本の法学進歩のために留学して、家のために帰国しようとします。自分のためではありません。この時代の日本人に、個人の意思というものは大変希薄だったんです」

しかし豊太郎は留学して、海外の「個人主義」というものを知ってしまった。自らの意志を尊重して生きる異国の人々を目《ま》の当たりにした後では、私欲を捨てて帰国することが正しいと言い切れなくなったのかもしれない。上司に帰国を促されてもすぐに行動できなかった豊太郎は、その時点ですでに変わりはじめていたのだ。

「でも、豊太郎が結論を下す前に親友の相沢が先走ってしまい、エリスは発狂しました」

藤生は膝を揃え、八重樫の方へ身を乗り出して続ける。

「自分で下した結論ならば、たとえ思っていたのと違う結果に至ってもまだ納得がいくのではないでしょうか。でも豊太郎は自分で決められなかった。流れに身を任せてしまった。そのことを繰り返し繰り返し悔やんでいます」

僕たちしかいない教室の隅々に、藤生の声の残響が吸い込まれて消える。

本の話をするとき、藤生は決して俯かない。興奮しているのか頬が赤くなって、普段俯いてぼそぼそ喋るのが嘘みたいに、声にしっかりとした輪郭ができる。

「物語は予言の書です。遠くない未来、八重樫君も豊太郎と同じように思い悩みます」

礫のような藤生の言葉に怯んだのか、八重樫が言い訳めいた言葉を口の中で呟く。しかし藤生はそれに取り合わず、きっぱりとした口調で言った。

「八重樫君は、アリシアさんに何も言わないまま別れると自分で決めたんですか？　それともずるずると時間が過ぎるのを待って、何ひとつ自分で決めないままうやむやにして豊太郎みたいになりたいんですか？」

――石炭をば早や積み果てつ。

「舞姫」の冒頭の言葉が頭を過る。船室でひとり、揺れる炎を見詰めて過去を振り返る豊太郎の顔が、スマートフォンを見詰める八重樫の顔にすり替わった。待ち受け画面はアリシアと二人で撮った写真のまま、懊悩《おうのう》する横顔をバックライトが照らし出す。

もしかすると八重樫も、自分のそんな姿を想像したのかもしれない。

それまで及び腰で藤生の言葉に耳を傾けていた八重樫の顔に、急に焦燥《しょうそう》の表情が浮かんだ。アリシアが帰国することはもうずっと前からわかっていたはずなのに、今になってようやく残り時間がどれほど少ないのか気付いたような顔をして、慌ただしく席を立つ。

「俺……テニス部行ってくる。アリシアまだ部活してると思うから」

「だったらこれを持っていってください」

藤生が机の上からルーズリーフを取り上げる。そこには八重樫を待つ間、藤生が英訳した八重樫の感想文が書かれていた。

「これをアリシアさんに見せてください。きっと八重樫君の気持ちもわかってくれます」

八重樫は藤生からルーズリーフを受け取ると、小さく声を震わせ「ありがとう」と言った。

「ありがとう、藤生さん。俺、行ってくる！」

「頑張ってください！」

珍しく藤生が大きな声を出した。それに背中を押されるように、八重樫が勢いよく教室を飛び出す。

八重樫の足音が遠ざかり、やがて聞こえなくなると、教室にかけられた時計の秒針の音が思い出したように耳に触れた。と思ったら、拳《こぶし》を固めていた藤生がへなへなと机に突っ伏した。

「たくさん喋って疲れた？」

尋ねると、藤生は机に上体を伏せたままくぐもった声で言った。

「……誰かの背中を押すのは、緊張、します」

「その割にはぐいぐい押してたね。普段もあれくらい喋ればいいのに」

僕は鉛筆を持ち直してカマキリの絵を仕上げる。しばらく鉛筆の音だけが室内に響き、藤生が突っ伏したままもぞもぞとこちらを向いた。

「本のことなら、それなりに喋れるんですけど……それ以外は、全然で。たまに本の話になっても、夢中になっちゃって、気がつくと皆、白けた顔をしていて……」

「そうかな。僕は普段の三倍速で喋る君を見てるの、面白いから好きだけど」

自分の腕を枕にした藤生が目を見開く。縁の大きな眼鏡がずれて斜めになっているが気にした様子もなく、僕を見詰めて動かない。

面白いなんて言って気を悪くしただろうか。でも本当のことだ。夢中で本について喋る藤生を見ているのは面白い。いや、楽しい。同じようで微妙に違う言葉が上手く出てこない。自分の感情を言葉にするのは難しい。

藤生なら——たくさん本を読んで、多くの言葉を知っているだろう藤生なら、こういうときになんと言うのだろう。

考え込んでいたら、藤生が微かに目を細めた。

「そんなふうに言われたの、初めてです」

笑った、とも言えない微妙な表情の変化だったけれど、それは今まで見た中で一番柔らかな表情で、目を奪われた。視線を逸らすまでに少し時間がかかり、そんな自分の反応をごまかすように素早く手元に目を向ける。

「八重樫とアリシアさん、上手くいくかな」

わざと話題を変えて、僕はカマキリの足元に花を描き足す。

上手くいけばいい、と思った。お互いがお互いに宛てたラブレターのような感想文を書いたのだから、互いに憎からず思っているのは間違いない。

底抜けに明るい八重樫が落ち込む姿は見たくないし、海を越えてはるばる日本までやって来たアリシアが笑顔で帰ってくれればいいとも思う。

何より、緊張しながらも必死で八重樫の背中を押した藤生が落ち込むような結果にならぬことを祈って、カマキリの足元に茂る花にリボンを描き添えた。

ぼうし、しか、かまきり、りぼん。

花束のような絵を最後に、僕はルーズリーフを折り畳んだ。

第二章　放課後のキャンプファイヤー

新学期が始まって三週目の水曜日、僕は一時間目の体育の授業をサボった。端《はな》からサボるつもりだったわけではなく、電車が遅延して駅を出た瞬間にもう遅刻は決定していたので、サボることにしたのだ。駅で配布している遅延証明書さえ提出すれば遅刻扱いにはならないのだが、学校に着く頃には授業はもう半分近く消化されていて、そのためだけに体育着に着替えるのが面倒だった。

誰もいない昇降口で靴を履き替え、三階の教室に行こうとして足を止める。二時間目の授業は生物だ。どうせなら生物室で時間を潰せないものかと部屋の前まで行ってみたが、戸口には鍵がかかっていた。諦めて教室に向かおうとしたが、図書室に明かりが灯っていることに気づいてそちらにも足を向けてみる。

図書室の扉には鍵がかかっていなかった。授業中なので当然カウンターに人はいない。

誰もいない室内を見渡していたら、司書室から河合先生が顔を出した。

「あら、荒坂君？　本嫌いがこんな場所に来るなんて珍しいね」

僕はうろたえて姿勢を正す。授業中に何をしているのだと怒られることを覚悟したが、先生は笑顔で「何か本借りてく？」と尋ねてきた。

「いえ、特には……」

「そう。もし借りたい本があったら声かけてね。貸出処理するから」

そう言ってまた司書室へ戻っていこうとするので、思わず呼び止めてしまった。

「いいんですか、授業サボってるのに注意しなくて」

河合先生は振り返り、きょとんとした顔で「注意した方がよかった？」などと言う。無言で首を横に振れば、悪戯《いたずら》っぽく笑われた。

「たまにだったら見逃してあげる。学校の中だって一か所ぐらい逃げ込める場所があってもいいでしょう。それより図書新聞の件、よろしくね」

生徒が授業をサボっていることを「それより」の一言で片づけて、先生は本当に司書室に戻ってしまった。

本に興味がないだけに図書室に用はないと思っていたが、意外な使い道を知ってしまった。適当な席に腰かけ居眠りでもしようかと思ったが、図書新聞の話題が出たので鞄からクリアファイルを取り出した。中には図書新聞に載せる感想文が入っている。

八重樫とアリシアから感想文を受け取ったのは二日前。藤生に背中を押された八重樫は、その足で部活終わりのアリシアを訪ね、藤生が英訳した自身の感想文を手渡した。アリシアはそれを読んで泣いたそうだ。貴方も私のことを考えてくれていて嬉しい、と。次の日から八重樫は昼休みのたびにアリシアと弁当を食べるようになったし、アリシアが帰国した後は文通でやり取りをすることになったそうだ。今時随分と古風だが、手書きの方が文字を書く練習になるからとアリシアからお願いされたらしい。

告白はしたのかと尋ねると、曖昧に言葉を濁《にご》されてしまった。あそこまでお膳立てしてやったのにと落胆する僕を、「そんな簡単なもんじゃないだろ」と八重樫は睨んだ。

「やっぱりさ、遠距離恋愛は難しいと思うんだよ。会いたいときに会えないのは淋しいし、相手にも同じ我慢をさせてると思うと気分的にきついだろ。だったら、今はまだ友達のままでいいんじゃないかと思って。一年に何回かしか手紙のやり取りができなくてもお互い後ろめたい気分にならないような関係がいい。バイトでもなんでもして自分でアリシアの国に行けるようになるまでは、そういうふうに繋がってたいんだ。そう決めたんだ」

坊主頭を撫でながらそんなことを言った八重樫を見て、不覚にも感動してしまった。小学生みたいな稚拙な字を書く八重樫の横顔が、一端《いっぱし》の男みたいに見えたからだ。

ファイルから取り出した八重樫とアリシアの感想文を並べ、面白いな、と思う。

物語に感情移入する、なんて言葉をよく聞くが、それは性別や年齢が近いキャラクターに自分を重ねて読むことだと思っていた。けれど八重樫とアリシアが自分を重ねたのは、それぞれ逆の性別の登場人物だ。

二人の感想文をファイルに戻し、今度は緑川先輩の感想文を探す。

先輩も物語の登場人物に感情移入して本を選んだのだろうか。そんなことを考えながら指先を動かし、硬直した。先輩の原稿がない。

慌ててファイルからすべての原稿を取り出した。八重樫とアリシアが書いてくれた感想文に、藤生が和訳してくれた原稿が一枚。三枚しかない。

どこかで落としたか。まさかもう一度書いてくださいとは言えない。血の気が引く思いで鞄の中を探るが、ない。八重樫たちの原稿を出すときに床に落としたかとテーブルの下を覗き込んだが、こちらもない。

青ざめてテーブルの上の原稿を手元に引き寄せると、どちらも同じ方眼紙だが、藤生の原稿の色が八重樫たちのそれとは少し違うことに気づいた。

摘《つ》まみ上げると少し厚みを感じたので、一縷の望みに縋って指先で紙の角を弾く。何度か繰り返すと二枚に分かれた。

藤生の原稿用紙の下に重なっていたのは緑川先輩の原稿だ。ファイルにしまうとき静電気でも起きたのか、綺麗に重なっていたので気づかなかった。

ほっと胸を撫で下ろしたところでチャイムが鳴り、テーブルの上を片づけて生物室へ向から。まだ鍵がかかっているかもしれないと思ったが、引き戸に手をかけると難なく開いた。室内を覗き込んでみたが他の生徒はまだ誰もおらず、先生の姿もない。

無人の生物室を横切り、窓辺に近づいて下を覗き込む。八重樫が言った通り生物室の真下はクレーコートだ。この距離ならアリシアの顔もよく見えただろう。

誰もいないコートを見下ろしていたら、背後でぎっと何かが軋《きし》む音がした。

反射的に振り返ったが生物室は無人のままだ。室内には電気がついておらず、廊下側の壁に並んだ棚の奥に薄闇がわだかまる。

静まり返る室内を見回しながら、八重樫から聞いた怪談を思い出した。ひとりで生物室にいると、窓の外で何か大きなものが落ちる音がする。それで窓の下を覗き込むと、血まみれの女子生徒が壁を這い上がってくるという、あの話だ。

バーガーショップで聞いたときは、よくある怪談としか思わなかった。けれど誰もいない生物室で思い出すと、にわかに背中が落ち着かなくなる。

ぎ、と再び音がして、僕は思いきって振り返り、窓の下を覗き込んだ。素早く視線を動かすが、窓の外には何もいない。当たり前だ。当たり前だが、ほっとした。

胸を撫で下ろしていたらまた、ぎぃ、と何かが軋む音がした。見れば黒板の横にある扉が中途半端に開いており、それがゆらゆらと揺れて蝶番《ちょうつがい》を鳴らしているようだ。

黒板に近寄り、薄く開かれた扉の隙間から隣の部屋を覗き込む。扉の向こうは生物準備っきり先生がいるのかと思ったが、誰もいない。

生物準備室は六畳ほどの狭い部屋で、背の高いスチールの棚と机だけで一杯だ。窓辺に置かれた机の上には教科書やプリント類が積み重なっている。窓が開いているらしく、日に焼けて黄ばんだカーテンが大きく膨らみ、その動きに合わせてまた、ぎぃ、と音がした。窓から入ってくる風が準備室の扉を揺らしていたようだ。

なんだ、と息を吐いたその瞬間、僕の呼吸と呼応するようにカーテンが大きく膨らんで、室内に強い風が吹き込んだ。

机の上に積み上げられていたプリントがバサバサと床に落ちる。それでもなお風はやまず、部屋の隅までプリントを吹き飛ばしていった。一瞬迷ったものの見て見ぬふりはできず、準備室に入って窓を閉めた。ついでに床に落ちた紙類を拾い集めて机に戻す。

一応窓は閉めたものの、プリントの上に重しのようなものを置いておいた方がよさそうだ。机の上を見回せば、教科書の上に革のシステム手帳が置かれていた。これでいいか、と手に取ったら、手帳の間からひらりと一枚紙が落ちた。

二つ折りにされたメモ用紙だ。まだ新しそうな手帳に挟まれていたにしては、やけに古びている。もう何年も本棚の隙間に挟まれたきり忘れられていたように、黄ばんで折り目は擦り切れ、破れかけていた。

片手で手帳を持ったまま、もう一方の手でメモ用紙を拾い上げる。その拍子に二つ折りにされたメモが開いた。何か文字が書かれている。だが、先生の字ではない。

樋崎先生は達筆で、黒板にチョークで書く文字でさえ濃紺の万年筆で書いたように流麗《りゅうれい》だ。けれどメモから覗くこの字は違う。

古びた紙と同じく、そこに並ぶ文字もまた、時間を経て錆びついてしまったかのようにざらざらと赤い。

紙の質感や文字の色に気を取られ、そこに並んだ言葉が一瞬理解できない。瞬きをして、ようやく文字の意味が頭に入ってくる。

――子供をよろしくお願いします――。

場違いな内容に面食らう。もう一度瞬きをしたとき、背後で扉の軋む音がして心臓が跳ねた。とっさにメモ用紙を手帳に挟み、振り返りざま放り投げるように机に戻す。

振り返った先、生物準備室の入り口に樋崎先生が立っていた。

僕は慌てて姿勢を正し、体の後ろで両手を組む。悪いことを隠すみたいに。事実、他人のメモを覗き見るなんて褒められたことではない。先生が気づいていないことを願うばかりだ。

樋崎先生は白衣の裾を翻しながら部屋に入ってくると、口元に笑みを浮かべた。

「君は確か、二年六組の出席番号二番」

「荒坂です」

後ろめたさからはきはきと応じれば、「そうだった」と先生はまた笑った。

「まだチャイムが鳴ったばかりなのに、随分早いね」

「はい。あの、この部屋の窓が開いていて、プリントが風で飛ばされてたので、勝手に入りました。すみません」

先んじて事情を説明して頭を下げると、先生は「それはありがとう」と笑みを深くした。机の上のプリントを束ね直し、ごく自然な仕草でシステム手帳を机の引出しにしまう。

僕がメモを見たことには気づいていないのだろうか。それとも、もともと見られて困るようなものでもなかったのか。

意味深長なメモなのでどきりとしたが、奥さんから渡されたものかもしれない。それにしては紙が古いような気もしたが、昔もらったものとも考えられる。そんなものを未だに手帳に挟んでいる理由は不明だが。

先生は僕に背を向け机の上を整理している。出ていけとも言わない。黙って部屋を出てもよかったのだが、白衣を着た先生の白い背中を見ていたら言葉が口を衝《つ》いて出た。

「うちのクラスの八重樫に、放課後、生物室を貸しているらしいですね」

机の上を片づける先生の手が止まった。振り向いた目元に灰色の髪が落ちて、先生は軽く目を眇めながらも僕を見る。その瞬間、僕は八重樫のことを訊きたかったわけではなく、単に先生をこちらに振り向かせたかっただけだと思い知る。

「八重樫君というと……」

「うちのクラスの出席番号三十九番です」

「ああ、坊主頭の」

出席番号を出すとすぐに反応があった。顔と出席番号が一致しているのは本当らしい。

「自習をする場所を探していたようだったから、よかったら使うように言ったよ」

「八重樫のために、交換留学生にまで声をかけてくれたんですよね。担任でもないのにそこまでしてくれるなんて、意外でした」

先生は口元だけで笑い、「それが教師の務めだからね」と返した。

当たり障りのない言葉は空々しく、長く胸に押し込めていた言葉が唇をこじ開け溢れてきてしまう。

「放課後のキャンプファイヤーも、生徒のためですか？」

先生が軽く目を見開いた。キャンプファイヤーという言葉に思う節でもあったか。あるいは何かに気づいたか。

表情もなく僕を見下ろしていた先生の目元に、じわりと笑みが上る。

息すら詰めて返答を待っていたら、先生が朗らかな声で言った。

「そういえば、君は藤生さんと一緒にいた図書委員だね。『赤い繭』はもう読んだ？」

予想外の方向から飛んできた質問に、とっさに反応できなかった。

瞬きを返すことしかできなかった僕を見て、先生は声を潜めて笑う。

「河合先生から聞いたよ。連休明けまでに図書新聞を完成させないとペナルティがあるんだろう？　君が感想文を持ってきてくれたら私もすぐに書くから、急いだほうがいい」

僕の顔を正面から見て何か思い出したような顔をしたと思ったら、そのことか。

他に何か思うところはないのかと思ったが、ないのだろう。あったらこんなに機嫌よく笑っているはずもない。肩透かしを食らった気分で黙り込めば、先生に肩を叩かれた。

「そろそろ授業が始まるよ。準備をして」

「……はい」

「君の感想文、楽しみにしてる」

本気とも冗談ともつかない口調に、本当ですかと噛みつきそうになった。まったく腹の底が見えない。

準備室から生物室に戻ると、クラスメイト達がばらばらと教室にやってきた。最初は男子、それから女子。僕は部屋の入り口に目を向けるが、そろそろ本鈴が鳴る時刻になっても藤生が来ない。休みかな、と思っていたら、チャイムが鳴ると同時に慌しく藤生が部屋に飛び込んできた。

藤生は胸に教科書とノートを抱き、猫背気味にぱたぱたと席に着く。

足音がやけに耳につくと思ったら、藤生は上履きではなく緑のスリッパを履いていた。昇降口にある来客用のスリッパだ。なぜあんなものをと不思議に思ったが、僕の座る席から藤生の席は遠い。声をかけることもできないうちに樋崎先生が来て、授業が始まった。

ノートを取りつつ藤生の後ろ頭に目を向ける。どうして来客用のスリッパなんて履いているのか授業が終わったら尋ねてみるつもりだったのだが、チャイムが鳴るなり藤生は誰よりも早く生物室を出ていってしまい叶わなかった。

生徒たちのさんざめくようなお喋りに交じり、スリッパの底がぱたぱたと廊下を叩く音が遠ざかる。まだノートすら閉じていなかった僕はその後ろ姿を見送ってから視線を前に戻し――目を瞬かせた。

教壇から、樋崎先生もまた藤生が出ていった戸口の方を見ていたからだ。

先生も藤生のスリッパに気づいたのだろうか。そんな些細なことに目を留めて、誰よりも早く教室を出ていった藤生を目で追いかけたのか。いつでも笑みを浮かべているその顔に、憂いを帯びた表情が浮かんでいる気がして目を瞠る。

見間違いかと目を擦った隙に、クラスの女子が先生を取り囲んだ。授業の質問というわけではなさそうで、教科書も開かず先生に何やら話しかけている。

女子たちの相手をする先生はもういつもの穏やかな笑顔に戻っていて、藤生の後ろ姿を見送っていたときの表情が見間違いだったのかどうか確信を持つことはできなかった。

藤生のスリッパのことを思い出したのは、その日の昼休みのことだ。

今日も購買部でパンを買うつもりだった僕は、四時間目の授業が終ると同時に廊下に飛び出し、職員室前の購買部へ向かった。早く行かないと惣菜《そうざい》系のパンが売り切れてしまう。廊下を駆け抜け一段抜かしで階段を下り、踊り場ではインコースを攻め二階に到着。職員室の前を走ると先生たちから注意を受けて時間をロスするので、ここだけは普段と変わらぬ速度で歩いた。

購買部の前にはまだ人の列ができていない。惣菜パンもたっぷり残っている。焼きそばパンとコロッケパン、デザート代わりに食パンの耳で作ったラスクを買うことにして財布の用意をしていると、後ろから制服のブレザーを摑まれた。振り返ると、藤生が肩で息をしながら僕のブレザーの裾を握りしめている。

「あれ、藤生も今日はパン？」

「ち……ちが、います……」

息を乱しながら、僕を追いかけてきたのだと藤生は言った。緑川先輩の感想文の件で相談したいことがあったので声をかけようとしたら、廊下に出るなり僕が猛然と走り出したのでびっくりして走って追いかけてきたらしい。

「そんなに慌てて追いかけなくても、すぐ教室に戻ったのに」

「そ、そうですよね……でも、早退かもしれないと、思って……連休まで、もうあまり、時間もありませんし……」

「それに君、スリッパ履いてなかった？　よく走って……」

生物の時間、来客用のスリッパを履いていたのを思い出して視線を下げたが、藤生は上履きを履いていた。爪先にはちゃんと藤生の名前も書かれている。

「あれ、朝はスリッパじゃなかった？」

「あ……はい、あの、ちょっと……着替えのときに、見失って」

そんなに目が悪いの？　と冗談めかして尋ねようとしたが、肩を上下させながら喋る藤生があまりにも苦しそうでやめた。益体もないお喋りは一時中止して、購買で紙パックのオレンジジュースを買って藤生に手渡す。

「それ飲んでちょっと落ち着いて」

「あ、お、お金……」

「いいから。藤生には図書新聞の件でお世話になってるし」

藤生はびっくりしたような顔で僕を見上げて両手でジュースを受け取ると、「ありがとうございます」と深々と頭を下げた。殿様に褒美でももらったような恭《うやうや》しさだ。レジに並ぶ生徒が何事かと振り返るほど深く腰を折るものだから、さすがに気恥ずかしくなって藤生の背を押し、足早にその場から離れる。

藤生は今日も図書室で弁当を食べるというので、僕も一緒に向かった。司書室では今週のカウンター当番が長テーブルで弁当を食べていて、僕らも同じテーブルの端に腰を下ろした。

「それで、緑川先輩の感想文のことで相談って？」

早速弁当箱の包みを開けようとしていた藤生の手が止まる。と思ったら結《ゆ》わえた所を指先でいじり出し、眉を八の字にしてしまった。

「幾つかそれらしい作品をピックアップすることはできたのですが、少し、決め手に欠けると言いますか……。主人公が何か失敗して、後々まで後悔する話、というだけではさすがにヒントが少な過ぎるんです」

「確かにね。主人公が男か女かすらわからないし」

焼きそばパンの袋を開けると、室内に甘辛いソースの匂いが広がった。食欲をそそる匂いで我に返ったのか、藤生は今度こそ弁当の包みをほどいて続ける。

「他にヒントがあるとしたら、緑川先輩自身に起きたことじゃないかと思ったんです。先輩がなにか後悔していること。そう考えると、やっぱり荒坂君の絵が行方不明になったことが気になります」

焼きそばパンを口元に運んでいた僕は手を止め、軽く眉根を寄せる。

「だからそれは、先輩に非はないんだ」

「美術部では部活の最後に部長が美術室の鍵をかけていたと聞きました。ということは、最後に絵を見たのは先輩なんですよね」

藤生は未だに、先輩が絵を隠した可能性を捨てきれていないらしい。

「確かにそうだけど、美術室の鍵なんて用務員室に行けば誰だって持ち出せるんだ。先輩が帰った後に誰かが美術室に入った可能性だってある」

藤生は弁当箱の角を指で撫で、でも、と視線を落とす。

「だったら、先輩があれほど気に病む理由がないのでは……？」

「そうだね。その通りなんだけど」

先輩が必要以上に謝罪を繰り返すのはそれなりにわけがある。

それについて話すのは気が重かったが、藤生は弁当を食べる手を止めて続きを待っている。根負けして、後に起こったあまり気分の良くない話も洗いざらい喋った。

「うちの学校の美術部は美術展に絵を出してるんだ。年に一回、幼稚園児から大学生まで何万点と作品が集まる大規模な展覧会だよ。規定では団体ごとの出品点数に制限はないんだけど、うちの顧問は部員全員に絵を描かせて、その中で一番出来のいい作品しか出展しない方針なんだ」

そうすることで部員の制作意欲を煽《あお》るつもりらしいが、僕としては非常にどうでもよかった。僕が美術部に入部したのは体育会系の部活より体力を使わないで済みそうだからだし、他の文科系の部活よりはまだ興味があったからだ。幸い絵を描くのは好きだからと気楽に入部したのに、面倒臭いことこの上ない。

にもかかわらず、なぜか顧問は僕の絵を展覧会に出そうとした。正確には、僕と緑川先輩のどちらかの絵を展覧会に出そうとしたのだ。

僕の絵が忽然《こつぜん》と美術室から消えたのは、顧問が結論を出しあぐねていたときだった。

部員総出で、美術室はもちろん、学校中を探したが僕の絵は出てこなかった。不審者が校内に侵入して絵を盗んだ可能性もあるため、学校の正門と裏門、グラウンドを囲うフェンス沿いに設置された防犯カメラもチェックしたが、部外者が侵入した形跡はない。キャンバスらしきものを持ち出す人物の姿も映っていなかったそうだ。

僕の使っていたキャンバスは十五号。縦の長さは六十センチ以上あり、そんな大荷物を背負っていたら見逃さないはずだ。

僕の絵は校内のどこかに隠されたか、元の状態がわからないくらい切り刻まれてゴミ箱に放り込まれたかのどちらかだろうと結論付けられた。

一体誰がそんなことを、と皆が考えるのは当然で、真っ先に疑いの目を向けられたのが緑川先輩だった。自分の絵を出展してほしくて僕の絵を隠したのではないか、と。

「馬鹿馬鹿しいよね。そんなことしなくても、展覧会に出されるのは先輩の絵に決まってたのに」

顔を顰《しか》め、焼きそばパンの真ん中に置かれた紅ショウガを口に含む。

「緑川先輩は、そんなに絵が上手なんですか？」

ようやく弁当に箸をつけ始めた藤生に尋ねられ、僕は大きく頷いた。

「あの人は本当に絵が好きなんだ。キャンバスに向かってるのが苦じゃないんだろうね。僕なんかすぐに飽きるのに。展覧会には先輩の絵が出展されたけど、見事入選したんだよ。二月に審査結果が発表されて、春先までずっと美術展で展示されてた」

「その絵はもう、緑川先輩の手元に戻ってるんですか？」

「今は校長室の前の廊下に飾ってある。今度見てみるといいよ、雪の絵なんだ」

「雪景色ですか。綺麗なんでしょうね」

藤生がどんな絵を想像しているのかわかって、僕は唇の端を上げた。

「綺麗だけど、ちょっと思ってるのと違うかもね」

「……というと？」

「雪が降った次の日の校庭を描いた絵なんだ」

僕の言葉からその情景を想像したのだろう。藤生は微かに眉を寄せた。

「……それは、グラウンドがぐちゃぐちゃになっているのでは？」

「うん、ぐちゃぐちゃ。雪なんか泥まみれで足跡だらけだった」

緑川先輩はそういう、あまり人が選ばない光景をあえて描きたがる人だった。

泥にまみれた雪は汚い。でも、溶けた雪が夜のうちにまた凍って、雪とも氷ともつかない塊が光を鋭く撥ね返す光景は不思議と目を引いた。水と氷の描き分けが的確だ。眺めていると、真冬の朝の、鼻の奥まで凍りつくような雪の匂いを思い出す。

「モチーフの選び方もだけど、描き方もいろいろチャレンジしてたな。入選した絵だって最初は薄く繊細に色を重ねてたのに、急に思いっきり厚塗りにしてみたりして。それなのに、雪の下にある地面が透けて見えるみたいだった」

僕の言葉を手掛かりに想像を膨らませているのか、藤生がしきりに頷いている。これはぜひとも現物も見てほしい。あとで校長室の前まで連れていこう。

「だから先輩が僕の絵なんて隠すわけがないんだ。僕なんてモチーフを選ぶのすら面倒臭くて、美術室にあった造花の絵なんて描いたんだからね」

美術部の面々にもそう訴えたのだが、部員たちはいつまでも先輩を疑っていた。面と向かって先輩を詰問するわけではなく、陰でこそこそと噂し合う。本気で疑っていたというより、もしそうだったら面白い、くらいのノリだったのかもしれない。

僕はその雰囲気につき合いきれず、進級を待たずに退部した。ことあるごとに「本当はお前も先輩のこと疑ってんじゃないの？」と訊かれるのはうんざりだった。

そうやって僕が部活を退部したことも先輩は気に病んでいるらしい。

部活をやめた後、先輩は僕の教室までやって来て何度も何度も頭を下げてくれた。自分が部長として部員たちをまとめきれなかったから、他の部員に信頼してもらえなかったからこんなことになってしまって、君には本当に申し訳ない、と。

先輩は自分が絵を描くのが好きだから、僕も同じように絵を描くのが好きで、美術部を去るのは辛かったに違いないとそう思っているのだろう。僕は本気で美術部に未練がないし、何度もそう伝えたのだが。少しばかり思い込みが激しいところがあるのは否めない。

「先輩が未だに申し訳なさそうな顔をしているのは、僕が美術部を退部したからだ。それ以外の理由なんてないよ」

藤生は無言でプチトマトを頰張る。しばらくもぐもぐと口を動かして、そろりと唇に指を添えた。

「……実は、もしかしたら、と思う小説がひとつ、あったのですが」

驚いて、口元に近づけていたコロッケパンの軌道が逸れた。唇の端にソースがついたが、構わず身を乗り出す。

「見当がついたの？　どんな本？」

「あ、いえ、あの、もしかしたら、という程度なのですが……」

自信なさげに俯いて、藤生はぼそりと本のタイトルを口にした。

「先輩が読んだのは、ヘルマン・ヘッセの『少年《しょうねん》の日《ひ》の思《おも》い出《で》』ではないでしょうか」

ヘルマン・ヘッセ。名前ぐらいは知っている、ような気がする。

僕にその程度の知識しかないことを見越したのか、藤生は早速解説を始めた。

「ヘッセはドイツで生まれた作家です。後にスイスに帰化していますが、ドイツ文学界の代表的人物とされています。彼の作品で有名なのは『車輪の下《しゃりんのした》』ですね。周囲の期待を一身に背負った主人公がその重さに耐えきれず心をすり減らしていくこの作品は、ヘッセの自伝的小説とも言われています。主人公はエリート神学校に入学しますが、ヘッセも父親が宣教師で戒律《かいりつ》の厳しい神学校に入学したといいます。しかしヘッセは入学間もなく神学校から脱走。『車輪の下』の主人公も同じく神学校を退学しています。この辺りが自伝的小説と言われるゆえんですね。ヘッセは小説だけでなく水彩画を描いたり詩を書いたりと多才な作家で、ノーベル賞とゲーテ賞を受賞しています」

相変わらず、本にまつわる話になると藤生の口は滑らかだ。僕はコロッケパンを食べながら大人しく藤生の熱弁を拝聴する。

ヘッセの生い立ちやそれが作品に与える影響など、藤生の話は延々と続く。興奮しているのか頬に赤みが差してきた。楽しそうなので止めることはせずコロッケパンを食べ終え、続けてラスクの袋も開ける。もう今日はこのまま昼休みを終えるつもりでラスクを食べつつ相槌を打っていたら、ようやく藤生が我に返った顔で口を閉ざした。

「……す、すみません、余計な話を」

「いや、ヘルマン・ヘッセって人のことがよくわかってよかった。それで、『少年の日の思い出』っていうのはどんな話？」

「あ、そ、そうですよね、肝心なところが抜けてました。でも、荒坂君も読んだことがあるかもしれません。このお話は、中学校の教科書に載っていることが多いので」

「そうだっけ？　タイトルに覚えがないんだけど」

藤生は先程僕があげたオレンジジュースで喉を潤し、今度は簡潔に『少年の日の思い出』の内容を教えてくれた。

物語は主人公が過去を回想する形で書かれる。当時十歳だった主人公が熱中していたのは昆虫採集だ。標本セットを買い揃えるだけの金は家になく、段ボール箱で作った自作の標本を仲間に自慢していたらしい。

「そんな主人公の近所に住んでいたのが、エーミール少年です。彼の親は学校の先生で、彼自身非の打ちどころのない模範少年でした。エーミールも昆虫採集をしていますが、彼の標本は本人と同じく、どれも美しく、正しく整えられています」

しかし主人公はこのエーミールと反《そ》りが合わない。自作の標本をエーミールに値踏みされ、いけ好かない奴だと距離を置きさえする。

あるとき、エーミールが珍しいクジャクヤママユの繭を手に入れ、羽化《うか》に成功したという噂が立つ。クジャクヤママユを一目見たいと熱望した主人公はエーミールの部屋に忍び込み、その机の上に置かれていたクジャクヤママユを持ち帰ろうとする。しかし帰る途中でエーミール家のメイドと遭遇して、とっさにズボンのポケットに蝶を入れてしまう。

「一度は蝶を盗んで家に帰る主人公ですが、思い直して再びエーミールの部屋に忍び込みます。そして盗んだ蝶を戻そうとしますが、ポケットの中で蝶は無残にも潰れていました」

「ああ……なんか、あったな、そんな話」

主人公はエーミールの机に蝶を置いて家に逃げ帰る。悩んだ末、母親に事の顚末《てんまつ》を相談した主人公は、「エーミールに罪を打ち明け、謝罪と弁償をするべきだ」と説得されてエーミールの元へ戻る。そして自分のしたことを洗いざらい告白するが、エーミールは決して主人公を許そうとはしなかった。

「といっても、エーミールは主人公を怒鳴りつけたり暴力を振るったりはしませんでした。ただ冷淡に主人公の謝罪を退《しりぞ》けただけです。主人公が自分の標本を全て差し出すと言っても受け取りません。『君が持っているものはもう全部持っている。君がどうやって蝶を扱うのかもよくわかったから』と」

「……そこまで言われるくらいなら、ぶん殴られた方がまだましだよね」

謝罪も弁償も拒絶され、採集家としてのプライドをも打ち砕かれた主人公は、帰宅するなりこれまで自分で作ってきた標本をひとつひとつ指で潰す。そんなラストだ。

「少年の日の思い出」の全体像を思い出し、僕は深々と溜息をついた。

藤生の言う通り、僕も中学の授業でこの話を読んでいる。あのときも救われないラストに溜息をついたものだ。主人公のやったことはもちろん悪いが、それでも真摯に謝罪しているのだから許してやればいいじゃないかと憤《いきどお》りに近い気分になった記憶が蘇る。エーミールみたいな奴、絶対友達いないだろ、と思ったことも。

「緑川先輩の感想文には『昔読んだ』とか『退屈』とか書かれていたので、もしかすると自発的に読んだのではなく、無理やり読まされたのではないかと思ったんです。だから教科書に載っている作品に絞って、真っ先に浮かんだのが『少年の日の思い出』でした」

「なるほどねぇ……」

筋は通っているものの、品行方正な緑川先輩と、欲望に負けて蝶を盗んだ「少年の日の思い出」の主人公のイメージを重ね合わせるのが難しい。

黙り込む僕の顔をちらちらと見て、藤生は小さな声で付け足した。

「先輩は、作中の蝶と荒坂君の絵を重ねているのではないかと思ったんです……」

「まだ先輩が絵を隠したって疑ってるの?」

詰問《きつもん》したつもりはなかったのだが、藤生は怯えたように肩を竦める。一方的に藤生の言葉を否定するばかりでは堂々巡りになりそうなので、僕も少し譲歩することにした。

「仮に絵を隠したのが先輩だとして、どうして今頃あんな感想文を出してきたんだろう?普通は隠し通そうとするだろうし、当事者である僕にヒントになるような感想文を渡すのもおかしい」

譲歩したつもりで、結局先輩を擁護してしまった。

藤生はしばらく黙っていたが、やがて意を決したように口を開いた。

「八重樫君が『舞姫』の感想文を書いたとき、アリシアさんに宛てたラブレターのようになったじゃないですか。アリシアさんも、同じような内容で」

急に八重樫の話になったので困惑したが、余計な言葉は挟まず頷く。

「きっと八重樫君もアリシアさんも、相手に感想文を読まれることを予想してあんな内容にしたんだと思います。読書感想文は基本的に、誰かに読まれることを前提とした文章ですから。だとしたら緑川先輩も、荒坂君に読まれることを意識してあの感想文を書いたのではないでしょうか。『少年の日の思い出』という本を選んで、荒坂君にそれを渡したこと自体が、自分の罪に対する告白のように思えてならないんです」

まさか、と笑い飛ばそうとしたのに、口の端が引きつっただけで笑えなかった。

感想文を渡された日、教室に戻っていった先輩の様子を思い出す。明るい紅茶色の目は笑みを消し、声も冷え冷えとしていなかっただろうか。

「じゃあ、先輩が僕の絵を隠したって言うのか？　なんのために……？」

「その答えこそが、『少年の日の思い出』なのでは」

藤生はご飯を箸で切り、冷えたそれを口に押し込む。その咀嚼が終わるまで考えてみたが、藤生が何を言わんとしているのかわからず黙って首を横に振った。

「主人公は、エーミールにどんな感情を抱いていましたか？」

口の中の物を飲み込んだ藤生に問いかけられ、昔読んだ話の内容を必死で思い出した。

エーミールはメイド付きの家に住んでいて、標本だって主人公のように手製のものではなく、高価なセットを揃えてもらっていた。主人公が作った自慢の標本に安い値段をつけて評価するなど、言っていることは正しくとも若干空気を読まないきらいはある。

「……いけ好かないとか、いろいろ持ってて羨ましい、とか？」

「そうですね。総じて妬《ねた》みです」

簡潔に言い渡されて、僕は目を瞬かせる。

「でも、先輩は人を妬むようなタイプじゃないし、僕が妬まれる理由だって……」

「あります。もしかすると顧問の先生は、展覧会に荒坂君の絵を出すつもりでいたのではありませんか？　部長である緑川先輩は、それをいち早く知ってしまったのかもしれません」

かもしれない、と言いつつも、藤生の声には断定的な響きがある。

「緑川先輩は荒坂君の絵を盗んだことを後悔していて、その罪を告白するためにこんな感想文を書いたのでは——」

「違う」

思いがけず尖った声が出てしまい、藤生の肩がびくりと跳ねた。久々に怯えた小動物のような目を向けられ、慌てて声のトーンを落とす。

「違うんだ、僕の絵を盗んだのは先輩じゃない」

驚かせないようになるべく穏やかな口調を心掛けたが、藤生は唇を引き結んで動かない。全身に警戒心を張り巡らせている。人見知りの子供をあやしている気分だ。

藤生は箸を握りしめてしばらく口を閉ざしていたが、僕が怒っているわけではないとわかったのか、おずおずと口を開いた。

「その言い方だと、他に思い当たる人物がいるように、聞こえますが……」

びくびくしつつ、藤生は鋭く切り込んでくる。口を滑らせたと気づいたときにはもう遅く、ああ、と喉から苦しい息が漏れた。

こんなこと、誰かに話すつもりはなかった。迂闊《うかつ》な自分にげんなりしたが、一度口から出た言葉は戻らない。

僕は司書室を見回す。離れた席で弁当を食べていた図書委員たちはとっくに全員部屋を出てカウンターに入っていた。河合先生の姿もない。室内に僕と藤生の二人だけしかいないことを確認して、僕は限界まで声を潜めた。

「犯人は、先輩じゃない。樋崎先生だ」

藤生が目を見開く。蝶が羽を広げるようにゆっくりと。

驚き過ぎて声も出ないのか、無言で唇を震わせる藤生を落ちつかせるべく、僕は片手を立ててみせた。

「ちゃんと説明するから、藤生は弁当食べて。昼休みが終わるから」

藤生ははっとしたように時計を見上げ、まだ三分の一程度残っている弁当に慌てて箸をつけた。頬を膨らませて一生懸命玉子焼きを食べているが、視線は僕に向いたままで、話の先をせがんでいる。

僕は藤生が口の中の物を飲み込むのを待ってから、重い口を開いた。

「僕の絵は盗まれたんじゃなくて、燃やされたんだ」

「も……っ⁉」

ぎょっとしたように藤生が目を見開く。鋭く息を吸い込んだら妙な所に唾《つば》でも入ったのか激しく咳き込み始めた。玉子焼きを飲み込むまで待ったのは正解だったようだ。

「先生が、僕の絵を燃やしているところを見た。夜の学校で」

「夜……？　そんな時間に学校にいたんですか？　ひとりで？」

「うん、ちょっと忘れ物をしたから」

教室の机に財布を忘れたのだ。一度帰宅した後、コンビニに行こうとして初めて気づき、誰かに盗まれても困るのでわざわざ取りに戻った。時刻は二十時をとうに過ぎていたが、職員室からはまだ明かりが漏れていたのを覚えている。

足早に教室に向かい、机の中に置き忘れていた財布を取り出す。校内を巡回している警備員に見つからぬよう教室の灯りはつけなかったが、廊下の電気はついていたので十分手元は確認できた。

財布を発見して廊下に出て、何気なく窓の外へ目をやった。一年と二年の教室は三階にあり、廊下の窓からグラウンドが見下ろせる。さすがに運動部の姿はなく、体育館の灯りも落ちている。体育館の横には体育倉庫が並んでいるが、当然そちらも人気はない。視線を廊下に戻そうとしたとき、赤い光が目の端を過って窓ガラスに顔を近づけた。

体育倉庫の後ろで何かが光っている。目を細め、火だ、と気付いた。まさか火事かとうろたえたのは一瞬で、すぐに焼却炉の存在を思い出す。あれはもう使われていないと以前誰かが言っていた気がするが、まだ現役だったのか。

廊下を進むと、それまで体育倉庫の屋根で隠れていた焼却炉がはっきり見えるようになった。闇の中で絶えず色を変える火の様子もよく見える。

焼却炉の前には樋崎先生が立っていた。遠目にもわかったのは白衣を着ていたからだ。校内で普段から白衣を着ているのなんて樋崎先生くらいしかいない。

一瞬として同じ姿を留めることのない炎を前に、先生は微動だにしなかった。夜の校庭に灯ったキャンプファイヤーをひとり見守る番人のように。

僕はその後ろ姿を横目に、いらなくなったプリントでも燃やしているのかな、と思いながら家に帰った。

僕の絵が美術室から消えたのはその翌日だ。

皆が校内を探す中、僕はひとり体育倉庫裏の焼却炉に向かった。何か予感があったわけではない。夜の学校で火をくべる先生の後ろ姿が印象に残っていて、ついでだからまだ現役らしい焼却炉を見に行ってみようと思ったに過ぎなかった。

「そうしたら、焼却炉の中に燃え残ったキャンバスの残骸が残ってた」

藤生が息を呑む。まさか、と小声で呟き、ようやく空にした弁当箱を脇に寄せた。

「本当にキャンバスだったんですか？　見間違いではなく？」

「うん。画布はすっかり焼け落ちて、枠も炭化してたけど間違いない」

美術部は部費削減のため、部員が自分でキャンバスロールから画布を切り出し、木枠に張って釘を打つ。あの形状を見間違えるはずもなかった。

「でも、画布が焼け落ちていたのなら、荒坂君の絵だとは言い切れないのでは……」

「いや、僕のだよ。僕の絵を探すとき、最初は徹底的に美術室を調べたんだ。どこかに絵が紛れ込んでないか、他にもなくなった絵はないか。万が一部外者が侵入してたとしたら警察沙汰になるからね、美術部の顧問は備品をまとめたノートとつけ合わせまでしてチェックした。描きかけのキャンバスも、真っ白なキャンバスも、まだ画布を張ってない木枠の数まで総ざらいして、美術室から消えたのは僕の絵一枚だって確認したんだ」

そんな状況で、焼却炉から燃え落ちたキャンバスの残骸が出てきたのだ。僕の絵が燃やされたと考えるのが妥当だろう。

藤生は信じられないと言いたげな顔をしていたが、何かにはたと気づいたように身を乗り出してきた。

「もしかして、だから荒坂君は、樋崎先生に読書感想文を依頼したんですか？　何か、探りを入れようとして……？」

「探りというか、何を考えてるんだろうな、と思って」

僕は一年のときも生物の授業を選択していたが、樋崎先生と個人的な話をしたことはない。生物の成績だって良くもなく悪くもなく、目をつけられる理由なんて思い当たらないのに、どうして僕の絵は先生に燃やされたのか。

「先生は僕の名前も覚えてないくらいだし、何か恨みを買ったとは考えにくい。個人に対する攻撃でないなら、なんのために絵を燃やしたんだろう。僕なら理由もなく他人の絵を燃やせない。絵に費やした時間とか、熱意とか、いろいろ透けて見えてしまうから」

僕でなくとも、普通の人間なら躊躇するはずだ。

でも樋崎先生はどうだろう。わからないから知りたくなった。せめてあの絵を描いたのが僕であることを知っているのかどうかだけでも確かめたくて、だから声をかけたのだ。

藤生は青ざめた顔で僕を見て、膝に置いた手をぎゅっと握りしめた。

「せ、先生に、復讐とか……考えて……？」

「そんなことは全然考えてないけど」

「でも、絵を……せっかく時間をかけて描いたのに……」

僕が先生に何かしでかすとでも思っているのか、藤生の頬はどんどん白くなっていく。

藤生の不安を断ち切るべく、しないよ、と断言した。

「完成直前の絵を燃やされたら腹が立ったかもしれないけど、あれはもう完成してたから。絵を描くのは好きだけど、描き終わった絵そのものには興味がないんだ。昔の絵とか一枚も取っておいてないしね。最近はスマホとかタブレットに描いてすぐ消すし」

僕は絵を描くのが好きなだけで、手元に残しておきたいわけでも、他人に評価されたいわけでもない。ただ、色を重ねるという行為に没頭すると気が休まるというだけの話だ。

藤生は探るような目つきで僕を見て、僕がよからぬことを企んではいないと納得したのか、安堵したように息をついた。

「……あの、でも、焼却炉の前にいたのは、本当に樋崎先生だったんでしょうか？」

弁当箱の蓋を閉めながら、藤生は控えめに疑問を呈《てい》する。

「荒坂君は、校舎から焼却炉を見たんですよね……。少し距離がありますし、夜だから暗かったでしょうし、樋崎先生とは断定できないのでは……」

「白衣を着ていたのに？」

「白衣なら、着ようと思えば誰でも着られますし、それだけでは……」

「横顔が先生だった」

「見間違いということも……」

僕の視力は二・〇だよ、と言ってもよかったが、正確ではないので止めた。視力検査では検査員が二・〇までしか測ってくれないが、実際は二・五まで見える。

焼却炉の前に立っていたのは、シルエットから見て男性だった。白衣を着て、髪の色はグレー。背が高く、一瞬背後を気にする素振りで振り返ったその横顔は、確かに樋崎先生だった。実際この目で見ている僕は断言できるが、その場にいなかった藤生を納得させることは難しい。

あれが本当に樋崎先生だったのか、今更考え直したところで僕の答えは変わらないが、それよりもやけに先生の肩を持つ藤生の反応が気になった。

「どうしてそんなに樋崎先生を庇《かば》うの？」

純粋に疑問に思って尋ねたのだが、藤生は肩を縮めて俯いてしまった。固く唇を引き結んでいるところをみると言いたくないのかもしれない。

怯えたようにゆらゆらと視線を揺らす藤生を見かね、軽い調子で言い添えた。

「君の言う通り、僕の勘違いかもしれないね」

何度でも言うが、別に先生の罪を暴きたいとか、謝罪してほしいわけではないのだ。先生に読書感想文を依頼した時点で、僕の目的はほとんど達成している。

多分先生はあれを僕の絵だと認識して燃やしたわけではないし、僕自身にも特に興味を持っていない。それだけわかれば十分だった。

樋崎先生はいつも優しげな笑みを浮かべ、誰に対しても柔らかな口調で喋るが中身が知れない。「赤い繭」なんて得体の知れない小説の感想文を求めてくるだけのことはある。

先生と「赤い繭」という物語に奇妙な符合を見た気がした瞬間、藤生が思い切ったように「違うんです」と声を上げた。

「私……っ、荒坂君が適当なことを言っていると思っているわけでは、なくて……。ただ、樋崎先生が、そんなひどいことをするような人には、思えないだけで……」

「そう？　嬉々《きき》としてタヌキの死体から皮を剝いでるような人なのに？」

「あ、う……そ、そうなんですけど……」

藤生は困ったように眉を下げる。さすがに茶化《ちゃか》し過ぎたか。表情を改め、話を聞く意思を態度で示すと、藤生も若干背筋を伸ばしてぽつぽつと喋り始めた。

「あの、一年生の頃、私、樋崎先生と生物室で、お話をしたことがあって……」

「どんな？」

藤生は目を伏せ、「読書について」と囁くような声で言った。

「前に私、荒坂君に、どうして人は本を読むのか話したことがあると思うんですが……」

「うん。予言の書ね」

「あれ、樋崎先生の受け売りなんです」

目を伏せたまま、藤生は膝の上で両手を組んで親指の爪を弾いた。次の言葉を口にする時間を引き延ばすように何度も何度も爪を弾き、藤生はようやく口を開く。

「……小学生の頃から、私、いじめられて、いて」

僕は薄く唇を開いて、閉じる。なんと答えればいいのかわからなかった。

そうは見えない、なんて白々しいことは言えない。そうだろうね、なんて無神経なことも言えない。その言葉を口にするまでに藤生が見せた逡巡《しゅんじゅん》を思えば、そうなんだ、と軽く流すのも違うような気がして、うん、と頷く。目はまっすぐ藤生に向けたまま、言葉よりも声や視線で「聞いてるよ」と伝えるために。

藤生はちらりと僕の方を見て、またすぐに目を伏せた。

「友達もいなかったので、学校では、いつも本ばかり読んでました」

クラスメイトたちはそんな藤生に声をかけようとしなかった。無視と呼べるほど明確な悪意はなく、でもふわりと視線を逸らされる。藤生が勇気を振り絞って出した声は教室の喧騒に呑み込まれ、誰の耳に触れることもなく誰かの上履きに踏み潰された。

仕事で忙しい親には相談できず、騒がしい教室で上手く担任を呼び止めることもできず、藤生は友達とお喋りをする代わりに、ひたすら教室で本を読んできた。

「暇さえあれば活字を読んでいました。そうしていないと、息ができなかったから。でも、前に荒坂君が言った通り、小説は架空の出来事を書き連ねたものです。友達を作る努力もしないで本ばかり読んでいるのは、現実逃避なのかもしれないと……自分でも、少し後ろめたい気分でいました」

小学校から中学校、さらに高校へ進学しても状況は変わらない。他人とお喋りをするのは苦手で、ひとり黙々と本を読んでいた方が気楽だった。

「去年、生物室に……忘れ物をして、放課後に取りにいったんです。そうしたら、そこに樋崎先生がいて……」

樋崎先生は藤生の顔を見るなり『図書室の前でよく会う子だね』と笑ったそうだ。本が好きなのかと尋ねられ、頷いたものの上手く先生の顔を見返せなかった。読書という行為に後ろめたさを覚えていたせいだ。それでも先生は構わず藤生に質問を続けた。どんな本を読むの？　好きな本は何？　好きな作家は？　と。

『よく本を読んでいるね』と褒めるような口調で言った先生に、藤生は『本しか好きなものがないんです』と応じたそうだ。

「『現実から逃げているだけです』って、そう言ってしまったんです。そうしたら先生が、それは違うよって言ってくれて……」

西日に染まる生物室で、先生は窓の方に体を向けて言ったそうだ。『本を読むことは現実逃避なんかじゃなく、現実に立ち向かう術のひとつだよ』と。そこで予言の書の話をしてくれたらしい。

「『本をたくさん読みなさい』って言ってもらえて、すごく、心強かったんです……」

そういう人だから、と言って藤生は口を閉ざす。生徒が丹精込めて描いた絵を理由もなく燃やすなんて信じられないのだろう。

樋崎先生とのやり取りを語る藤生の頬はうっすらと赤い。まるで本の話をしているときのように。その顔を見て、ようやく藤生がどれほど樋崎先生に傾倒しているのか理解した。もしかすると藤生は、授業の終わりに先生に群がる女子たちよりよっぽど樋崎先生に入れ込んでいるのかもしれない。

長く喋って疲れたのか細い溜息をついた藤生が、はっとしたようにスカートのポケットからスマートフォンを取り出した。

藤生の待ち受け画面も僕と同じくシンプルで、画面の中央に時刻を表示する数字が並んでいるだけだ。数字の色は赤。それを見た瞬間、僕は勢いよく椅子から立ち上がった。

「いつの間にか予鈴鳴ってた⁉　うわ、全然気がつかなかった！」

「あ、いえ、まだ……」

藤生の声にかぶせるようにチャイムの音が鳴り響く。本鈴か、と青くなる僕に、藤生が慌ててスマートフォンの画面を向けてきた。

「大丈夫です、今鳴ってるのが予鈴です」

「でも今、数字が赤く……」

向けられた画面を覗き込んで目を瞬かせる。表示された時刻は十二時五十五分。まだ十三時にはなっていない。けれど数字の色は赤い。そうか、と僕は気の抜けた声を上げた。

「時間、最初っから赤いのか……」

「時刻表示の色ですか……？　そうですね、そういうデザインですが……。もしかして、荒坂君の待ち受けは時間によって数字の色が変わるんですか？」

「……うん、そう。十三時は赤だから、勘違いした。ごめん……」

慌てた手前決まりが悪く、言葉が尻すぼみになってしまう。派手に勘違いをしてしまい気恥ずかしかったが、そのおかげか昔の話をしている間ずっと強張っていた藤生の表情が今は緩んでいた。

格好つかなかったが、結果オーライということにしておいてよさそうだ。


司書室で緑川先輩の読んだ本のタイトルについて藤生と話し合ったその日、僕は放課後に美術室を訪れた。六時間目は美術の授業があったようで、僕と入れ代わりに数人の女子が美術室から出てくる。美術の先生は準備室に行ったのか姿がなく、室内は無人だ。

美術室は一般教室を二つ合わせたくらいの広さで、教室の後ろには正方形の升《ます》を並べたような棚が並んでいる。そこに押し込まれているのは、授業で使われるスケッチブックや汚れたパレット、デッサンのモチーフにする造花や作り物の果物、先生の私物なのか学校の備品なのかわからない画集などだ。

　窓側から三分の一の棚は美術部に割り当てられたスペースで、部員たちのスケッチブックなどが置かれている。授業で使うものとは違い、部員たちがそれぞれ好きな種類を持ってきているので、どれが誰のものか大体見当がついた。

　窓辺で立ち止まり、横長の黒いスケッチブックに手を伸ばす。緑川先輩のものだ。

　A4サイズより少し小さいスケッチブックを開けば鉛筆画の花が現れる。花瓶の中で萎《しお》れた花はひまわりではないが、ゴッホの絵を彷彿《ほうふつ》とさせた。

　次のページには芯だけ残った干からびたリンゴが、その次のページには道端で下腹部を車輪に轢かれたカマキリの絵が、どれも鉛筆で描かれている。

　先輩は綺麗とは言い難い風景、人が目を背けてしまうような光景に目を留め、筆を取る。展覧会に出品された絵だって、降り積もった雪が踏み荒らされたグラウンドだった。

　美しい光景ではないはずなのに、緑川先輩の手にかかると不思議と目を奪われるのはなぜだろう。色使いが繊細だ。現実より多く色を重ねている気がする。でも嘘っぽくならないぎりぎりのバランスが好きだった。

　モノクロの絵の中で、右下に描かれた先輩の名前だけが深い緑を思わせる。整った文字は、本人の実直な人柄を表すようだ。

僕の絵を盗んだのは先輩では、と藤生に言われたとき、まさかと思った。ありえない。先輩に限って。今だって信じてはいない。それなのに、こうして美術室で先輩のスケッチブックを眺めているのはなぜだろう。

読書感想文は誰かに読まれることを前提に書かれている、という藤生の言葉が頭から離れない。強い後悔を滲ませる感想文を僕に手渡してきた先輩の意図はなんだ。謝罪のつもりだろうか。でも、それならタイトルを伏せる意味がわからない。

答えを出せないままページをめくれば、今度はカニが現れた。二匹のカニが折り重なった絵だ。交尾の最中か。にしては上にいるカニの線が薄い。向こう側すら透けて見える。まるで幽体離脱だ。

見覚えがある気がしてしばし絵を眺め、僕は鋭く息を呑んだ。勢いよくスケッチブックを閉じて棚に戻すと、大股で美術室を出て階段を駆け下りる。

やって来たのは生物室前だ。廊下に置かれた水槽の中では今日も水辺の生き物たちがゆらゆらと揺れている。フナにドジョウ、ウーパールーパー、それからサワガニ。

同じく廊下に置かれた戸棚の前に立ち、ガラスの扉に顔を近づける。戸棚の中にはホルマリン漬けにされた標本がずらりと並んでいて、中にはカニの標本もあった。

棚の隅、標本瓶の底に横たわっていたのは脱皮に失敗したカニだ。途中で力尽き、水槽の中で死んでいたのを標本にしたと樋崎先生は言っていた。この人の前ではおちおち死ぬこともできないと頭の片隅で考えたことを思い出す。

目の前のカニと、先輩がスケッチブックに描いたカニは同じもののように思える。片方のハサミしか脱げていないところまで一緒だ。

先輩は、この標本をどこで描いたのだろう。戸棚の戸を引いてみるが鍵がかかっている。となるとここまでスケッチブックを持ってきて描いたのか。

視線を少し横にずらす。標本戸棚の右隣には、生物準備室の扉がある。

戸棚を眺めていた僕と藤生に自ら声をかけてきた樋崎先生のことだ。熱心に標本をスケッチする生徒など見かけたら、やっぱり声をかけたのではないだろうか。

僕は戸棚の前で立ち竦んで動けない。

緑川先輩が僕の絵を燃やすことなどあり得ないと思っていた。だって絵を燃やしたのは樋崎先生だし、先輩と樋崎先生の間には何も接点がない。

そう思っていたが、違うのか。

傍らの水槽で、何かが水を撥ね上げる音がする。

思わずそちらに目を向けたが、水槽の中の生き物たちは示し合わせたように素知らぬ顔で、物言わず水に揺られるばかりだった。

＊

最近、放課後に図書室に寄るのが日課になっている。入学してから一年、まともに足を踏み入れたこともなかったのに。日々の行動なんて何がきっかけで変わるかわからない。

「少年の日の思い出」を借りようと思い立ち、六時間目の授業を終えてまっすぐ図書室へ来てみたら、僕が一番乗りだった。カウンター当番を任されている図書委員の姿すらない。早速本を探そうとしたが作者の名前を失念して足が止まる。カウンターの前で足踏みしていたら、司書室から河合先生が顔を出した。

「あら荒坂君。最近よく来るね。藤生さんは一緒じゃないの？」

「藤生は掃除当番なので、多分後から来ます。それより先生、『少年の日の思い出』の作者って誰でしたっけ」

「ヘルマン・ヘッセ？」

さすが、打てば響くような即答だ。礼を言って本棚へ向かうが、「ハ」行の棚を見ても日本人作家の本しかない。右往左往する僕を見かねたのか、先生が手招きしてくれる。

「海外の作家はこっちの棚。ヘッセはこの辺かな。『車輪の下』ならあるけど」

「『少年の日の思い出』を探してるんですが」

「んー、あれか。それだともしかすると、別の本棚かな」

先生は僕と一緒に本棚の間を歩き回り、教科書に出てくる短篇をまとめたアンソロジーを手渡してくれた。

「『少年の日の思い出』なんて渋いチョイスだね？」

「まあ、好んで読む内容ではないですね」

「それなのに無理して読むの？　そういうことしてるから本が嫌いになるんだよ。まずは面白そうな本を読んだらいいのに」

「別に趣味で読んでるわけでもないので」

すべては図書新聞のため、僕の平和な放課後のためだ。

先生は明らかに落胆した顔で、カウンターに戻りながら溜息をつく。

「最近の子は本当に本を読まないなぁ。日本の未来が心配だよ。犯罪が増えそうだ」

「本を読まないと犯罪者になるんですか？」

さすがに極論が過ぎると思ったが、先生は肩越しに僕を見てひっそりと笑った。

「なるかもしれないよ。こんな逸話があるからね。出版技術が発達して、市民に小説が流行ったら殺人事件が減ったらしい。どうしてだと思う？」

「読書によって倫理観を知ることができたから、とか？」

「残念。小説を読んで市民が知ったのは、そんな漠然としたものじゃなかったんだな」

先生の声には笑いが滲んでいる。正解に掠ってもいないようだ。なんだろう。まさか小説に熱中し過ぎて犯罪を起こす時間が無くなった、なんてことではあるまい。

カウンター内の椅子に腰を下ろした先生が、テーブルに肘をついて「降参？」と尋ねてくる。僕は胸の高さで両手を上げ、降参を示した。

「一般庶民はね、小説を読んで初めて、自分以外の人間にも感情があることを知ったんだよ」

予想の斜め上をいく解答だ。唖然とする僕を見て、先生は遠慮なく声を立てて笑った。

「現代の私たちには想像もできないよね。私たちは小説に限らず、テレビや漫画や映画でいくらでも主人公の苦悩を目の当たりにしているから。他人が自分と同じように悩むことに違和感は覚えない」

確かに僕らは物心がつく前から、テレビや絵本や様々な媒体で物語を知る。子供向けのアニメだって、主人公は当たり前のように迷うし、悩む。友達と喧嘩をしただの、無くし物をしただの、些細なことだが「困ったな」「怒られたくない」「内緒にしちゃおうか」などと包み隠さず本音を口にする主人公たちを見て、無自覚に他人の心の内面に触れるのだ。

「昔の人たちも、小説の中で心情を余さず吐露する主人公と出会って、自分以外の人間の思考を知ったんだろうね。自分と同じ考えや、違う考えを知って、その結論に至るプロセスを知る。かなり刺激的な経験だったんじゃないかな」

読書とは他人の思考を辿る行為でもあるらしい。傍目《はため》には本のページをめくっているだけなのに、頭の中では結構ややこしいことをやっているようだ。

河合先生は笑いながら、さらりとこんなことも言った。

「だから荒坂君も本を読んでおいた方がいいよ。もしも君が誰かにナイフを向けてしまったとしても、相手のバックグラウンドを想像することができたらナイフを収めることもできるかもしれない」

バックグラウンド。その人の生い立ちや、心情か。そんなものを想像してしまったら、確かに殺意はそがれそうだ。

そこまで考えて、僕は眉間に皺を寄せた。

「……そもそも犯罪は割に合わないのでやらないです」

そうね、と頷いて、河合先生は目を細めた。

「でも、常にそう冷静でいられるとは限らないじゃない？」

そうかな。どうだろう。そもそも他人にナイフを向けてしまうくらい冷静さを失うような状況ってなんだろう。思いつかず先生に尋ねれば、快活な笑い声と共にこう返された。

「そういう極限状態と、そこに至るプロセスまで懇切丁寧に見せてくれるのが小説でしょうよ。殺人犯の気持ちだって綺麗にトレースできちゃうからね」

俯いてページをめくるだけだなんてとんでもない。

僕が思っていたよりも、読書はスリリングなものであるらしい。

藤生が掃除を終えて図書室にやって来たとき、僕はスマートフォンのアプリで絵を描いていた。傍らには昆虫図鑑がある。

別に図書室で待ち合わせをしていたわけではないのだが、藤生が毎日のように図書室に寄ってから帰っているのはなんとなく知っていた。室内に入ってきた藤生と目が合ったので軽く手を上げる。

「ここ空いてるから、座ったら？」

今日も図書室の利用者は少なく、他にもいくらだって席は空いていたが、藤生は素直に礼を言って僕の向かいに腰を下ろした。途中、僕のスマートフォンを見て「わぁ」と小さな声を上げる。ペイントアプリで描かれた蝶の絵に気づいたようだ。

「それ、もしかして……？」

「うん。あまりに読書がはかどらなかったから、クジャクヤママユを描いてた」

藤生は眼鏡のブリッジを押し上げながら画面に顔を近づけ、不思議そうに僕を見た。

「すごく綺麗ですが、本当にクジャクヤママユですか……？　あの、確か、クジャクヤママユは蛾の一種だったと記憶しているのですが……」

「そうなの？　話の中では蝶って書かれてたけど」

「ドイツでは、蝶と蛾をはっきりと区別しないようなんです。教科書に載っていたイラストも、かなり地味な色合いだったような気がするのですが……」

僕が描いた蝶はピンクと紫の派手な色だ。図書室の昆虫図鑑でクジャクヤママユを見つけられなかった僕は、半分想像でピンクの蝶に紫の線でクジャクの羽模様を描いた。いうなればイメージイラストだ。

「イメージ、にしても随分と、華やかな色合いですね……?」

重苦しい物語の雰囲気には合わないと言いたいのだろう。そうだねぇ、と相槌を打ち、蝶の羽に明るい紫色でさらに模様を描き込む。

「でも、主人公はこの蝶を盗もうとしたんだろ？　これだけ綺麗でなかったら執着できないような気がするんだけどなぁ」

「そこは収集家ならではの美的感覚があるのでは……」

なるほど、と言ってみたものの、よくわからない。

物語を読んで、主人公がどれだけ熱烈にクジャクヤママユを欲していたのかは理解したが、その興奮と熱狂まで実感を伴って理解することは難しい。

緑川先輩は、蝶の採集に熱中する主人公の心情を理解したのだろうか。先輩は絵を描くことに集中すると周りが見えなくなるから、虫採りに没頭する主人公の感覚も容易く理解できたのかもしれない。

だとしたら、主人公がエーミールに対して抱いた妬みもまた理解しただろうか。そしてその感情は、本当に僕に向けられていたのか。

昨日からずっと考えていたことが再び頭を侵食し始める。僕の絵を燃やしたのは樋崎先生だが、先生と緑川先輩が結託していたとしたら。

あの感想文は僕に対する罪の告白なのか。だったらどうしてタイトルを伏せるのだ。

「やっぱりよくわからないな」

呟いて、描き上げたばかりの蝶の絵を指先ひとつで消去する。藤生はいつかのように「あっ」と惜しむような声を上げた。

「本当に、描き上がった絵にはなんの興味もないんですね……」

「うん。絵を描くのってデトックスに近いから。紙の上に何か吐き出せたらそれでもう用は済む」

はあ、と藤生は曖昧な相槌を打つ。デトックスはかなりわかりやすい表現だと思ったのだが、伝わらなかったか。これに関してはどう説明しても誰かに伝わった例がない。

「それより、今日は緑川先輩に会いにいってみようと思うんだ。もう連休まで間がないし、先輩の読んだ本が『少年の日の思い出』にせよそうでないにせよ、そろそろ答え合わせに行かないと」

「わ、私も行きます。もし違っていたら、先輩に何かヒントをもらいたいので……」

よろしく、と言おうとしたとき、図書室に誰かが入ってきた。思い切りよく扉を開けてきょろきょろと室内を見回しているのは、八重樫だ。

八重樫は僕と藤生に気づくと満面の笑みを浮かべ「いたいた!」と大声を上げた。すぐに司書室から河合先生が顔を出し「図書室では静かに」と釘を刺す。八重樫は肩を竦めて小声で謝り、早足で僕らのもとへやってきた。

「探してたんだ」などと言うから僕に会いにきたのかと思ったら、目当ては藤生らしい。ちゃっかり藤生の隣に腰を下ろし、「ちょっといい?」とその顔を覗き込む。藤生はいきなり距離を詰めてきた八重樫に驚いているのか怯えているのか、強張った顔だ。

藤生は人見知りが激しい。その上、一度親しくなったように見えてもまたすぐ元の距離に戻ってしまう。

一方の八重樫は、三回挨拶をしたら友達、ぐらい単純な男だ。相手の緊張にはまるで気づかず、手にしたルーズリーフを藤生の方に押し出してきた。

「これさ、アリシアのために書いた手紙なんだけど、ちゃんと意味わかる? 藤生さん英語得意みたいだし、アリシアに渡す前に読んでみてほしくて」

坊主頭を掻きながら八重樫が差し出したルーズリーフにはたどたどしいアルファベットが並んでいる。英文になっても八重樫の字は飛んだり跳ねたり大騒ぎだ。

「来週からアリシアもう学校に来なくなっちゃうから、最後に手紙を渡そうと思って。

一応、書くだけ書いたんだけど、文法とか合ってるか自信なくてさ」

「英語の先生に任せた方がいいんじゃないか？」

横から口を挟むと、八重樫に渋面を向けられた。

「やだよ、他人に手紙を読まれるなんて」

「藤生はいいのか？」

「藤生さんはいいの。俺とアリシアの仲を取り持ってくれたから」

八重樫は藤生に向き直ると、「あのときはありがとね」と屈託なく笑った。その顔を見てようやく少し緊張が解けたのか、藤生もそろそろと八重樫から手紙を受け取る。

「あの、私も、文法とか正確ではない、ですが、それでよければ……」

「見てくれるの⁉　ありがとう！」

思わずと言ったふうに八重樫が声を高くすると、再び河合先生が司書室から顔を出した。八重樫は慌てて頭上で両手を合わせ、無言でペコペコ頭を下げる。次に騒いだら出ていけと言われかねない。

八重樫はワイシャツのポケットから取り出した赤ペンを藤生に渡し、「間違ってるとこがあったらガンガン直しちゃって」とぼそぼそ囁いた。藤生も頷いてペンを受け取り、黙々と八重樫の手紙を読み始める。

しばらくは大人しく藤生の添削を待っていた八重樫だが、静かにしているのは性に合わないのか、すぐに僕に声をかけてきた。

「なあ、昨日五組の友達に聞いたんだけどさ……」

「また先生に怒られるぞ」

やんわりと窘《たしな》めたが、八重樫は「ちっちゃい声で話すから！」と小声で続ける。

「授業中、教室にコウモリが飛び込んできて教室中パニックになったんだって。コウモリって夜行性なのに珍しいよな」

「そうだな。前にスズメが教室に飛び込んできたことはあったけど」

「そのときのスズメは窓ガラスに激突して結局死んじゃったんだよな。かわいそうに……」

「それを樋崎先生が持ち帰って標本にしたんだ」

「えっ」

「違った、生物室の冷凍庫に保管してあるんだった」

「えっ!?」

うっかり声を跳ね上げた八重樫は、慌てて片手で口をふさぎ司書室を振り返った。幸い河合先生は現れず、ほっとしたように手を下ろす。

「な、なんのためにそんな……？」

「標本にするためだろ。他にもいろいろ冷凍庫に保管されてるぞ。カモの脚とか」

うへぇ、と情けない声を出して、八重樫は顔を顰める。

「ちょっと変な人だとは思ってたけど、そんな変人だったとは……」

「生徒相手に怪談も披露してたしな。まあ変な人だよ」

僕たちの会話に耳を傾けていた藤生が、何か言いたげにちらりとこちらを見る。あまり先生のことを悪く言ってほしくないのだろう。別の話題に移ろうとしたところで、八重樫が溜息交じりに言った。

「そういえばあの先生、黒魔術もやってるしなぁ……」

「なんだ黒魔術って」

聞き逃せない単語が転がり出て、次の話題に移れなくなった。僕が食いついたのが嬉しかったのか、八重樫はわざとらしく真面目な表情を作って「実は」と切り出す。

「去年の話なんだけどさ、俺、見ちゃったんだよね。樋崎先生が放課後に、黒魔術的なことやってるところ」

「だから、なんだその黒魔術的なことって」

「体育倉庫の裏にある焼却炉で何か燃やしてた。その上、焼却炉の火を見詰めてぴくりとも動かないんだよ。今にして思うと何かの儀式だったんじゃないか？」

どうよ、と八重樫は小鼻を膨らませる。

僕は驚いて声が出ない。藤生も同様だ。目を丸くして八重樫を見ている。

僕らの反応が思っていたのと違ったのか、八重樫はうろたえたように身を引いた。

「な、なんだよ、冗談だよ。ていうか突っ込んでよ。別に本気であの先生が黒魔術やってるとか思ったわけじゃ……」

「八重樫、お前がそれを見たの、いつだ？　正確な日付わかるか？」

「えぇ？　いつって、いつ頃だっけ？　確か、球技大会の直前？　帰ろうと思ったら体育科の先生に捕まってボール磨き手伝わされたから。帰るの遅くなった上に体育倉庫に携帯忘れちゃってさ、家まで帰ったのにわざわざ学校まで取りに戻ったから」

球技大会は十二月の頭。僕の絵が消えたのも十二月に入ってすぐだ。

「八重樫はどこから先生を見た？」

「俺は体育倉庫から帰るときにちらっと見ただけだけど……？」

校舎にいた僕より断然距離が近い。藤生も勢い込んで身を乗り出してきた。

「あの、それは間違いなく、樋崎先生でしたか？」

「うん、樋崎先生。あの頃はもうアリシアの件でお世話になってたから、見間違えるわけないと思うけど。ていうか、どうしたんだよ二人とも？」

「それより八重樫、先生が何を燃やしてたかも見たか？」

「え、えぇ？　何って、普通にゴミだったと思うけど。木材とか」

「キャンバスは？」

「キャンバスって、絵とか描くときに使うアレ？　いやぁ、そんなもん燃やしてなかった気がするけど？」

目の端で、藤生がほっとした顔をしたのが見えた。それでも僕は食い下がる。

「今木材って言ってたよな？　詳しく教えてくれ」

「あ、あれもしかしたら、木材じゃなくて額だったのかな。ほら、絵とか飾っとくやつ。四角かったから。でも、額にしてはあんまり綺麗じゃなかったな、木の枠みたいな」

八重樫が何を言わんとしているのかわかって僕は息を詰める。

「……八重樫が見たのは、多分木枠だ。画布を張っていない状態のキャンバスだよ」

藤生も遅れて理解したらしい。僕を見て「どういうことでしょう」と呟く。

「キャンバスが火に投げ込まれて、画布だけ先に燃え尽きたということでしょうか？」

「そうなると、八重樫が見たときはもう木枠も炭化した状態だったってことになるけど」

「あ、ごめん、違う違う」

八重樫が何か打ち消すように胸の前で手を振る。

「俺が見たとき、先生は火がついた焼却炉の前に立っててさ、片手にその、木枠っていうの？　それを持ってたんだよ。それを焼却炉の中に放り込むところを見たんだ。その後はずっと火の前から動かなかったから、見てるのにも飽きて先に帰ったんだけど」

「……じゃあ、先生は木枠だけ燃やしたのか？　絵は？」

「俺が見たときは絵なんて燃やしてなかったけど」

僕は藤生と顔を見合わせる。八重樫の話を信じるなら、先生が燃やしていたのは木枠だけだ。だったら木枠に張られていた僕の絵はどこへ消えてしまったのだろう。

そもそもどうして、木枠からわざわざ僕の絵を外したのか。

「誰かが丸めて持ち帰ったんでしょうか……？　キャンバスごと持ち出せば目立ちますが、丸めて筒状にしてしまえば目立ちませんし……」

「だとしたら、絵の具はひび割れたり剝離《はくり》したりして、元の状態は保ってないだろうね」

「あ、でも、先生が燃やしていた木枠が荒坂君の絵を張っていた木枠とも限りませんし」

「いや、美術室から消えたキャンバスは一枚だけだ。僕の絵がなくなってるんだから、当然木枠だって……」

言いかけて、口を閉じる。

ひとり話についていけずまごついている八重樫に僕は尋ねた。

「八重樫が見た木枠は、どんな形だった？」

「え……だから、額みたいな四角い……」

「口の字みたいな形してたか？　それとも田の字？」

八重樫は一瞬黙り込み、僕の言葉を頭の中で漢字変換したのか、ああ、と手を打った。

「田の字だった。そうだ、だから俺、あのときは額縁と思わなかったんだ。でもお前らが急に絵の話とか始めるから、もしかしてあれがそうだったのかなぁって思って……」

「わかった、ありがとう」

言うが早いか僕は席を立つ。藤生に「ちょっと来て」と声をかけながら図書室の出口に向かうと、背後から八重樫の「俺の添削は!?」という情けない声が追いかけてきた。

「悪い、すぐ戻るから」

言い置いて、戸惑い顔の藤生を連れ図書室を出る。向かった先は校長室だ。校長室の前の廊下には、運動部が試合で優勝したときのトロフィーや文化部の賞状の他に、展覧会で入選を果たした美術部の絵も飾られている。

僕が教えるまでもなく、藤生は迷わず緑川先輩の絵の前に立った。

滅多に生徒が寄りつかない校長室の前は静まり返って、藤生の息遣いまではっきりと耳に届く。小さく息を詰めた後、藤生は細く長い息を吐きながら言った。

「美術室は四階にあるので、てっきり校舎の上から見た校庭を描いたんだと思ってました。でも、これ、校庭から見た風景ですね」

「うん。緑川先輩、校庭の隅に立ってこの絵を描いてた」

十五号のキャンバスに描きとられたグラウンドには、雪に点々と残る足跡もしっかり描かれている。無数のスニーカーで踏み荒らされた雪には土の色が目立った。グラウンドの土が露出したという感じではなく、自宅から様々な経路を歩いて学校までやって来た生徒の靴底についた泥や砂を全て混ぜたような複雑な色だ。

雪が解けた後の泥水に空の色が映って、この青に僕はいつでも目を奪われる。

「この学校の校庭なのに、なんだかもっと素敵な場所みたい」

独り言のように藤生が呟く。僕もそう思う。描き手の目と手を通して再構築された絵は、ときに現実のそれより美しい。

僕は一歩絵に近づくと、壁にかけられたそれを慎重な手つきで外した。

「え、い、いいんですか？　勝手に」

「よくない。見つかったら怒られるから、君も手伝って」

僕らは廊下に絵を置いて素早く額を外す。裏板を外して真っ先に確認したのは木枠の形だ。木枠は口の字の形をしていて、縁には画布を木枠に固定するため釘が打ちつけられている。それを指先で辿って確認し、僕はまた手早く絵を額に収めた。

「わかった」

壁に絵をかけながら呟く。わかった、やっと。先輩が読書感想文に選んだ本も、どうしてその本を選んだのかも。いつか藤生が言っていた、先輩があの本を選んだこと自体が自分の罪に対する告白のように思える、と言った、その意味も。

「あ、あの、わかったって……？」

まだ状況を理解していない藤生が、戸惑いがちに説明を求めてくる。

僕はしばらく先輩の絵を見詰めてから藤生に向き直ると、現時点でわかる限りのことを彼女に伝えた。

図書室に戻り、八重樫の手紙の添削を終えたのは図書室が閉まる直前だった。

赤ペンで修正された手紙は真っ赤だったが、本人は嬉しそうに藤生に礼を言っていた。

「清書したらまた見てね」と人懐っこく笑う八重樫に藤生も控えめに手を振り返す。この数時間でまた少し距離が縮まったのか、スキップで昇降口へ向かう八重樫を見送る藤生の口元には微かな笑みが浮かんでいた。

「じゃあ、僕は緑川先輩のところに行ってくる」

藤生は口元の笑みを消すと「私も行きます」といつになく力強い声で言った。外はすでに暗くなっていたが藤生の意志は固そうだ。頷いて、二人で四階の美術室へ向かった。

今日は美術部の活動日だ。美術室からはまだ明かりが漏れていたが人の声は聞こえない。

そっと美術室の扉を開けると、窓辺の席にひとり腰かける緑川先輩の姿があった。

絵を描くでもなく、自分のスケッチブックを開いて眺めていた先輩は、僕たちに気づいて目を丸くした。

「荒坂君、と……藤生さん？」

先輩がスケッチブックを閉じて椅子を立つ。他に部員らしき姿はない。部活が終わった後は部長が鍵を閉めるはずなのに。不思議に思って尋ねると、先輩の顔に自嘲気味な笑みが浮かんだ。

「去年あんなことがあったからね。あの後すぐに、鍵は顧問に閉めてもらうことになったんだ。最後に美術室を出る部員が顧問に報告に行くんだよ」

先輩は微笑んで木製のテーブルに寄りかかる。

「それで？　藤生さんも一緒にいるところをみると、僕が感想文に選んだ本のタイトルがわかったのかな？」

「わかったと思います。でもその前に、ひとつ確認させてください」

先輩がゆっくりと瞬きをする。それを了承と受け取って尋ねた。

「樋崎先生が燃やしたのは僕の絵ではなくて、先輩の木枠だったんですね？」

先輩が紅茶色の目を見開く。

返事を聞くまでもなかった。この表情はイエスだ。

本人も顔色を隠せなかったことを悟ったのだろう。申し訳程度に手で口元を覆ったが、僕の言葉を否定しない。

「……驚いた。樋崎先生のこと、知ってたのか」

「たまたま見かけたんです。財布を忘れたので学校に戻ったら、焼却炉で……」

財布、と呟いて、先輩は気が抜けたような顔で笑った。

「そんな偶然あるのか。天網恢恢疎《てんもうかいかいそ》にして漏《も》らさず……悪いことはできないな」

「やっぱりあれは先輩の木枠なんですね？」

木枠にはいろいろな形がある。四本の木で四隅を作っただけの口の字型もあれば、強度を持たせるため格子状に桟を入れた田の字型、二本桟を入れる目の字型もある。

部員にはそれぞれ好みの木枠があり、僕はいつも口の字型の木枠を使っていた。緑川先輩は田の字型の木枠だ。そして樋崎先生が燃やしていたのも田の字型の木枠。僕が発見したときは桟が焼け落ちてしまったのか口の字型になっていたので、八重樫から話を聞くまでわからなかった。

「校長室の前に飾ってある先輩の絵を確認しました。木枠が口の字だった。それから画布を打ちつけた縁の部分、最初に釘を打った場所からずれないように上手いこと打ち直してましたけど、やっぱり触るとわかりますよ。画布の下に隠れてる釘の頭が」

「つまり？」

先輩はうろたえることもなく次の言葉を促す。僕から引導《いんどう》を渡させたいらしい。つまり、と僕も先輩の言葉を引き取った。

「先輩は自分の絵を木枠からはがした後、僕の絵の上に張り直したんですね？　その後、残った自分の木枠を燃やした」

消えた僕の絵は十五号。入選した先輩の絵も十五号。

以前、ファイルに挟んでおいた緑川先輩の原稿が行方不明になったことがある。あのときはファイルから先輩の原稿が消えたわけではなく、同じサイズの別の原稿にぴったりとくっついて見えなくなっていただけだった。

僕の絵も学校の中から消えたわけではなく、別の絵の下に隠されていたのだ。

先輩は凪《な》いだ表情で僕の言葉を聞いて、唇にうっすらと笑みを浮かべた。

「当たり。もっと早く気づかれるかと思ったのに、案外ばれないものだね」

言い訳もなく肯定されてしまい、脱力してその場に膝をつきそうになった。ばれないのなんて当たり前だ。誰がそんな無茶なことを思いつくだろう。

「どうしてそんなことしたんです……。キャンバスから絵を剝がすとき絵の具が割れたり剝離したりしたでしょう？　先輩の絵が台無しになったらどうするつもりだったんです」

どうして、と問われて何か答えようとしていた先輩の唇が固まった。と思ったら、急に声を立てて笑いだす。

「僕の絵なんてどうなったっていいじゃないか。普通、どうして絵を隠したんだって真っ先に訊くものじゃないの？　君って本当に自分の絵に無頓着だね？」

一頻《ひとしき》り笑ったと思ったら、先輩は暗い目つきで僕を見た。

「君のそういうところ、本当に嫌いだ」

棘《とげ》の立った言葉にびくりとしたのは、僕ではなくて藤生の方だ。他人の悪意に敏感なのか、怯えたように僕の後ろに隠れてしまう。それを見て、先輩は困ったように眉を下げた。

「君の絵を隠して退部に追い込んだのは僕なのに、こんなことを言ってごめんね」

「いえ、本音で話してくれてありがたいです。嫌がらせだったのなら絵を隠されたのも納得ですし」

藤生と違い、僕は他人から向けられる悪意に滅法鈍い。自分が相手に向けている感情と、相手から自分に向けられる感情が常にイコールで繋がっているわけではないし、そうである必要もないと思っているので、嫌われても落胆しないし、先輩を好ましく思っていることも変わらない。

先輩の顔から笑みが引いた。改めて僕を見て、そう、と溜息のような声で言う。

「君は自分の絵だけじゃなく、自分自身に対してもそういう感じなのか」

「そういう、とは？」

「あまり興味がなさそうだ。自分が可愛ければもっと僕に対して怒るだろうに」

「そうですね。絵を隠されたことより、先輩が自分の絵を雑に扱ったことの方にいろいろと思うところはあります。絵の具、剝離しませんでしたか？」

先輩はまだ言うのかと言いたげに眉を上げると、呆れを混ぜた口調で「多少はね」と返した。

「だから絵を張り直した後、上から厚く絵の具を塗り重ねた。ひび割れや剝離をごまかすために。君の絵がなくなった騒ぎで誰からも気づかれなかったけど」

「僕は気づいてましたよ。一晩で画風を変えてきたからすごいなって。でもあれ、剥離をごまかすためだったんですか」

それは気がつかなかった、とのんきに考えていると、僕の後ろに隠れていた藤生が消え入るような声で「あの……」と会話に入ってきた。

「緑川先輩は……どうして、あ、荒坂君の絵を、隠したんですか……？」

体を半分僕の後ろに隠して恐る恐る尋ねてきた藤生に、先輩はいつもの柔らかな笑みを浮かべた。

「藤生さん、荒坂君の絵を見たことはある？」

「……はい。スマホに描いた絵、ですが」

「目の覚めるような鮮やかな色使いだったでしょう？」

藤生は何か思い出すように瞬きをして、大きく頷く。それを見た緑川先輩は我が事のように自慢げな顔になって、そうでしょう、と笑った。

「荒坂君の絵はとにかく色使いが複雑だ。僕はいつも彼の絵を真似しようとして、でも一度も上手くいったことはない。コンクールで入選した絵だって荒坂君の模倣だ。足元にも及ばなかったけれど。コンクールの前だって、毎日のように彼の絵を眺めてた」

コンクールが近くなると、美術室の一角は美術部員が描いた油絵に占拠される。油絵具はすぐに乾かない。不用意に触《ふ》れれば絵の具が剝げてしまうので、乾くまではどこかにしまい込むこともできないのだ。

「あの日も、部活が終わった後にひとりで彼の絵を見ていたんだ。荒坂君がモチーフに選んだのは美術室の隅で埃《ほこり》をかぶっていた造花だったけれど、花びらに積もった埃の色まで正確にキャンバスに写し取ったようで、どうやってこんな色を出しているんだろうと絵に近づいて……、絵を見るのに夢中になって足元が疎かになったんだろうね。イーゼルに足をひっかけて倒してしまった」

絵はイーゼルごと床に倒れ、途中でテーブルの角にぶつかり、絵の具の一部が剝げたらしい。

当時のことを思い出したのか、先輩は片手で口元を覆う。

「あのときは、時間を戻すことばかり考えた。不用意に絵に近づいたばっかりにあんなことになって、もう取り返しがつかない。君の絵が元に戻るなら、自分の持ち得るすべてをなげうってもいいと思った。まるであの小説の主人公だ。もうタイトルはわかってるんだろう？」

「『少年の日の思い出』ですか」

先輩は片手で口元を覆ったまま、項垂れるようにひとつ頷いた。

『少年の日の思い出』の主人公は、友人のエーミールから盗んだ蝶をとっさにズボンのポケットに入れて潰してしまう。羽が破れ、触角のとれた蝶を見て、取り返しのつかないことをしてしまったと青ざめる少年の姿が目の前の先輩に重なった。

「あのときはひどく取り乱して美術室を飛び出した。どうにかしなくちゃと思ったけれど、どうしていいかわからなくて、意味もなく校内をうろついたよ。多分、無意識に君の絵を隠す場所を探していたんだと思う。歩き続けて、生物室の前で樋崎先生に会った」

暗くなった校舎を顔面蒼白で歩き回る先輩に、先生は「具合でも悪いの」と声をかけてきた。先輩は「なんでもありません」と返して美術室に逃げ戻ったが、美術室には相変わらず絵の具の剝げた絵が残っていて絶望的な気分になったそうだ。

「多少絵の具が剝がれたくらいなら幾らでも修復できるんですから、そんなに深刻にならなくても……」

思わず口を挟むと、顔から手を下ろした先輩にひたと見据えられた。

「あのときは美術展の申し込みまでもう間がなかったじゃないか。修復は間に合わなかったかもしれない」

言われてみれば、そんな時期だった気もする。美術展への興味がなかったので記憶も薄い。ぼんやりとした僕の反応に苛立ったのか、先輩は目元を隠す前髪を鬱陶《うっとう》しそうに搔き上げた。

「樋崎先生は僕の様子を気にしてこっそり後をついてきてくれてたんだ。すぐに美術室に入ってきて、絵の具の剝げた絵と僕を見て、大体の事情を察してくれた」

樋崎先生は絵の前に立つと、まずは先輩に『君の絵じゃないね？』と確認したそうだ。真っ青な顔で頷いた先輩に先生は言った。『処分してあげようか？』と。

「『この絵をどうにかしたくて校内をうろついてたんだろう？　どうにかしてあげようか』ってびっくりするほど優しい声で言われて、この人に任せればどうにかなるんじゃないかって、思わず頷いてしまった」

なぜ先生がそこまで、と疑問に思うだけの余裕もなかった。目の前の現実から逃れられるなら相手の思惑などどうでもいい。どうにかしたい、ただその一心だった、と先輩は続けた。

「どうするつもりか訊いたら『絵を燃やす』って言われて、さすがにそれは止めたけど」

「止めてくれたんですか」

剝製づくりにも抵抗のない樋崎先生なら躊躇なく燃やしただろう。やっぱり先輩は常識人だったと胸を撫で下ろしたが、すかさず鋭い声が飛んでくる。

「別に君の絵が惜しかったわけじゃない。燃やしてしまったらもう取り返しがつかないから止めただけだ」

万が一事実が明るみに出たとき、誠心誠意謝罪をすればなんとか許してもらえる余地を残しておきたかったのだと、先輩は放り投げるようなぞんざいさで言った。

「自分のしでかしたことを隠したかった。君の絵がなくなれば僕の絵が美術展に出してもらえるかもしれないって下心もあった。君の絵を妬ましく思ってたのも本当だ」

先輩は僕らから顔を背けて窓に顔を向ける。窓の向こうは闇に沈み、ガラスに先輩の顔がくっきりと映しだされた。

「君はいつもさらっと絵を描き上げて執着もなく筆を置いてしまうのに、あの生々しいばかりの色使いはなんだ？　僕が必死で色を重ねてもあんな色は出せない。悔しかったし、妬ましかった。君の絵さえなければって、前からずっと思ってたんだ」

窓ガラスに映った先輩の顔が苦々しげに歪む。本気で言っているのだとわかって啞然とした。僕の絵なんて子供の遊びみたいなもので、真摯にキャンバスと向き合う先輩の絵とは比較の対象にもならないと思っていたのに。先輩だって他人と自分の絵を比べるような素振りはなく、ただまっすぐ自分の絵だけに向き合っているように見えていたのに、違ったのか。

立ち尽くす僕の前で、先輩は淡々と続ける。

「木枠から君の絵を外して学校の外に持ち出すことも考えたけれど、そうしたら今度こそ絵が修復不可能になる。ばれたときに申し開きができるくらいの保存状態でどこかに隠しておきたかった」

喋っているうちに、先輩の声に笑いが滲んだ。最後は耐え切れなくなったように肩を震わせ、ようやくこちらを振り返る。

「僕は卑怯で小心者なんだ。他人の絵を燃やしてしまうほどの度胸もない。ただ隠したかった。見つかって責められるのが怖かった。最低だろう」

同意を促されたが、頷くことができなかった。取り返しのつかないことをしてしまったとき、時間を戻したいと思う気持ちはわかる。それが叶わないなら、自分のしてしまったことを隠してしまいたいと思う気持ちだって十分理解できる。

悪いことをしたら本当のことを言って謝りましょう、と僕らは小さい頃から教え込まれるが、実際にそうすることがどれほど勇気のいることか、誰だって容易く想像はつくはずだ。「少年の日の思い出」の主人公だって、エーミールに謝罪に行くまでかなりの時間を要している。それも母親に強く背中を押され、やっと重い腰を上げているのだ。

だからきっと、その場にいた樋崎先生が『きちんと謝った方がいい』と言っていたら、先輩だって次の日には僕に頭を下げにきたのではないか。むしろ隠蔽《いんぺい》をそそのかした樋崎先生に非があるような気がするのは僕だけか。

「どうして樋崎先生は、絵を隠す手伝いをしてくれたんでしょうか」

思ったままを口にすると、先輩が驚いたような顔でこちらを見た。探るような目で僕を見るので何事かと思ったら、僕の顔に怒りや軽蔑の表情を探していたらしい。

端から先輩に対する怒りはないので平然と見詰め返すと、先輩も僕の表情を正しく読み取ったのだろう、肩透かしを食らったような顔でぎこちなく首を傾げた。

「それは、わからない。僕も途中で我に返って先生に訊いてみたけれど、『君は私の秘密をつぶさに見てくれたから』としか言われなかった」

「秘密って？　先輩は樋崎先生と以前から親しかったんですか？」

先輩は首を横に振り、「僕にもなんのことだかわからないんだ」と眉を寄せた。

先輩は一年のときこそ選択授業で生物を履修したが、二年生からはずっと化学を選択している。だから樋崎先生と授業で顔を合わせることもないらしい。

「よくわからなかったから詳しく訊き返さなかったけど、生物室の前の標本のことを言ってるのかもしれない。生物室の前に置いてある戸棚に、ホルマリン漬けにされた標本があるんだ。あれをスケッチしていたとき先生に声をかけられたことがあったから。上手いものだね、とか、その程度の会話しかしなかったけど」

「標本が先生の秘密ってことですか？」

「それくらいしかあの先生と個人的に話をした記憶もないんだ。もしかすると、とったらいけない植物や動物を標本にしてしまったのかもしれない。特別天然記念物みたいな」

誰も振り返らない戸棚の標本をじっと見ていたから、それで樋崎先生は協力してくれる気になったのだろうと先輩は理解したらしい。

話し終え、先輩は天井に向かって大きく息を吐いた。

「君が美術部をやめたとき、正直言うとほっとした。これでもう、犯人捜しをされないで済む。でも、秘密を抱えたままでいるのは苦しいね。君が藤生さんと一緒にここに来たとき、全部打ち明けてしまいたくなった。そのつもりで読書感想文にあの本を選んだのに、それでも往生際《おうじょうぎわ》悪くタイトルを打ち明けられなかったんだから、僕は最後まで姑息だった」

自嘲気味に呟いて、先輩は正面から僕を見る。

「君の絵を傷つけた上に、あんなふうに隠してしまって、本当にごめん。もういい加減、僕のしでかしたことも明るみに出してしまおう」

言うが早いか先輩は身を翻し、教室の後ろの棚から工具箱を取り出した。中から釘抜きを取り出そうとしているのに気づき、僕も慌てて先輩のもとへ駆け寄る。

「まさか先輩、あの絵を剝がす気ですか？」

「そうだよ、あの絵の下には君の絵がある」

「やめてください、無理に剝がしたら絵の具が剝離します。あのままにしておいてください。僕の絵なんてどうでもいい、僕は先輩のあの絵が好きなんです」

必死で説得する僕を見て、先輩は唇を歪めるようにして笑った。

「君もエーミールみたいに僕を罵《ののし》ってくれていいんだよ。そうしてくれれば僕も思い切りがつく。あの話の主人公が自らコレクションを潰したように、僕もそろそろ自分の夢を潰さないと」

「どういうことです？」

先輩は工具箱の中から使い古された釘抜きを取り出し、二股に分かれた先端部分を指で撫でた。

「去年、美大に進学したいって親に言ったら反対されたんだ。絵なんかじゃ食べていけない、成功するのは一握りの人間だけだって。だから両親に認めてもらうためにも、どうしても美術展に出品したかった」

「じゃあ、結果が出てよかったじゃないですか。入選もしたし」

「そうだね。僕は個人賞で、佳作をもらった」

釘抜きに視線を落としたまま、先輩は暗い声で続ける。

「でもそれだけだ。美術展には毎年何千点もの作品が集まる。その中で、個人の佳作はどのくらい出ると思う？　千二百だよ。佳作の上の特選は二百、さらに上の推奨は百」

先輩は釘抜きのグリップをきつく握りしめ、その程度だよ、と呟いた。

「たかが佳作だ。入選しても、何が変わるわけでもなかった。親は未だに美大に進むことを許してくれないし、周りの評価が変わったわけでもない。あんなに必死になって、君の絵まで隠したのに、馬鹿みたいだ」

言うが早いか踵を返して部屋を出ようとするので、僕は先輩の肩を摑んでその場に押し止めた。

「だからってあの絵を剥がすのは勿体ないですよ！」

「これが僕にできる精一杯の謝罪なんだ。やらせてくれ」

「いやもう、先輩には謝ってもらいましたし、どうして絵を隠したのかもわかって納得したので、これ以上は別に……」

「どうでもいいって言うのか」

僕の手を振り払って先輩はこちらを睨む。しかし視線はすぐに床へ落ち、嚙みしめた奥歯の間から押し出したような声が続いた。

「エーミールの怒り方はやっぱり効果的だったんだな。直接怒りをぶつけられるより、お前に興味なんてないって顔をされた方がきつい」

「待ってください、僕は決してエーミールみたいに先輩を突き放したいわけでは――」

「わかってる。謝って許されることじゃない。僕は君の絵を台無しにした上に、美術展に出品する機会すら奪ったんだ。美術部を退部しようとする君のことも形ばかり引き留めただけで、代わりに自分が退部しようとはしなかった」

口早にまくしたて、先輩はさらに強く釘抜きを握りしめた。

「誠心誠意謝ればどんなことでも許されるなんて、そんなの子供だましの嘘っぱちだ。本気で相手を怒らせたらどう謝っても許されないことくらい知ってる。現実には、エーミールみたいな反応の方が普通なんだ」

頑なな先輩の態度を見て、頭を抱えてしまいたくなった。

読書はいつか訪れるかもしれない未来をシミュレートできるものだとは聞いていたが、どうやら先輩は「少年の日の思い出」を読んで、謝っても決して許されない状況があるという思い込みに囚われてしまったらしい。

僕は改めて、なぜあんな本が中学の教科書に載っているのかわからなくなる。せめて架空の物語の中ぐらい、勇気を出して謝罪をした主人公が報われる展開でよかったじゃないか。あんな救いのないラストにしてくれたおかげで、自分の夢を潰さない限り償《つぐな》いにならないと先輩は思い込んでしまっている。

先輩は僕の言葉に耳を貸さず、僕を押しのけ部屋を出ていこうとする。この勢いだと本気で自分の絵を木枠から外しかねない。とにかく先輩を止めるため、僕は戸口に手をかけた先輩の背に声を飛ばした。

「――エーミールだって、本心では怒ってなかったかもしれないじゃないですか！」

引き手に指をかけた先輩が振り返る。どうしてそう思う、と言わんばかりに凝視されて言い淀んだ。

口から出まかせだ。でも上手くいけば先輩を止めることができるかもしれない。

物語から何を読み取るかは読者の自由だ。八重樫は、「舞姫」のエリスが発狂したのは演技だったのではないかと感想文に書いた。僕が読む限り本当に正気を失ったとしか思えなかったが、そういう読み方もあるのだろう。

ならばこじつけでもなんでもいい。エーミールが主人公への怒り以外であんな冷淡な態度をとった理由を捻り出すしかない。できれば先輩を止められる内容を。

かつてないスピードで思考を巡らせ、まだ考えもまとまらぬうちに口を開いた。

「エーミールはきっと、主人公に発破をかけたんだと思います」

先輩が無表情で僕を見る。だが足は止めたままだ。口から飛び出した言葉を無理やり補足すべく続ける。

「わざわざ謝りにきた人間に対して、エーミールの反応はちょっとひどすぎます。子供の怒り方じゃないですよ。言い回しとか、なんか演技臭い気がしませんか」

海外ドラマの俳優みたいで、と言いかけてやめた。海外の作品なのだからそうなるのは当然だ。しかし僕ら日本人の目から見ると、十歳やそこらの子供が「そうか、そうか、つまり君はそういう奴なんだな」なんて言うのは気取り過ぎているように思える。その辺の違和感は先輩にもあったようで、引き手から指を離してこちらを向いてくれた。興味を引けたか。

「エーミールは、わざと主人公を怒らせようとしてたんじゃないでしょうか」

「なんのために?」

間髪を容れず先輩から質問が飛んでくる。わからない。全部出まかせだ。

だから自分にとって都合のいい結論を口にした。

「エーミールは、主人公が反省していることをちゃんと理解したんです。だから、こんなことに後ろめたさを覚えたりしないで、これからも気兼ねなく標本作りをしてほしかったんじゃないでしょうか。それでわざと怒らせて、嫌われるようなことを言って、自分のことなんて気にせず標本作りを楽しんでもらうよう仕向けた、とか」

先輩が軽く眉を上げる。しかし心を打たれた様子はない。それどころか、本気でそんなことを思っているのかとでも言いたげに目を眇めた。

「僕はむしろ、エーミールは主人公が謝りにくるのを待ち構えていて、相手に一番ダメージを与える言葉を選んでぶつけたように思うけどね。主人公は蝶を盗んだ直後にエーミールの家のメイドに会ってるんだ。メイドからその話を聞いて、蝶を盗んだのは主人公だって目星をつけていたのかもしれない。それで主人公が来るのを待ちながら、刃物を研ぐように言葉を選んでいたんじゃないか？」

でも、と反論する声が弱くなってしまい、無理やり声の調子を強める。

「あの年頃の子供が本気で怒ったら、あんな冷静に喋れないんじゃないでしょうか」

「もともとサドっけのある子供だったのかもよ。謝罪している主人公に向かって歯笛まで吹いてるんだから。主人公をいたぶることで怒りを紛らわせてたんだ」

淡々と言い返されて、そうかもしれないと思ってしまっただけに声も出ない。先輩の解釈を打ち壊す新解釈など思いつけるわけもなく焦って目が泳ぐ。

そんな僕を見て、先輩が視線を和らげた。

「小説は読み手によって解釈が違う。登場人物の心情を自分と重ねて捉えるから、ひとつの行動にいろんな意味づけができるんだろう。荒坂君は善良なんだな。主人公に標本作りを続けさせるために怒ったふりをしたんじゃないか、なんて」

先輩は僕に横顔を向け、今度こそ廊下に出るべく戸に手をかけた。

「でも、エーミールは違う。善良な子があんな陰湿な怒り方をするもんか」

僕らに背を向けた先輩を見て、止められなかったか、と肩を落としたそのとき、それまでずっと口をつぐんでいた藤生が、「あの」と頼りない声で先輩を呼び止めた。

「エーミールの怒り方は、確かに善良な子供らしくないと、私も思います……」

僕に加担してくれるのかと思いきや、藤生は先輩に同意した。これには先輩も意表を衝かれたような顔で振り返る。

藤生はまだ先輩が怖いのか、半分僕の体に隠れるようにして続ける。

「善良でないというより、無邪気さがない、と言った方が正しいのかもしれません。でもそれは、エーミールがそういうふうに両親に育てられたから、ではないでしょうか。怒りをむやみにぶつけず、平静であるよう常から求められていたから……」

室内に沈黙が落ちる。先輩は何も言わないが、頭に疑問符が浮かんでいるのが見えるようだ。僕も藤生が何を言わんとしているのかわからない。本文にそんな描写はなかったはずだ。

でも、胸に期待が膨らむのを自覚しないではいられなかった。

藤生は僕らがうっかり見落としてしまう物語の欠片《かけら》を掬《すく》い取り、かざして見せてくれる。「舞姫」のときもそうだ。授業中に読んでいたときは面白いとも思わなかったあの物語を、藤生は鮮やかに読み解いて八重樫の背中を押した。

「少年の日の思い出」にも、先輩を思いとどまらせてくれる何かがあるかもしれない。物語の力を信じている藤生ならそれを僕らに気づかせてくれるのではないか。そんな期待に駆られて藤生に尋ねた。

「エーミールがそんなふうに両親に育てられてたなんて、書いてあった？」

先輩が抱いているだろう疑問を解消する援護射撃のつもりで尋ねると、藤生は僕の後ろに隠れたまま、弱々しく首を横に振った。

「直接書かれていたわけではないんですが、エーミールの親は教師です。教師が自分の子に対して教育者のように振る舞ってしまうのは、職業病のようなものではないでしょうか。家で許されても学校で許されないことは沢山あります。エーミールの場合、家の中でも先生と一緒に暮らしているようで、許されなかったことが沢山あったのかもしれません。ちょっとした我儘や、子供らしい振る舞いなんかも」

うん、と相槌を打ったものの、少し語尾が上がってしまった。物語を読み取る藤生の力は信じているが、さすがに強引な解釈ではないか。しかし僕を見上げる藤生の目に迷いはない。

「作者であるヘッセも父親が宣教師で、戒律の厳しい神学校に進んだといいます。ヘッセ自身、幼い頃から『宣教師の子』に恥じぬ振る舞いをするよう強いられてきたのかもしれません。エーミールもまた、世の規範たる『教師の子』として育てられてきたのではないでしょうか」

親の職業が子供の評価について回るのは事実だ。同じ犯罪者でも、親が医者だったり教育者だったり、いわゆる知識階級であればあるほどマスコミに取り上げられる割合も多くなる。親はあの人なのに？　という意外性を演出するに一役買っているのは間違いない。

「それにエーミールは、主人公だけでなく近所の子供たちからも気味悪がられるほど完璧な子供だったんですよね。子供の目にも異質に映るほどの品行方正さです。大人しくて、静かな子。それはつまりエーミールが、あまり感情を露《あら》わにしなかったということではないでしょうか」

藤生は口調だけでなく顔つきまで変え、戸口に立つ先輩をまっすぐに見て言った。

「エーミールはただ単に、感情表現が上手くできなかっただけかもしれません。繭の中の蛹《さなぎ》みたいに」

藤生の話に興味を引かれたのか、先輩がこちらを向いて戸に寄りかかった。話を聞く体勢だ。藤生もそれがわかったようで、無意識のように僕の背後から一歩前に出た。

「そう思う理由はもうひとつあります。主人公は蝶を採ることに夢中になっていましたが、幼虫から飼育することに関してはあまり興味がなかったようです。一方エーミールは、クジャクヤママユを蛹から羽化させています。エーミールは蝶を採るのではなく、成虫に育てることに熱中していたのではないでしょうか」

「その根拠は？」

鋭く切り込まれても藤生は怯まない。「すべて私の想像ですが」と言いつつも、声には確信がこもっている。

「エーミールの標本には珍しい蝶が少なかったと書かれています。でも、蝶を捕まえるのが下手だったという描写はありません。そもそもエーミールが蝶を追うシーンがないんです。もしかするとエーミールは、自分が蛹から育てた蝶を標本にしていたのではないでしょうか。彼にとっては蝶そのものの珍しさより、自分が羽化させた蝶である、という点に重きが置かれていたのでは」

僕のように口ごもることもなく、藤生はすらすらと持論を展開する。先輩が口を挟む隙を与えない。曲解かもしれないし、強引なこじつけかもしれないけれど、物語の裏側に隠されていた真実を暴いていくような藤生の弁舌に、知らず興奮した。

「主人公は美しい蝶を捕まえる瞬間、陶酔に似た気分を味わっています。同じようにエーミールも、蛹から蝶への激変を見守ることに興奮を覚えたのではないでしょうか。そしてその根底にあったのは、強い変身願望だったのではないかと思うんです」

　エーミールは、変わりたかったのではないか。

　厳格な親に育てられ、友達も上手く作れない自分を変えたくて、芋虫から蛹、さらに美しい蝶へと変化するその過程に羨望の眼差しを注いでいたのかもしれない。

「品行方正なエーミールが歯笛を吹いて、悪ぶって、そんなところを見られたら親に叱られるかもしれないのに、そこまでして主人公に冷淡に振る舞ったのは、わざとのように思えます。相手を慰める言葉が思いつかなかったから。怒りが原動力になるのを知っていたから。だからいい子のふりをやめて、相手に発破をかけようとした。私は荒坂君の見解に賛成です」

　それまで大人しく僕の後ろに隠れていた藤生の豹変ぶりに驚いたのか、あるいは新しい角度からエーミールの言動を見直すのに忙しいのか、先輩は目を丸くして何も言わない。

　力強い援護射撃を受け、畳みかけるなら今だと僕も勢い込んで言った。

「そういうことなら、僕も歯笛でもなんでも吹きますよ。たとえ美大に行かなくても、先輩にはずっと絵を描き続けてほしいですから」

先輩がびくりと肩を揺らす。直前まで自分が許されることなんてあり得ないと思い込んでいた目が、今は迷うように揺れていた。

僕も藤生も、黙って先輩の答えを待つ。先輩は思い込みが激しい上に頑固だから、本人が納得してくれないことには話が前に進まない。

かなり長いこと沈黙してから、ようやく先輩が口を開いた。

「荒坂君、歯笛なんて吹けるの？」

「やったことないんでわかりません。でも実際やられたら滅茶苦茶腹立つと思いますよ」

先輩は黙り込み、無言で眉間にしわを刻んだ。僕に歯笛を吹かれる姿を想像したのかもしれない。思った以上に気にくわない光景だったのか、喉の奥で低く唸る。

「……そんなことをするくらいだったら、素直に許すって言ってくれないか」

「さっきからそう言ってるのに先輩が全然聞いてくれないからこんな回りくどい話してるんですよ」

さすがに呆れ、大股で先輩に近づいてその手から釘抜きを奪う。

「あの絵、大事にしてくださいね。折角入賞したんですから。また木枠から外そうとしたら今度こそ歯笛吹いてやりますよ。『そうか、そうか、つまり君はそういう奴なんだな』とか言いながら」

先輩は僕を見て、それから空っぽになった自分の手を見下ろし、「それは嫌だなぁ」と力なく笑った。もう自暴自棄な表情ではない。少しくたびれてはいるものの、いつもの先輩の顔でほっとする。

窓辺に置かれた工具箱に釘抜きを戻していると、後ろから先輩に声をかけられた。

「荒坂君はもう、美術部に戻る気はないの？」

振り返ると、先輩が僕の後ろに立っていた。藤生はと見ると、部屋の入り口近くの棚に並んだ美術資料の背表紙に目を奪われている。一応意識はこちらに向いているようだが、活字から視線を剝がせないらしい。相変わらずだと苦笑して屈めていた腰を伸ばす。

「もう図書委員会に入ったので戻りません。部活と委員会を兼任する気もありませんし」

「じゃあ、絵の道に進むつもりは？」

先輩の声が真剣味を帯びる。けれど僕は首を横に振った。絵を描くのは好きだが、本気で絵の勉強をしたり一生の仕事にしたりする気はない。

「絵を描くのは、ただの気晴らしですから」

先輩は僕の本心を見極めようとしているのかこちらから目を逸らさない。長いこと僕を見詰めてようやく納得したのか、そう、と呟き視線を落とした。

「才能がある人間ほど、自分の才能に執着しないものなんだね」

「いや、才能とかじゃないですよ。先輩よく僕の色使いを褒めてくれますけど、僕はただ、人よりちょっと目がいいだけなんです。先輩、視力幾つですか？」

「両目とも〇・七、だったかな」

そろそろ眼鏡をかけようか迷っているという先輩に、僕はにやりと笑ってみせた。

「僕は両目とも二・五です。虹なんかも八色に見えます。僕と先輩に違いがあるとしたら、才能じゃなくて視力の差ですよ」

二・五という数値に驚いたのか、先輩が僕の目を覗き込む。その紅茶色の瞳を見返して言ってやった。

「でも先輩、絵って目に見えるものだけを描くわけじゃないでしょう?」

同じ景色でも、描く人によってまるで違う絵になる。僕らは目の前の光景を見ているようで見ていないし、ときには見えないはずのものだって紙の上に再現してしまう。

それは例えば、泥にまみれた雪の匂いだとか、真冬の校庭に立ったとき、スニーカーを通して足の裏に伝わってくる冷たさだとか。

僕は派手な色使いで見る人をぎょっとさせることはできても、長く絵の前に立ち止まり、そこに描かれた風景の匂いまで思い起こさせるような絵を描くことはできない。

先輩は僕の言葉を咀嚼するように黙り込み、目尻に軽く指を添える。

「……そうだね。そうありたいね」

呟いて、先輩は薄い瞼をゆっくりと閉ざした。

美術室で先輩と別れ、学校を出る頃にはもう空に星が瞬いていた。

藤生と一緒に駅に向かいながら、夜空に向かって息を吐く。今しがた美術室で起きたことを思い出すと自然と歩調が速くなった。自分でも気分が高揚しているのがわかる。

「今日は本当に藤生がいてくれてよかった。まさかあんなふうに先輩を止められるとは思わなかった。僕ひとりだったら絶対に無理だったよ」

藤生は俯き気味に僕の横を歩き、そんな、とぼそぼそ謙遜《けんそん》する。

「エーミールの親が教師だったなんて、話の本筋とは関係ないから本気で忘れてた。たったあれだけの情報からエーミールの変身願望まで見抜くなんてすごいな」

「いえ、見抜いたわけではなく、あれは私の勝手な解釈であって、正解というわけではありません。先輩に納得してもらうために、強引にこじつけた部分も、あります」

「僕だったらこじつけることもできない。教員の子供の立場なんて考えたこともなかった」

手放しに褒められることに慣れていないのか、藤生はしきりと眼鏡のフレームを押し上げてこちらを見ようとしない。

「それに関しては、私の親も教育者だったらしいので、もしかしたらと思っただけです」

へえ、と返しながら、藤生の言い回しに少し引っかかった。教育者だったらしい、とは。

自分の親のことなのに、妙に曖昧な言い草だ。

「それに、こういうことは、普段からよくやっているんです」

意識が逸れていたせいで返答が遅れた。瞬きをして「こういうことって？」と尋ねる。

「裏読みというか、深読みです。このキャラクターは意地悪なことばかり言っているけど、もしかしたら何か理由があるのかな、とか。このキャラクターは笑ってるけど、心から嬉しいと思ってるのかな、とか」

「毎回そんな読み方してたら疲れない？」

「いえ、私には必要なことなので」

道の向こうから車が来る。対向車のヘッドライトに、藤生は眩しそうに目を細めた。

「現実に嫌な人が現れても、たくさん裏読みをすることで『何か理由があるんじゃないか』『前向きに受け止めよう』って思えるんです。だからなるべく本を読むようにしています。いろんな考え方ができるように。他人の言葉をひとつの意味にしか解釈できないと苦しくなってしまうから、逃げ道をたくさん作っておけるように」

「それも樋崎先生の受け売り？」

藤生はちらりと僕を見て、見逃してしまうくらい微かに口元をほころばせた。

樋崎先生の話をするとき、藤生の表情は柔らかくなる。本気で先生に懐いているのだろう。僕からすると胡散《うさん》臭いオッサンにしか見えないが、藤生の前でそんなことを言ったら怒られそうだ。

でも実際のところ、樋崎先生のやっていることは不可解だ。八重樫とアリシアのために放課後の生物室を貸してあげたり、かと思いきや怪談を披露して追い出そうとしたり。藤生の相談に乗ってやったのはいいとして、緑川先輩の件は教員としてどうなのだろう。絵を隠されたことより、率先して悪事の片棒を担《かつ》ごうとしたことに疑問を覚える。

「そういえば図書新聞の感想文、残りは樋崎先生だけですね。『赤い繭』の感想文、書けそうですか？」

僕は渋面を作って首を横に振る。思えば僕も、先生の妙な言動に振り回されている者のひとりだ。

「読書感想文だけじゃなく、他のコーナーもそろそろ記事を作らないといけませんね」

「そうか、新着図書のコーナーも作るんだっけ」

「編集後記も必要じゃないでしょうか。レイアウトも考えないと」

感想文を集める以外にもやらなければいけないことは沢山ある。それもこれも、僕が委員会で好きな本はないなんて言ったばっかりに。

とばっちりを食らった藤生まで帰りが遅くなってしまって申し訳ないと謝ると、藤生は首を横に振った。

「平気です。あの、荒坂君は面倒な仕事を押しつけられて、嫌でしょうけど、私は……楽しいです。今までこういう仕事、誰かと一緒にやったことなくて」

「そうなの？　学校の課題とか、よくグループ作ってやらなかった？」

「……グループ作業も、気がつくと私一人でやってることが多かったので」

藤生の机に積み上げられた古典のノートが頭を過った。

でも、僕だって藤生に宿題を押しつける連中を責められない。最初は藤生に全部新聞作りを任せようとしていたのだから。

黙り込んだ僕を見て、藤生は慌てたように口を開いた。

「す、すみません、荒坂君は、楽しくないですよね、本も嫌いだし……」

「そんなことないよ」

尻すぼみになっていく言葉を遮れば、藤生が弾かれたように顔を上げた。

「本を読むのは苦手だけど、感想文を読むのは面白いかもしれない。物語の内容は変わらないのに、読む人によって着目する点が違ったり、解釈が違ったりするから」

特に藤生の持論を聞くのは面白い。読書嫌いの僕でさえ、藤生の独自解説を聞いた後は改めて「舞姫」や「少年の日の思い出」を読み返したくなる。物語の違う側面を発見できそうな気分になる。

「楽しいよ」

本心からそう告げれば、藤生は眼鏡の奥で目を瞬かせ、口元をむずむずさせて深く顔を伏せた。笑ったのかもしれない。

新聞作りのような地味な作業だって、ひとりでやれば面倒臭いが、放課後に菓子など持ち寄り、皆でわいわい言いながら作業をすれば楽しいものだ。藤生はどうだろう。そういうことをやったことがあるだろうか。やりたいと思うだろうか。

新聞のレイアウトを相談するときは、菓子など用意してもいいかもしれない。

そのとき藤生がどんな顔をするだろうと思ったら、こっちまで口元がむずむずしてきて、僕らは言葉少なに駅までの道のりを歩いた。

第三章　生物室の赤い繭

金曜日、新聞のレイアウトを考えるため藤生と放課後の図書室にやってきた僕は、テーブルに菓子を広げて「図書室は飲食厳禁！」と早速河合先生に怒られた。知らなかった。

渋い顔の先生に司書室に引っ張り込まれ、「ここならいいけど、こっそり食べるように」と厳命され、こそこそと菓子を摘まみながら新聞のレイアウトを考える。思っていたのとは違う雰囲気になったが、作業の合間にチョコを口に運ぶ藤生が楽しそうだったので良しとしよう。

新聞の一面には横書きで「図書新聞」と題字を入れ、新着図書の紹介記事を載せることになった。空いたスペースには去年の図書室の利用人数を書いておく。数字が入ればなんとなく新聞っぽくなるだろう。図書室を利用する目的などもアンケートできたら格好がつくが、これは時間が余ったらだ。

二面と三面は見開きでお薦めの本の紹介コーナーにした。八重樫、アリシア、緑川先輩、これからもらう樋崎先生の原稿を台紙に貼りつけ、その余白に僕たち図書委員の感想を添える。

最後のページには編集後記。それだけで一面を埋めるのはさすがに難しいので、何かもうひとつコーナーが必要だろうか。

図書室に菓子を持ち込むという僕の蛮行に怒り心頭だった河合先生も、着々と作業が進む様子を見て機嫌を直したのか、最後は僕らに紅茶まで淹《い》れてくれた。

そんな調子でレイアウトを決め、土日が明けたらいよいよ四月の最終週だ。週末からは五月の連休に突入する。

新着図書のコーナーや編集後記は藤生が担当してくれることになったのでいいとして、問題は「赤い繭」の感想文だ。

僕は週明けから早速放課後の図書室に向かい「赤い繭」を再読したが、相変わらず感想が浮かばない。なんで最後に主人公は赤い繭になるんだろう、不思議だなぁという、小学生並みの言葉が浮かんでくるばかりだ。

藤生は図書新聞に関係なく放課後は毎日図書室にいるので、今日もなんとなく僕の隣にいる。僕が「赤い繭」を読み始めると、自分も本棚から本を抜いてきて、あっという間に読書に没頭してしまった。何を読んでいるのかと思ったら同じく安部公房の本だ。タイトルは『箱男』。タイトルからして普通じゃないが面白いのだろうか。

僕の視線にも気づかず本を読みふける藤生を眺め、内容を尋ねてみようかな、と思った。本のことなら藤生はいつでも意気揚々と語ってくれる。でも先に本を読んでおいて、思いつきもしなかった解説を後から聞くのも面白そうだ。

——今度読んでみようか。

水の底からぽこりと泡が浮いてくるように、そんな言葉が胸に浮かんだ。

あまりに自然に胸の底から湧いてきた言葉に、一呼吸置いてから驚いて目を瞠る。自分から本を読んでみようだなんて、ほんの少し前なら考えもしなかったことだ。

どうせ活字を目で追っても頭に入ってこないし、架空の物語に興味などない。そう思っていたはずなのに。夢中で本を読む藤生を眺めていたら、なんだかとても楽しそうなことをしているように見えてしまった。

しばし呆然として、慌ただしく本を引き寄せる。今「赤い繭」を読んだら、何かしら感想が浮かんでくるかもしれない。そう期待して本を開いたが、家を探して繭になる男の物語はやっぱり今日も意味不明だった。

読書に没頭している藤生に一応声をかけ、気分転換のつもりで図書室の外に出た。目を閉じて大きく伸びをすると、瞼の裏に先程読んだ文字の断片が過る。色とりどりの紙吹雪のようだ。瞼を開けてもまだ残像が見える気がして目頭を揉んだ。

短い廊下の向こうに視線を転じれば、生物室の前に並んだ水槽から淡い光が漏れている。ピンクのウーパールーパーやサワガニを一通り眺め、生物室の入り口を挟んだ向こうに置かれたスチールの戸棚に目を向ける。

廊下には人気がなく、足を踏み出すと上履きが床を擦る音がやけに大きく響いた。戸棚の前に立って中を覗き込む。緑川先輩はここに置かれた標本をスケッチしていて樋崎先生に声をかけられたそうだが、ここに一体何があるのだろう。

戸棚の戸に手をかけてみたが鍵がかかっている。無理を承知でがたがたと戸を揺らしていたら、生物室から誰かが顔を出した。樋崎先生かとどきりとしたが、現れたのは眼鏡をかけた男子生徒だ。

「入部希望者ですか？」

鼻にかかった高い声で相手が言う。違うよ、と応じ、さっと相手の上履きに目を向けた。爪先の色は赤。一年生だ。名前も書いてある。柳井《やない》君というらしい。

「もしかして今、生物部の活動中？」

「そうです。と言っても部員は自分しかいませんが」

「顧問は樋崎先生だよね？　いないの？」

「今日は出張でいません」

「そっか。あのさ、そこの戸棚に並んでる標本が見たいんだけど、棚の鍵とかない？」

「ありますよ。生物準備室に保管してあります」

見たいんですか？　と柳井君は首を傾げる。丸顔で目が大きい。なんとなくリスを彷彿とさせる顔だ。見たい、と答えると、柳井君はひとつ頷いて生物室に引っ込んだ。待っていると、プレートのついた鍵と、なぜか雑巾《ぞうきん》を持って戻ってくる。

「ついでに中の掃除もお願いできますか。先生に頼まれていたので」

ちゃっかり仕事を押しつけられたが、標本を間近に見られるなら安いものだ。二つ返事で承知して、早速戸棚の鍵を開ける。

柳井君は再び生物室に入ると、今度は菜箸《さいばし》のように長いピンセットとタッパーを持ってきた。タッパーの中身をピンセットで水槽に入れている。妙に赤黒い色をしているのはレバーのようだ。僕が近づいたときは微動だにしなかったウーパールーパーが、口元に近づけられたレバーに意外な俊敏さで食いついている。

エサやりをする柳井君を横目に棚から標本を取り出し、慎重に足元に並べた。続いて雑巾で棚を拭こうとしたが、よく考えたら戸棚には鍵がかけられていて、滅多なことでは開け閉めされない。中にはほとんど埃が積もっていなかった。

こんな場所を掃除させるなんて樋崎先生は相当神経質なのか、あるいは嫁をいびる姑《しゅうとめ》のように新入部員をいびっているのか。八重樫たちに無意味な怪談を聞かせて怯えさせていたことを思えば後者かもしれない。

とりあえずざっと棚を拭いて床に置いた標本を戻す。魚やカエル、脱皮に失敗したカニなどが窮屈そうに収まっているガラス瓶はホルマリンで満たされ、標本を作った日付や生き物の学名、和名、採取場所などが書かれたラベルが貼られている。黄色く変色したラベルは見るからに古い。まれに新しいラベルもあるが、ほとんどが二十年近く前のものだ。

ラベルの文字に目を留める。青い万年筆で書かれたような字に見覚えがあった。

片手に臓物をさらしたカエル、もう一方の手に『ゴンズイ』とラベルに書かれた魚の標本を持ち、柳井君に声をかける。振り返った柳井君はカエルの腸に眉根を寄せることもなく、平然とした顔で「なんです」と返した。

「この標本って、全部樋崎先生が作ってる？　この……ゴンズイ？　これは最近作ったものみたいだけど、先生が作ったのかな。ラベルも先生が貼った？」

「そうだと思いますよ。他に標本なんて作る人もいませんし」

「じゃあ、二十年近く前のこの標本は？　ラベルの字、樋崎先生の字だよね？」

柳井君はカエルの標本に顔を近づけ、ゴンズイのラベルと見比べて首を傾げた。

「言われてみれば似ているような。でも、よく気がつきましたね？」

「将来は筆跡鑑定人を目指してるから」

冗談で言ったのだが、柳井君には「そうなんですか」と納得されてしまった。

「その古い標本も樋崎先生が作ったものですよ。最初の部活のとき、戸棚に入ってる標本は全部自分が作ったんだって自慢されましたから。あの先生、この学校に赴任するのは二回目らしいですね。二十年ぶりに戻ってきたら、標本戸棚の中身がひとつも増えてなかったってがっかりしてました」

標本の大部分は樋崎先生が作ったものだろうと思っていたが、ひとつ残らず先生の手によるものだとは思わなかった。僕は柳井君に礼を言い、棚に標本を戻す作業に戻る。

ゴンズイに、腹を捌かれたカエル、脱皮に失敗したカニ、骨だけになった小鳥。ひとつひとつ眺めて棚に戻し、ふと手を止める。握り込んだらすっぽりと手の中に隠れてしまうくらい小さなガラス瓶の中に、白い楕円の物体が沈んでいた。亀の卵のような形をしているが、それにしては表面がでこぼこしている。

しばらく眺め、繭だと気づいた。

繭には穴が開いている。ここから羽化した蛾が出てきたのだろうか。それとも脱皮に失敗したカニのように、この繭の中にもカイコが残っているのか。

軽く瓶を振るとホルマリンの中を繭が泳いで、マッチ棒の先くらいの小さな穴から何かが覗いた。廊下に灯る電灯の明かりを受けてきらりと輝く。

虫ではない。もっと硬質に光を撥ね返す。あれは、金属だ。

繭の中に小さな金属が入っている。不思議に思い、柳井君を呼ぼうと水槽の方へ目を向けたが、いつの間にかエサやりは終わっていたようで、生物室前の廊下には僕以外誰もいない。

手の中のガラス瓶に視線を落とす。ゴムパッキンのついた瓶の蓋は軽くひねれば簡単に開けられそうだ。

もう一度廊下を見回してから、そっと瓶の蓋を開けてみた。たちまち刺激臭が鼻を刺し、慌てて蓋を閉める。中の液体は素手で触っていいものではなさそうだ。

僕はいったん瓶を棚に戻すと、雑巾を持って生物室に戻った。

生物室では柳井君が窓辺のテーブルに腰を下ろし、ひとりで本を読んでいた。

「終わりました?」

「いや、もうちょっとかかりそう。雑巾洗いに来たんだ」

「そんなに丁寧にやらなくても大丈夫ですよ。そろそろ暗くなってきましたし」

ブックカバーをかけた本に指を挟み、柳井君は窓の外へと目を向ける。その隙に、僕は洗い場に置き去りにされていたピンセットを摑んだ。柳井君が水槽にエサを入れるときに使っていたものだ。「すぐ終わるから」と言い残してそそくさと廊下に出る。

床に並べていた標本を手早く棚に戻すと、再三廊下を見回し、誰もいないことを確認してから瓶をズボンのポケットに入れた。

心臓が激しく搏動《はくどう》して、肋骨《ろっこつ》を叩く振動が指先にまで伝わりそうだ。

「少年の日の思い出」で、主人公がエーミールの蝶をポケットに忍ばせたときもこんな気分だったろうか。息苦しいくらい心臓が強く脈打っている。

片手にピンセットを持ったまま、生物室と図書室の間にある男子トイレに駆け込む。個室にも誰もいないことを確認して、洗面台の前でもう一度瓶を開けた。

ピンセットの先で繭を突くと、穴の下に切れ込みが入っているのがわかった。切れ込みにピンセットの先を滑り込ませてそっと開けば、中からコロンと何かが出てくる。

銀色に輝くそれは、指輪だった。

ピンセットの先で慎重に指輪を摘まんで瓶から取り出す。小さな指輪だ。多分、僕の手だと小指にしか入らない。女性のものだろうか。

模様も何もついていないシンプルな銀の指輪は、母がつけている結婚指輪に似ていた。内側に何か彫られている。『M to T』。MからTへ。やはり結婚指輪か。

しかし、なぜこんなものが標本の中に。

不思議に思ったが、こんな場所でのんびりもしていられない。繭の中に指輪を押し込み、しっかりと瓶の蓋を閉じる。ピンセットはよく洗い、何食わぬ顔でトイレを出た。

標本戸棚の前に戻り、改めて繭の入った瓶を見る。

ラベルの字は樋崎先生のものだ。日付は今から十八年前。採取場所などの記載はなく、ごくシンプルに『カイコガ』とだけ書かれている。

ホルマリン液で満たされた瓶を振ってみるが、繭がわずかに動くばかりで、ちょっとやそっと振ったくらいでは切れ目から指輪が飛び出してくることはなさそうだ。そうでなくとも戸棚には鍵がかけられ、誰かに触れられることもない。

繭の入った瓶を棚の奥にしまい、ガラス戸を閉めて鍵をかける。戸棚から一歩後ろに下がれば、手前の標本に隠されてもう繭は見えなくなってしまった。

あの繭の標本が、先生の言っていた「秘密」なのだろうか。

先生は、繭の中に隠されていた指輪を見つけてほしかったのか。

でも緑川先輩は指輪どころか繭の標本にすら気づいていなかったようだ。それでよかったのか。言及されたいわけではなく、ただ見つけてほしかったのか。なんのために？

考え込んでいたら生物室の戸が開いて、柳井君が廊下に出てきた。

「さすがにもう終わりました？　僕も帰りたいんですけど」

僕は慌てて「終わったよ」と返し、柳井君に戸棚の鍵を渡した。彼がそれを生物準備室に戻しにいっている間に、ピンセットと雑巾を洗い場に戻して息を吐く。

生物準備室から柳井君が戻ってきて帰り支度を始めた。今日の活動は終わりらしい。

「生物部って普段何してるの？」

尋ねると、柳井君は再び「入部希望ですか？」と尋ねてきた。

「そういうわけじゃないけど、どんな活動してるのかなって思って」

「水槽の生き物にエサをやるのと、水槽を洗うのが主な活動です。あとは先生の標本作りを手伝ったりすることもあるらしいですね。僕はまだやったことないですけど。まあ、実体のない部に近いですよ。水槽は何か月かに一度洗うんですけど、そのときだけ人手があれば十分なんでしょう。部活がない日は樋崎先生が水槽のエサやりしてますし。一応週に一度はこうして生物室に来てますけど、エサをやったらすぐ帰るので、三十分もいませんね」

「マジか。生物部に入部するべきだったかな」

「今からでも遅くないですよ」と柳井君は言ってくれたが、顧問が樋崎先生だと思うと二の足を踏む。繭の中に隠された指輪なんて見てしまった後ではなおさらだ。

帰り支度をしていた柳井君が、テーブルに置き去りにされていた本を手に取る。本には駅前の書店名が印刷されたカバーがかかっていて「マンガ？」と尋ねると「小説です」と返ってきた。

最近——正確には図書委員になってから、本を読む人が目につくようになった。例えば電車の中で、公園のベンチで、喫茶店の片隅で。スマートフォンを弄《いじ》っている人の方が圧倒的に多いが、探せば案外本を読んでいる人もいる。

カバーをかけずに本を読んでいる人がいると、ついタイトルを見てしまう。品のよさそうな高齢の女性が『他人の不幸は蜜の味』なんていうようなタイトルの本を読んでいたりすると、何を思ってその本を選んだのだろうと考えてしまうようになった。

一体どんな期待を抱いて本を取り、何を思いながら文章を目で追うのか。

柳井君はどんな本を読んでいるのか尋ねると、「異世界転生ものです」と返ってきた。

「大抵はなんちゃって中世ヨーロッパみたいなところが舞台ですけど」

「面白い？」

当然、とばかり頷かれた。

「駅前の本屋は結構品揃えもいいですよ。なろう系の本も多いですし」

「何、なろう系って？」

「ネットに投稿された小説が書籍化されたものです。もしかして先輩、あんまりネット小説とか読みません？」

「そもそも本を読まない。こう、ページを開くと字が迫ってくる感じがして……」

「あ、わかります。昔の小説とか、開いた瞬間『うっ』てなりますよね。ページの全面に小さい文字がびっしりで。でも異世界転生ものとかはわりとそうでもないですよ」

柳井君が手元の本をめくってくれる。驚いたことに横書きだ。それに行間が広い。

これなら案外読めるのでは、と思ってしまい、そんな自分にまた驚く。あんなに活字を毛嫌いしていたのに、どうにかこうにか読もうとしている。これも藤生の影響か。

「でも、なんちゃってとはいえ中世ヨーロッパが舞台なんだよね。街並みとか登場人物の衣装とか想像つく？　予備知識がないと読みにくいんじゃ……」

長々とした説明が入って読む気も失せるか、内容が理解できず放り出すことになるのではと懸念して尋ねると、「大丈夫ですよ」と柳井君は軽々と請け合った。

「なんとなく想像できれば十分です。アニメとかでもざっくりしたヨーロッパの風景を見かけること多いじゃないですか。あんな感じのをイメージしておけば十分です」

そんなに曖昧に読んでもいいのか。国語の授業だと物語の時代背景や登場人物の立場などを詳細に理解することが求められるので、小説を読むということは物語の隅々まで正しく理解することだと思っていたのだが。

柳井君の解説が新鮮で、僕は更に尋ねる。

「さっきアニメの絵って言ってたけど、本の内容を想像するときは実写じゃなくてイラストが浮かぶ感じ？」

「そうですね。特にキャラクターは表紙のイラストを想像しながら読んでます」

「じゃあ表紙にイラストがない小説は？　実写？」

柳井君は目を丸くして、何か思い出すように視線を斜め上に向けた。

「そんなこと考えたこともなかったですけど……そういえば、実写ではない気がしますね。一般小説のキャラクターもアニメ顔を想像していたかもしれません」

「僕は文章を目で追うので精一杯で、頭の中に映像が浮かんでくることってないよ」

「それも珍しいですね」

珍しいのだろうか。活字を読んで、アニメ化された映像が頭に浮かぶ柳井君の方が珍しい気もするが。

さらに話を聞いてみると、柳井君は本を読むとき頭の中で音読をしない派だということも判明した。ちなみに僕は音読する。登場人物たちのセリフも全部自分の声で再生される。珍しい、と言われたが、これも僕と柳井君のどちらが珍しいのかわからない。

テニスや野球のようなスポーツならフォームを他人と比較しやすいが、読書はひとり無言で行うので、こうして話をしてみるまで他人と違いがあることすらわからなかった。

藤生はどうだろう、と考えて、彼女を図書室に置いてきていることを思い出した。とはいえ僕の存在なんて忘れて読書に没頭しているのだろうなと苦笑したところで、柳井君がそわそわと室内を見回し始めた。

「あの、もうそろそろ行きませんか？」

柳井君の顔は少し強張っている。僕の返事を待つ間もじりじりと戸口へ近づいて、早くこの部屋から出たいと言いたげだ。

「ごめん、この後何か予定でもあった？」

「そういうわけじゃないんですけど……」

柳井君の顔に怯えの表情が走ったのを見てピンとくる。

「もしかして、君も樋崎先生から怪談を聞かされた？」

落ち着かなげに室内を見回していた柳井君が弾かれたように僕を見る。

「まさか、先輩も聞かされたんですか？　放課後にひとりで生物室にいると……」

「血まみれの女子生徒が壁を這い上がってくるんだろう？」

緩みかけていた柳井君の顔が再び強張る。

「なんですか、それ」

「その話じゃないの？」

「僕は、血まみれの赤ん坊を抱いた女子生徒が校内を徘徊してるって聞きましたけど……。校内を歩き回って、最後は生物室に来るんだって」

「飛び降りの話は？」

「え、その女子が飛び降りたんですか？」

どうも話が嚙み合わない。八重樫が聞いた怪談と柳井君が聞いた話は別物であるらしい。気になって詳しく内容を尋ねる。

「昔、在学中に妊娠した生徒がうちの学校にいたそうなんです。その女子生徒が血まみれの赤ん坊を抱いて夕暮れの校舎を歩き回ってるって話でしたけど」

「血まみれの赤ん坊っていうのは自分の子供ってこと？　なんで血まみれ？」

「知りませんけど、十八年前に実際に起きたことだって」

「実際に起きたって、何が？　生徒が在学中に妊娠したこと？　それとも何か別に流血沙汰が――待った、今十八年前って言った？」

うっかり声が大きくなってしまって、柳井君の肩がびくりと跳ねた。

「え、は、はい、そう言ってましたね」

単なる怪談にしては具体的な数字だ。妙に引っかかったのは、先程見た繭の標本が作られたのも十八年前だったからだ。八重樫が先生から聞いたという話はどうだったろう。あれも十八年前の出来事がベースになっていなかっただろうか。

僕は柳井君と別れると、足早に図書室に戻った。

室内では、最後に見たときとまるきり同じ格好で藤生が本を読んでいた。テーブルの上に広げた本に顔を突っ込むようにして読書をする姿は、まさに没頭という言葉がふさわしい。その隣に腰かけ、藤生の肩を軽く叩く。

藤生は水から顔を上げるときのように勢いよく顎を跳ね上げてこちらを見た。

「藤生、前に八重樫が樋崎先生から聞いたって言ってた怪談覚えてる？　放課後にひとりで生物室にいると血まみれの女子生徒が壁を這い上がってくるっていう」

前置きもない質問に、藤生は目を瞬かせながらも頷く。

「女子生徒が生物室の窓から飛び降りたのって、何年前だって言ってた？」

「え、ええと……？」

さすがにそこまでは思い出せないか。でも確か、二十年ほど前だった。

よくある怪談だが、八重樫に語った内容と柳井君に語った内容が異なるのはなぜだろう。単なる気まぐれか。それとも意味があるのか。

口をつぐんで考え込み、ふと顔を上げると藤生はもう本の世界に戻っていた。

僕は胸にわだかまる疑問を藤生にぶつけてみたくなったが、まとまりに欠ける言葉で何度も読書を中断させるのも忍びない。仕方なく、テーブルの上に放り出したままにしていた「赤い繭」へと手を伸ばす。

けれど視線は上滑りして、今日も全くその内容は頭に入ってこなかった。

＊

火曜日の五時間目、英語の授業は自習だった。

プリントが配られて授業後に提出することになったが、三十分もあれば終わる内容だ。残りは生徒同士雑談の時間になる。

プリントの空欄を全て埋めて裏返すと、それを見計らったかのように八重樫が僕の机に近づいてきた。僕と席が近いので、ヤドカリのように自分の椅子を引きずってくる。

「荒坂、プリント終わった？　最後の長文問題わかった？」

「わからなかったから適当に埋めておいた」

「俺適当に入れる言葉も思いつかないんだけど。見せて見せて」

「お前そんなことでアリシアさんと文通できるのか？」

八重樫は痛いところを衝かれたような顔で言葉を呑み、「けち」と呟いて僕の机にプリントを広げた。なんだかんだ僕に質問しながら空欄を埋めていくが、僕だって英語は得意なわけじゃない。どうせなら藤生に訊けばいいのでは、と思ったが、藤生はとっくにプリントを終え読書中だ。本の間に顔を埋めるようにしているので僕でも声をかけづらい。

坊主頭を撫で回して問題と格闘する八重樫に視線を戻して尋ねる。

「アリシアさんが学校に来るの、今月までなんだろ？　この前藤生に添削してもらってた手紙、もう渡したのか？」

「んー、まだ。登校最後の日に渡すつもりだから」

そうか、と呟いて八重樫の頭を眺める。俯いているので表情はわからない。手持ち無沙汰につむじを押してやると、やーめろ、と手を振り払われた。

「アリシアさんと勉強会してるとき、樋崎先生から怪談聞かされたって言ってたよな？それって十八年前の話だった？」

急な話題転換についていけなかったのか、八重樫がきょとんとした顔で僕を見た。

「ん？　うん、そう、確か。今の三年生が生まれた年、みたいなこと言ってたし」

やはりそうか。十八年前。僕らが生まれる少し前の話だ。

鍵のかかった戸棚にひっそりとしまい込まれていた標本のラベルも十八年前。繭の中に隠されていた飾り気のない指輪は誰のものだろう。結婚指輪のように見えたが。

「樋崎先生って結婚してるんだっけ？」

さあ、と八重樫が首を傾げたとき、「してるよ」と横から声をかけられた。

声の主は隣の席の間宮朱里《まみやあかり》だ。さっきまで前の席の女子とのべつ幕なしお喋りしていたのに、急に僕らの話題に割って入ってくる。

八重樫と同じく、間宮も一年のときに同じクラスだったので気心が知れている。「よく知ってるね」と気楽に返すと、「まあね」となぜか誇らしげに胸を張られた。

間宮は授業後によく樋崎先生のもとへ行く。授業の質問をしているふうでもなく、お喋りに興じている様子だった。

「もしかして間宮、樋崎先生のファンだったりする？」

「えぇ？　ファンってほどじゃないけど」

否定しつつ口元が笑っている。まんざらでもない顔だ。間宮の前の席の女子――確か佐々木《ささき》だ――と顔を見合わせ「先生の中じゃ格好いい方だよね」と頷き合う。

「でも、樋崎先生定年間際だよ」

「そうだけど、見た目なら数学の木島《きじま》先生より断然若いよ。木島先生まだ四十代なのに」

そうだね、と僕も肯定する。木島先生は年中背中が丸まっている上にギスギスと痩せているから、実年齢よりずっと老けて見えるせいもあるだろう。

子供の頃、六十歳と聞いて想像したのは腰が曲がったお爺さんやお婆さんだったが、実際の六十歳は想像していたよりずっと若い。樋崎先生をお爺さんと呼ぶのは失礼な気すらした。

「イケオジだよね。若い頃はモテただろうなぁ」

「年とっても顔がいい人はずっといいまんまだよね。背も高いし。あと子供の頃バイオリン習ってただけあってなんか上品な感じする」

「樋崎先生の親も学校の先生だったんでしょ？　先生の出身大学も名門だよね」

「奥さんもお嬢様学校卒業したらしいし」

間宮と佐々木の口から次々飛び出す新情報に目を白黒させる。どうしてそんなに詳しいのだと尋ねると、二人はあっさり「先生に訊いた」と答えた。

「大学進学の参考にしたいから先生の出身校教えてくださいってお願いしたの。そしたらすぐに教えてくれて、やっぱり塾とか通ってたんですかって訊いたら、習い事はバイオリンしかやってなかったって話になって、お金持ちだったんですねって言ったら否定されたから、親の職業聞いたら教員だって」

「お前ら……恐ろしい話術だな」

「他の先生のこともそんなによく知ってんの？」

ようやくプリントを終えた八重樫も会話に参加してくる。間宮と佐々木は顔を見合わせ、「まさか」と笑った。

「興味ない先生のことなんて知っても仕方ないじゃん」

「樋崎先生には興味があるってこと？」

「まあ、格好いいからね」

今度は僕と八重樫が顔を見合わせる番だった。そうか？　と目顔で尋ねてみたが、わからん、とばかり首を振られる。

間宮と佐々木は僕らの反応など気にも留めず楽しげにお喋りを続ける。

「あんなに優しそうな顔して、意外と塩対応だったりするんだよね」

「そうそう、授業の後に毎回声かけてるのに一向に名前覚えてくれないし」

「隣のクラスの子とかむきになって会うたび自己紹介してるけど、未だに出席番号で呼ばれるって」

「それ普通にひどくない？」

八重樫が口を挟むと、女子二人は「そこがいいんじゃん」と言い張った。なかなか振り返ってくれないところがいいのだそうだ。

「そんなに先生からいろいろ聞き出してるなら、学校の怪談なんかも聞いてない？」

延々と樋崎先生の話が続きそうだったので遮って尋ねれば、すぐに間宮が反応した。

「聞いたことあるよ。生徒と教師の結ばれぬ恋の話でしょ？」

「いや、怪談。怖い話で」

「そうだよ。教師と別れた女子生徒のすすり泣く声が聞こえるっていう」

また聞いたことのない話が飛び出した。

間宮が樋崎先生から聞いた話によると、昔この学校には教師と深い仲になった女子生徒がいたらしい。しかし教師はすでに結婚しており、いわゆる不倫の関係だった。やがて女子生徒は教師と交わした指輪を残して失踪。以来、夕暮れになると生物室から女子生徒のすすり泣く声が聞こえてくるのだという。

「なんで生物室からすすり泣く声が？」

「その二人はいつも生物室で密会してたんだって」

「ということは、相手は生物の先生？」

間宮は「言われてみれば、そういうことになるね」と頷く。

「ちなみにそれ、何年か前にこの学校であった話とか言われなかった？」

「言われた。何年前だっけ、二十年前ぐらい」

「十八年前じゃなかった？」

「そうだ、十八年前。やけに具体的だから、『まさか本当にあった話ですか？』って訊いちゃったもん」

ちなみに先生は「どうかな？」と笑ってはぐらかしたらしい。

間宮の話を聞いた八重樫が、「俺が聞いた話と違う」と身を乗り出して、血まみれの女子生徒が壁を這い上がってくる話を披露する。僕はそれを聞き流しながら首を捻った。

樋崎先生はいろいろな生徒に怪談を話しているが、なぜか少しずつ内容が違う。その場で思いついたことを適当に喋っているだけかと思いきや共通点もある。

夕暮れの校舎に現れる幽霊は必ず女子生徒であること。出現場所は生物室であること。そしてなんらかの事件が起きたのは十八年前であること。

さらに間宮の話で気になるのは、女子生徒が指輪を残して消えたことだ。どうしたって繭の標本の中に隠されていた指輪が頭に浮かぶ。

あの標本を作ったのは樋崎先生だ。怪談に先生自身も何か関わっているのだろうか。

考え込んでいたら、いつのまにか八重樫がアリシアの話を始めていた。話は「舞姫」にも及び、八重樫は感に堪えない様子で間宮と佐々木に訴える。

「『舞姫』はいいな。素晴らしい恋愛小説だ、そう思うだろ？」

これに対して、間宮は鼻白んだ表情を浮かべる。

「そうかなぁ。昔の文豪が自分に酔って書いた私小説って感じだけど。豊太郎ってモデルは作者自身なんでしょ？　旅先で女を捨てたのが武勇伝かっつの」

「えぇ？　そんな言い方ないだろ！」

裏返った声で反論する八重樫にくすくすと笑いながら、佐々木も間宮に同調する。

「私も豊太郎のことは好きになれないけど、歴史の教科書的側面もあるよね。当時の人たちの暮らしぶりとかがわかるのは面白いな」

三者三様の感想だ。恋愛小説に私小説に歴史小説。同じ話でも切り取り方によって随分と印象が違う。

もしかすると、樋崎先生が話した怪談も元を正せば同じ話だったりするのだろうか。すべての怪談に共通する女子生徒は、同一人物という可能性もある。

生物室から飛び降り、血まみれの赤ん坊を抱いて、教師と深い仲になった。

時間軸を整理すれば、違和感なくひとつの物語になるのではないか？

「あ、ちょっと、ほら、黒崎さんたち、またあんなことやってる」

間宮の咎めるような声で思考が途切れた。気がつけば「舞姫」の話は終わり、間宮が睨むような目で黒板の方を見ている。視線の先を追うと、藤生の席の周りを三人の女子が取り囲んでいた。何やら既視感があると思ったら、古典の授業の後に藤生の席を取り囲んでいたのと同じ顔ぶれだ。

「黒崎さんたち、いつもああやって藤生さんのノートとかプリントとか写してるんだよ。藤生さんが大人しいからって、さすがに注意しようかな」

間宮は意外と正義感が強いらしく、本気で憤慨《ふんがい》したような顔だ。しかし間宮が腰を浮かせるより、僕が藤生を呼ぶ方が早かった。

「藤生！　もうプリント終わった？」

机の中からプリントを取り出そうとしていた藤生がびっくりしたような顔で僕を振り返る。藤生を取り囲んでいた黒崎たちもこちらを見たが、構わず続けた。

「終わってるんだったら僕らと答え合わせしよう」

手招きすると、藤生は戸惑ったような顔をしつつ椅子から腰を浮かせた。黒崎たちが藤生に何か言おうとしたので、素早く遮る。

「黒崎たちも、プリントが終わってるなら答え合わせしないか」

黒崎が僕を振り返る。多分彼女がリーダーなのだろう。他の二人に目配せすることなく、「しない」と言い捨てて藤生の席を離れた。

「黒崎って美人だけど目つき悪いよな」

八重樫がこそこそ耳打ちしてくる。確かに美人だが、とっつきにくい。大人しい藤生なんて、どんな理不尽な要求をされても一睨みされただけで拒めなくなってしまいそうだ。

藤生は僕たちの席までやってくると、僕の机におずおずとプリントを置いた。

「あ、あの、写します、か……？」

黒崎たちと同じ用件で僕らに呼ばれたと思ったらしい。間宮の「写さないよ!?」という声と、八重樫の「それもうちょっと早く言ってほしかった！」という声が重なる。

「八重樫、あんたね……！」

「だって藤生さん英語得意だから！　模範解答だよ、これ！」

「そうなの？　え、じゃあ本当に答え合わせしてみようよ」

間宮は藤生を手招きして輪の中に入れると、早速全員のプリントを突き合わせる。

「ここは八重樫以外全員答えが一緒だから大丈夫でしょ、ここも八重樫以外は一緒」

「なんだよ！　俺だけ正解してるかもしれないだろ！」

「藤生さんのプリントが模範解答って言ったの誰よ。あ、でも長文のところはわかんないな。ここの訳がよくわかんなくてさ。藤生さん、わかる？」

名指しされた藤生はどぎまぎした顔をしつつ、掠れた声で和訳を口にする。

「ここで、一度、文章を切って考えると、わかりやすい、かも、しれません……」

いつも僕と喋っているとき以上に声は小さくぶつ切りだったが、間宮たちは藤生の解説に真剣な顔で耳を傾け、口々に「すごい！」「わかりやすい！」と言った。

褒められても藤生は硬く背中を丸めている。身の置きどころのないような顔は、教室にいるとき藤生がよく浮かべている表情だ。

もっと違う顔もできるのに。そう思ったから、「舞姫」のネタを振ってみた。

「森鷗外の『舞姫』ってさ、恋愛小説か私小説か歴史小説、どれだと思う？」

急に話題を変えた僕に、八重樫たちが不思議そうな顔を向ける。そんな中、藤生だけが目の色を変えた。丸まっていた背が伸びて、体を前に乗り出してくる。

「『舞姫』は恋愛に特化した話ではありませんが、恋愛小説です」

声は明瞭だ。反応して八重樫たちが藤生を見るが、藤生はもう俯かない。

「もちろん私小説という側面もあります。この小説は森鷗外が医学を学ぶためドイツに留学した際に書かれたものです。豊太郎の置かれた立場と重なる部分はありますが豊太郎のモデルは鷗外自身ではなく、武島務《たけしまつとむ》という軍医だったという説もありますので一概に私小説と言い切るのも考えものですね。歴史小説と呼ぶには少し時代が近すぎる気もしますが、当時の人々の考えや風俗を知るという点では間違いとも言い切れません。そもそも時代小説というのは――」

突然始まった怒濤《どとう》の解説に間宮たちが目を丸くする。

「え、ま、待って、ちょ」

「何、藤生さん、急にどう……」

初めて藤生の豹変ぶりを目の当たりにした僕と同様、間宮たちも驚き過ぎてろくに口を挟むことができないようだ。その姿を見て、僕は声を立てて笑った。やっぱり藤生は本についていて喋っているときが一番面白い。見ていて楽しい。本人も楽しそうだ。

藤生は僕の笑い声すら耳に入らない様子で、まだ熱心に「舞姫」について語っている。

英語の授業の後は体育だった。これで今日の授業が終わる。藤生の変貌を目の当たりにした間宮は最初こそ驚いた顔をしていたが、最終的に藤生のマシンガントークが面白くなったようで、最後は自分から本の話題を提供していた。

体育着に着替えるために更衣室に向かうときも、藤生は間宮たちと一緒だった。思えば藤生が女子と一緒に教室移動するところを見るのは初めてかもしれない。

授業を終えて教室に戻ると、帰り支度をしながら藤生を待った。

明日は祝日で学校は休み。残り二日学校はあるがもうゴールデンウィークに突入だ。樋崎先生と約束した手前、藤生に感想を書いてもらうわけにはいかないが、あの物語をどう解釈すべきかヒントくらいはもらいたい。だから放課後に藤生と「赤い繭」について話をしたかった。

帰り支度を終えて待っていると、女子たちが教室に戻ってきた。その中には間宮もいるが、藤生の姿だけがない。「藤生は？」と間宮に声をかけると、「探し物があるからって先に戻ったよ」と返された。そのわりに、藤生はまだ教室に戻っていないようだが。

待っていても仕方ないので鞄を持って教室を出る。藤生のことだ、黙っていても放課後は図書室に顔を出すだろう。そう思って二階に下りてみれば、当の藤生が図書室の方からやって来た。

声をかけようとして、藤生の足元で視線が止まる。藤生が履いていたのは上履きではなく、来客用の緑のスリッパだ。

前にもこんなことがあった。二時間目の生物の授業に、藤生は来客用のスリッパでやって来た。あの日も前の授業は体育だったはずだ。間宮が「探し物」と言っていたのを思い出し、僕はようやく藤生がスリッパを履いていた理由を悟る。

廊下の左右をきょろきょろと見回しながら歩いていた藤生は、僕に気づくと驚いたように一歩跳び退《すさ》った。足がもつれ、自分でスリッパの踵を踏んでよろけた藤生の腕をとっさに掴む。

「あ、わ、す、すみませ、ん……」

僕に腕を掴まれたまま、藤生は更に後ろへ下がろうとする。足が後ろに行ってしまうのは、スリッパを隠そうとしているせいかもしれない。

僕は藤生の腕を離すと、距離を詰めるべく大きく一歩前に出た。

「上履き、一緒に探そうか？」

じりじりと後退していた藤生の足が止まった。瞬間、藤生の顔に複雑な表情が過る。羞恥《しゅうち》ともいたたまれなさとも悔しさとももとれない顔。もしかしたら上履きを探す姿などクラスメイトに見られたくはなかったのかもしれない。でも声をかけずにいられなかった。

藤生は目を伏せてなかなか返事をくれない。結構です、なんて言われても放っておけるはずはなく、先んじて手を打った。

「上履きが見つかったら、一緒に図書室に行こう」

本の他に藤生の気を引けるものが思いつかない。ようやくおずおずと目を上げてくれた藤生に、僕は懇願するような口調で言う。

「今日こそ『赤い繭』の感想文にけりをつけたい。藤生の解説が必要なんだ」

だから早く探しに行こう、と急かすと、思わずと言ったふうに藤生も頷いてくれた。

とはいえ学校は広い。どこから探したものか思案していると、藤生がぱたぱたとスリッパの音を響かせて僕の隣に並んだ。

「あの……、ありがとうございます」

「いいよ。それよりどこを探そうか」

「それなら、大体目星はついてますから……」

何気なく返され、ぎょっと目を見開いてしまった。

「まさか、しょっちゅう上履きを隠されてるの？」

「しょっちゅうではないんですが、体育の授業の後は、たまに……」

「それって結構頻度高いんじゃないの」

藤生は俯いて、そうかもしれません、と呟く。

「でも、ちゃんと見つけやすい場所に置いてありますから」

そういう問題ではないと思ったが、藤生にあれこれ言うのも筋違いだと言葉を呑んだ。

藤生曰く、上履きは廊下の隅や特別教室によく放置されているらしい。なので早速図書室と生物室の前を覗いてみたが、今日はなかったようだ。次に多いのは四階。美術室や音楽室、書道室に隠されることも多いという。

「今まで校舎の外に隠されたことはなかったので、校内だとは思うんですが」

藤生はそう言ったが、美術室にも音楽室にも上履きはない。書道室は鍵がかかって入れなかった。

念のため外も探してみようかと相談しながら階段に向かい、ふと上を見る。

校舎は四階までしかないが、階段はさらに上まで続いている。この上は屋上だ。屋上はフェンスで四方を囲われていて、生徒の出入りは自由になっていた。

「これまで屋上に隠されたことは？」

「……なかった、です」

「じゃ、見るだけ見てみようか」

埃っぽい階段を上り屋上へ向かう。階段を上りきり、スチールの重たい扉を押し開けると、強い風が僕らの体を校舎の中へ押し戻そうとした。それを押し返して外へ出れば、見上げた空は透き通るような茜色だ。

屋上の床はコンクリートで、雨風に晒され所々ひびが入り、そこから雑草が芽吹いている。ざっと見回したところ僕らの他に生徒はいない。もう少し時間が経つと、吹奏楽部がここで練習を始めたりするのだが。

あっ、と藤生が声を上げ、屋上を囲うフェンスに向かって走り出した。後をついていってみると、フェンスの前に藤生の上履きが置かれていた。律儀に踵を揃えて。

自殺の現場のようだ、ととっさに思ってしまって、ひどく嫌な気分になった。ここに上履きを残していった人物も、藤生が同じ連想をすることを期待したのではないか。そう思うとますます胸が悪くなる。

「今どきこんな幼稚なことする奴いるんだな」

期せずして声が低くなる。また藤生を怯えさせてしまうかと慌てて口を閉じたが、藤生はびくついたように肩を震わせることもなくスリッパを脱いで上履きに履き替えた。

「これ、宝探しゲーム、なんだそうです」

「ネーミングセンスも最悪だ。もしかして上履き隠してるの、黒崎たち？　古典のノートも押しつけられてるんだろ？」

藤生は緑のスリッパを拾い上げると、困ったような顔で僕を振り返る。と言っても深刻に困っているようには見えず、唇には苦笑すら浮いている気がした。

「どうにかしなくていいの？」

風が吹いて、藤生の髪をかき乱す。それでも藤生は煩わしそうな顔をせず、乱れる髪もそのままに目を伏せた。

「別に、すごく困っているわけではないので、いいんです。隠されるのは、上履きだけですし。ノートも、原文を何度も書くと、テストのときに役に立ったり、します。穴埋め問題とか」

軒から落ちる雨垂れのように、ぽつりぽつりと藤生は言う。

空は蜂蜜を垂らしたような金色に光っているのに、俯いた藤生の顔は雨が止むのを待つ子供みたいだ。どうしようもないからじっとしているのだと言いたげな。

知らず苦々しい顔になった僕に気づいて、藤生は慌てたように背筋を伸ばす。

「大丈夫です、本当に、気にしてませんから。こんなの全然、小学生の頃のいじめに比べたら、挨拶程度で」

上履きを隠されたり宿題を押しつけられたりするのが挨拶になってしまう学校生活なんて嫌だ。これまで一体どんな仕打ちを受けてきたのだと想像してますます顔を顰める。何よりも、それを当然のことと受け止めている藤生に焦れた。嫌だとは思わないのか。そういう感覚すら麻痺してしまっているのか。

僕が何も言わないからか、珍しく藤生の口数が増える。

「私、どうしてか、からかわれやすいみたいで、だからなるべく目立たないようにしてるんですけど、誰ともお喋りしないと、それはそれで目立つみたいで、難しい、ですね」

教室の中では、目立たないことは平均的であることと同義だ。適度に活発で適度にお喋り。大人し過ぎても悪目立ちする。藤生なんておどおどしている上に文句も言わないので、一度目をつけられたら最後やられっぱなしなのだろう。

「でも、悪いことばかりではなくて……、生物室に上履きを隠されたこともあったんです。そのとき樋崎先生に声をかけてもらって、読書の話もできましたので」

こんな話題の最中でも、樋崎先生の話をするとき藤生の唇は少しほころぶ。

もしかすると樋崎先生も藤生の状況を一目で察したのかもしれない。生物室にぽつんと残された上履きを来客用のスリッパを履いた生徒が探しに来たら、誰かに隠されたのだろうと見当をつけることは難しくない。

藤生がスリッパで生物の授業を受けていたときも、先生は心配そうに藤生を見ていた。生徒の油絵を躊躇なく木枠から外し、焼却炉で焼き捨てるなんて無茶苦茶な行動に出るくせに、藤生に対してだけ樋崎先生は親切で優しい。理解に苦しむ人ではあるが、そんな先生のおかげで藤生は予言の書として本を読むようになり、いつか来るかもしれない未来に備えて着々と知識を蓄えている。

でも、未来ってそんなに遠くにあるものだろうか。

未来と聞くと、漠然と十年、二十年先の、今より何かが大きく変わっている状況のことを考えてしまいがちだけれど、明日のことを未来と言ってもいいいんじゃないか。

緩やかに色を変える空の下、僕は藤生に尋ねてみた。

「藤生は、何か困りごとを抱えてる主人公が出てくる本を読んだことはある？」

　藤生が顔を上げる。大きな眼鏡がずるりと鼻梁から滑り落ち、それを指で押し上げながら、きょとんとした顔で頷いた。

「あります。大概の小説は、主人公が何かしら困難に直面しているものですから」

「人間関係で困ってる主人公もいる？」

「いますよ。たくさんいます」

「友達が上手く作れない主人公も？」

　君みたいに、とは言わなかったが藤生は察したようだ。無言で顎を引く。

「そういう主人公たちは、最後はどうなるの？　どうやって悩みを解決する？」

「それは、いろいろです。理解者が現れて導いてくれるとか、悩みとは関係のない事件に巻き込まれ、そちらを解決しているうちに全て収まるべきところに収まっているとか」

「どちらにしろ、主人公は自分で動き出すんだよね」

　スリッパを持つ藤生の指に力がこもった。

　藤生は頷いてくれないが、僕から目を逸らすこともない。否定も肯定もせず、黙って僕の言葉に耳を傾けている。

「理解者が現れても、主人公がその人について行くって決めて動かないと何も変わらない。別の事件が起きたとしても、主人公が見て見ぬふりをしたらそれっきりだ」

藤生は口を引き結んで何も言わないが、胸の中できっといろいろなことを考えている。何を考えているのかはわからない。他人の心の声は聞こえない。

でも、例外的に他人の思考を辿れる方法もある。

「行動を起こすまでには迷うだろうし、不安にもなるだろうけど、たくさん本を読んだ藤生なら、そういう主人公たちがどうやって自分の気持ちに整理をつけたかもちゃんとわかるんじゃないかな」

僕はほとんど読書をしないが、世の中にはたくさんの本があり、物語がある。そのすべての主人公が何をやっても上手くいく超人ばかりではないはずで、中には思い切って前に踏み出した瞬間転ぶような輩もいるかもしれない。

失敗した後も物語は続くし、不格好でもなんでもラストに着地する。それを反面教師にしてもいいいし、いざ自分が失敗したとき、「皆こんなもんだ」と思えるお守りにしてもいい。

数多《あまた》ある物語を、いつか来るかもしれない未来のカタログにばかりしておかないで、明日動き出すための参考書にしてもいいんじゃないか。

伝わるだろうか。伝わってほしい。緊張して手が汗ばむ。

藤生が八重樫や緑川先輩の背中を押したように、僕も藤生の背中を押したい。藤生のようにたくさん本を読んでいるわけではないから特定の物語を引き合いに出すことはできないけれど、物語に力があることは知っている。

そのことを教えてくれたのは、他ならぬ藤生だ。

「本の中の主人公みたいに、藤生にも動いてみてほしいよ」

上履きを隠されても困らないなんて言わないで、雨が止むのを待つように他人の悪意が去っていくのを待たないで、少しでいいから動いてほしい。せめて現状を変えたいと思うだけでもしてほしかった。

藤生は尻込みするように俯きかけたが、途中ではたと何かに気づいた顔をして僕に視線を戻した。なぜか驚いたような顔で、眩しげに目を瞬かせる。

「あの、私、今まで、なかなか行動に出ようとしない主人公を見ては、『早く動いたらいいのに』ってやきもきしてたんですが……もしかして、荒坂君も今、そういう目で私を見ているんでしょうか……？」

そうなんだろうか。むしろ僕は本に出てくる登場人物に対してやきもきした記憶がないのだが、きっとそういうことだろうと頷く。

藤生は信じがたいものを見るような目で僕を見て、急にうろうろと視線をさ迷わせ始めた。どうしたの、と尋ねると、ようやく視線が戻ってくる。

「私が主人公に対して、早く動けばいいと思うのは、この主人公なら万事どうにかするだろうと、期待するからです。なんだかんだ、上手くいくだろうなって」

「そうだね。物語を楽しむ人は大抵それを期待してるんじゃないかな」

藤生は小さく頷くと、目を伏せたままぼそぼそと何か言った。屋上に吹く強い風に吹き飛ばされそうなか細い声を、ギリギリのところで僕の耳が捕まえる。

「……荒坂君も、期待してくれますか？」

西日が藤生の横顔を赤く照らす。

期待してほしい、と言われた気分になって、僕は大きく頷いた。

「期待してる。だから、藤生のこと見てるよ」

急かしたり、無理に背中を押したりしたら転んでしまいそうな藤生だから、「やれ」とは言わず「できる」とも言わず、「見ている」と言うにとどめた。

期待しているわりには消極的な言い草だったかな、と思ったが、藤生は首を竦めるようにして、口元に仄かな笑みを浮かべた。

「だったら、頑張り、ます」

照れくさそうな顔で藤生が笑う。

それを見た瞬間、僕は一瞬で自分の考えを改めた。僕なんかに言われるまでもなく、藤生はもうとっくに動き出していたのかもしれないと思ったからだ。

初めて言葉を交わしたとき、藤生はろくに僕の顔を見ようとしなかった。会話もとぎれとぎれで、あの時点では、人前でこんなふうに笑うなんて思ってもいなかったのに。

「余計なお世話だったかな」

きまり悪くなって頭を掻けば、藤生に目一杯首を横に振られた。

赤く色づく空を背に、藤生がまっすぐ僕を見る。強い風が吹いて藤生の声を吹きさらったが、藤生の唇の動きは確かに「頑張ります」と繰り返していた。


屋上から下りた僕たちは、来客用のスリッパを昇降口に戻して図書室に向かった。

今日も図書室にはほとんど生徒の姿がない。利用者は僕らを含めてたった五人だ。利用者数が少ないと河合先生が嘆くのも無理はない。

司書室から一番離れたテーブルを陣取り、本棚から「赤い繭」の入った短篇集を持ってくる。

「感想以前にそもそものストーリーが不可解なんだけど、君だったらどう読む？」

内容はわかっているので本を開くことはせず、ヒントをもらうつもりで声を潜めて藤生に尋ねる。藤生も図書室という場所を考慮して、小さな声をさらに小さくした。

「主人公の男性は、家を求めてさまよい歩きます。そして最後は赤い繭になって、誰かの家のおもちゃ箱に収まる。一般的な解釈だと、居場所の喪失であるとか、自分自身の中身のなさ、人生のむなしさなどが読み取れるかと」

人生のむなしさ。よく耳にするが、具体的にはどういうものだろう。

「それってどんなときかな。この話の主人公は帰る家がないって言ってたけど、孤独ってこと？　結婚してないとか、子供がいないとか？」

「孤独とは別物のような気もします。それに、結婚や子供の有無が孤独に直結するとも思えません。独身でも人生を謳歌《おうか》している人はいるでしょうし、パートナーがいても孤独を感じる人だっていそうです」

だとしたら、むなしさってなんだろう。

「もしかして、人生に意味を見出せないということではないでしょうか」

僕が思い浮かべた疑問に答えるように、藤生はひそひそと囁く。

「例えばですが、私たちの場合、大学を選ぶときや就職先を選ぶとき、今後どういう生活をしたいか、ある程度ビジョンを持った上で選ぶと思うんです。でも、そういうものがわからなくなってしまうとむなしくなるんじゃないでしょうか。どうして一生懸命勉強してあの大学に入ったのか、必死になってこの企業に就職したのか、わからないのに今も必死になっている」

「そんなことわからなくなるものかな。あの大学に行きたいとか、あの会社に行きたいとか、自分で決めたんだから後悔することはあってもむなしくはならないんじゃ……」

言いながら、自分の言葉に引っかかる。

自分で選んだことならば。でも、そうでなかったらどうだろう。後悔もできない。つい最近、そんな話を見聞きしなかっただろうか。

「豊太郎だ」

藤生はきょとんとした顔をしたが、すぐに「『舞姫』ですか?」と返してきた。

「そう。帰国するかエリスのもとに残るか散々悩んで、でも結局は友達が先に手を打ってしまって自分では何も決められず、メソメソ日本に帰った豊太郎だ。人生に意味を見出せない人って、自分の意志で人生を選べなかった人なんじゃないかな」

豊太郎の生きていた時代は今ほど個人主義が進んでいない。家のために立派な職業について、国のために海外で最先端の知識を学ぶことに豊太郎は疑問を抱かなかったはずだ。しかし留学先で個人主義を知った豊太郎は途端にわからなくなる。自分はなんのためにここにいるのか。誰の意志でここまで来たのか。

自分自身だ、とは言い切れないから途方に暮れる。

「樋崎先生もそうだったりするのかな」

藤生が驚いたような顔で僕を見る。

「そんなふうには見えませんが……」

「そうかな。ずっと不思議だったんだ。樋崎先生はどうしてこの本を読書感想文に選んだんだろうって。僕みたいに何も思うところがなかったらきっと選ばない。緑川先輩が『少年の日の思い出』と自分の気持ちを重ねてたみたいに、樋崎先生もこの話の主人公に自分を重ねてたりするのかな、と思ったんだけど」

「……樋崎先生が、家を見失い繭になってしまう主人公と、自分を？」

「案外豊太郎みたいにむなしい人生を歩んでるのかもよ。だって樋崎先生、親は教員だって言ってたし。エーミールみたいに親に抑圧されて、親と同じ職業を選ばされたのかもしれない。そういえば、『少年の日の思い出』の作者も親が宣教師で、自分も神学校に通ったんじゃなかった？」

「そうです。戒律の厳しい神学校に通い、でも途中で退学しています」

「じゃあ、『少年の日の思い出』の作者は人生にむなしさを感じなかったかもしれないな。自分で舵を切り直したんだから」

思いつきで口にしたわりには、結構的を射ているような気もする。藤生も強くは否定しきれなかったのか、窺うような目で僕を見た。

「樋崎先生が、『赤い繭』の主人公と自分を重ねていると……？」

「そういう見方もあるのかな、と思っただけだよ。それとも話の内容には関係なく、繭の標本に気づいてほしくて『赤い繭』を選んだのかも」

「繭の標本？」と藤生がオウム返しする。そういえば、藤生にはまだ話していなかった。

ホルマリン漬けにされた繭の中に指輪が隠されていたことを伝えると、「どうしてそんなものが……？」と藤生は首を傾げてしまった。

僕にだってわからない。わかるのは、あの標本を作ったのが樋崎先生だということだけだ。ラベルに書かれた字は先生のもので、日付は今から十八年前。

十八年前といえば、先生が八重樫と柳井君と間宮に話した怪談も舞台は十八年前だ。

もしやあれは先生の創作なのだろうか。三つの怪談は、元は一つの話だったのではと自習中に考えたことを思い出す。話には必ず女子生徒が出てくるが、それが同一人物だとしたらどうだ。教師と深い仲になった生徒が在学中に妊娠して、周りから仲を引き裂かれそうになり窓から飛び降りた、といったところか。指輪を残して失踪なんてくだりもあったが、繭の中に隠されていたのがその指輪、なんてこともあるかもしれない。

冗談半分でそこまで考え、待てよ、と思いとどまる。

怪談の冒頭でよく聞く、「これは本当にあった話なのだけれど」という導入を真に受けたことなどなかったが、前に藤生は言っていた。原初の物語はただの事実で、語り継がれるうちにより多くの人の興味を引くようトッピングがなされるのだと。

怪談なんて最たる例で、ただの昔話よりずっと強力に耳を傾けさせる力がある。

これは本当に、よくある学校の怪談なのだろうか。

怪談の中で、女子生徒の幽霊は必ず生物室にやってくる。教師と不倫していた女子高生は生物室で逢引《あいびき》をしていたと言ったのは誰だ。ならば相手は生物の先生だと、そんなことを言ったのは間宮だったたか、僕だったか。

そして樋崎先生がこの学校に赴任するのは二度目。二十年近く前もこの学校にいた。不穏な結論に行きつきそうになり、僕は慌てて首を振る。

「『赤い繭』の感想文、考えようか」

余計な考えを振り払うべく宣言した。明日は祝日で学校は休み。残り二日登校したら連休に突入してしまう。二十年も前の出来事に想いを馳せている場合ではない。

僕が感想文を捻り出そうと苦心する横で、藤生は黙々と新着図書の原稿を埋めていく。図書室に新しく入った本のタイトルとあらすじに、藤生ならではの見どころを書き添え、あっという間に原稿は完成していった。

そうこうしているうちに河合先生が司書室から顔を出し、室内にいる生徒に「閉室でーす」と声をかける。

必死で考えたが「赤い繭」の感想文を書き上げることはできず、僕は肩を落として藤生と図書室を出る。

「あの、よければもう少しつき合いましょうか……？　教室とかで」

「いや、これ以上遅くなったら君の家族も心配するだろうから」

「大丈夫です。母は仕事で、帰りは私よりずっと遅いですから」

「そうなの？　その代わりお父さんの方が早く帰ってきたりしない？」

娘を持つ場合、母親より父親に目をつけられる方がよっぽど怖いと思って尋ねたのだが、藤生はこれにも「大丈夫です」と応じた。

「父はいないので」

不意打ちに声を失った。

離婚か。死別か。わからないから滅多なことが言えない。まさか最近亡くなったばかりだったりしたら恐ろしく不用意なことを口走ってしまった。言葉も出ない僕を見て、藤生は慌てたようにつけ足す。

「あの、母はシングルマザーで、物心ついた時から二人暮らしですし、そういうものだと思ってるので、あの、お気遣いなく……」

「そ、そうなんだ。わかった、そっか」

図書室の前で二人してぎこちなく頷き合っていると、廊下の向こうで生物室の戸が開く音がした。中から出てきたのは小脇に教科書を抱えた樋崎先生で、僕らに気づくと白衣の裾を翻してこちらにやってきた。唇に笑みを浮かべ、やあ、と軽く手を上げる。

「藤生さんたち、今から帰り？」

「あ、いえ、まだ少し、教室で図書新聞を」

「そうか。そういえば君たち図書委員だったね」

先生は僕を見て何か言いかけ、一度口を閉ざし、眉尻を下げて笑った。

「君は図書委員で二年六組の、出席番号二番……」

「荒坂です」

先生は「ごめんごめん」と苦笑して、少しだけ表情を改める。

「帰るときはきちんと藤生さんを駅まで送ってあげてね。暗くなると危ないから」

「もちろんです」

先生は目を細めて「よろしく頼んだよ」と念を押す。

「藤生さんも、あまり遅くならないように」

藤生は少しだけ唇を緩め、はい、と頷いている。先生に声をかけられたのが嬉しいのだろう。なんでこんなオッサン相手に、と思うものの、樋崎先生は藤生の読書に対する後ろめたさを払拭《ふっしょく》してくれたのだ。感謝の念もひとしおなのだろう。

先生も藤生にだけはやけに親切だ。今だって、図書室の前に立っていたのが僕だけだったら一瞥しただけで声はかけてこなかったのではないだろうか。

藤生が上履きを隠されている現場を目の当たりにしたからまめに話しかけるようにしているのだろうか。担任でもないのによく気が回る。生徒の名前もろくに覚えないくせに。

いや、藤生の名前だけは覚えているか。

僕は未だに出席番号で呼ばれるし、生物室で勉強会をしていた八重樫でさえ名前が出てこなかったのに。隣のクラスの女子なんて顔を合わせるたびに自己紹介をしているらしい。それだけ自己主張の激しい生徒の名前さえ覚えられなくとも、藤生だけは別なのか。

まさか藤生のこと狙ってんじゃないだろうな？

そんな考えが浮上したのは、先程図書室でちらりと頭を掠めた疑惑のせいだ。十八年前、この学校の生徒と不倫をしたのは樋崎先生だったのではないか。当時先生は四十を少し過ぎたくらい。あり得る話だ。だとしても興味もないが。

壁にもたれ、藤生と先生のやり取りをぼんやり眺める。

藤生と先生の背後には淡い光を放つ水槽。その傍らに標本の並んだスチールの戸棚。中には十八年前に作られた繭の標本が収められている。

繭の中には銀の指輪。隠したのは先生だ。先生が不倫をしていたとして——興味などないはずなのに考えてしまう。先生の語る怪談が実話なら、生徒は妊娠していたことになる。女子生徒はその後どうなったのだろう。自主退学したか、子供は産んだのか。

無事に産まれていたら、その子はちょうど僕らと同じくらいの年だ。

考えて、僕は軽く目を瞬かせる。

僕らと同じ年の、不義の子。

何やら楽しそうに話し込んでいる先生と藤生の姿が、急に目の前に迫ってきたような気がして目を瞠った。何を考えているんだと首を一振りして二人から視線を逸らそうとしたが、先生が小脇に抱えているものを見て動きが止まる。教科書やプリントと一緒に先生が持っているのは、革の手帳だ。

前に生物準備室でも見かけた。そこに挟まれていた古いメモ。今の今まですっかり忘れていたのに、どうしてこんなときに思い出してしまうのだろう。錆びついたような赤い文字で『子供をよろしくお願いします』と書かれていたあれは、なんだ。

両手で顔を覆いそうになったが、寸前でこらえた。

目の前に提示されたものがすべて繋がり合っているとは限らない。先生が妙なメモを持っていようが繭の標本に指輪を隠していようが十八年前のことを匂わせるような怪談を話し回っていようが藤生の名前だけ覚えていようが、全部ただの偶然かもしれないではないか。それらの物事がどこかに帰結していくとは限らない。

ありえない、ありえない、と念仏のように唱えていたら、先生が軽く手を上げた。

「それじゃあ、委員会活動もほどほどにね」

そう言い残して去っていく。

遠ざかっていく先生の背中を見詰める藤生の横顔には、思慕《しぼ》の念が見え隠れする。

藤生は父親がいない。だから父親に対する憧れのようなものがあり、それを手近なところで樋崎先生に求めているのかもしれない。

「……藤生のお父さんって、どんな人だった？」

先生の後ろ姿が廊下の向こうに遠ざかっていくのを眺めながら尋ねると、藤生は僕を見上げてゆるりと目を細めた。

「父のことは、よく知らないんです。母は未婚のまま私を産んだので。顔もわかりません」

どうしてか喉の奥で声が絡まって、そうなんだ、と答える声が掠れてしまった。

咳払いをしながら、またひとつどうでもいいことを思い出す。緑川先輩と「少年の日の思い出」の話をしたとき、藤生は「自分の親も教育者だったらしい」と言っていなかったか。自分の親のことなのに曖昧な言い方だと思ったが、もしやそれは顔も知らない父親のことか。

「……そういえば、藤生のお母さんってこの学校の卒業生だっけ」

声は不自然に震えなかっただろうか。僕が息を詰めて返事を待っているとも知らず、藤生はためらいもなく「そうです」と答える。

かつての在校生。在学中の妊娠。不義の子。

ただの偶然だ。そう考えるのが妥当だ。

あるいは僕がそう思いたいだけなのか。

廊下の向こうに目を向けても、もう樋崎先生の姿は見えなかった。

＊

四月二十九日は昭和の日。

毎年ゴールデンウィークの前哨戦のような気分で過ごしているこの日を、今年は読書感想文を書くことに費やした。こんな残念な休日の使い方はなかったが仕方ない。ここを乗り切らなければ、今年度の放課後が図書室のカウンター当番に消えてしまう。

夜中の二時までかけてなんとか文章をまとめ上げ、寝不足で目をしばしばさせながら学校へ向かう。午前の授業は寝て過ごし、昼休みになると購買部にも向かわず図書室へ直行した。

司書室にいた河合先生に了承をもらって閉架書庫に入る。室内にずらりと並ぶスチールの書架を横目に奥へ進み、早速目当ての資料を探し始めた。

昼食は抜くつもりで時計も見ずに書架から資料を引き抜いていると、背後で部屋の扉が開く音がした。河合先生が様子でも見にきたのかと振り返れば、そこにいたのは藤生だ。

僕が軽く手を上げると、藤生もおずおずと室内に入ってきた。

「あの、司書室でお弁当を食べていたら、河合先生が、荒坂君が閉架書庫で何かしていると教えてくれたので、何をしているのかと……」

説明しながら近づいてくるが、藤生の視線は周囲の書架を忙しなく飛び回っている。僕のことなんて半分口実で、ただ閉架書庫に入りたかっただけではないかと苦笑したが、藤生は僕のそばまで来るとまっすぐこちらを向いた。

「図書新聞に関することで何か探しているなら、私も手伝います」

生真面目な顔でそんなことを言う。

「ありがと。でも大丈夫だよ、そのうち見つかるだろうから」

藤生は僕の手元を見て、いくらか意外そうな顔をした。

「……卒業文集を見てたんですか？」

僕が手を真っ黒にして一枚一枚丁寧にページをめくっていたのは、十年以上前の卒業文集だ。なぜそんなものを、と問いたげな目を向けられ、「ちょっとね」と肩を竦める。

「それより、『赤い繭』の感想文書いてきたよ。今日の放課後、樋崎先生のところに持っていく。先生にもそう伝えておいたから」

「感想文、書けたんですか？　どんな感想を？」

珍しく声を弾ませて藤生が食いついてきた。読書を敬遠していた人間がどんな感想を書いたか気になるのだろう。だが残念ながら、藤生が期待するような感想は書けていない。

「ネットで『赤い繭』の感想文を検索してみたんだ。皆どんな感想を書くのか見てみたくて。そうしたら、出るわ出るわ、『赤い繭の感想がわかりません』『一体何を書いたらいいでしょう』っていう質問が掲示板に山ほど」

「そ、そうなんですか？」

「学校によっては『赤い繭』が教科書に載ってるみたいだね。高校生からの質問が多かった。授業で感想文を提出しないといけないのに何を書けばいいのかわからない、そもそもあの本が何を言いたかったかわからないって。僕みたいな感想を抱く人間が多くて安心した」

「それで、荒坂君はなんて書いたんです？」

「今言った事実を前置きして、『高校生には難解過ぎる代物。何度も読み返すと悪夢を見ている気分になれる。バッドトリップしたい人にお薦め』って書いておいた」

藤生が忙しなく目を瞬かせる。閉架書庫の中は静かなので、長い睫毛が上下する音すら聞こえてきそうだ。

「そ、そんなこと書いたんですか？　本当に？」

「書いた。感想文に正解なんてないから自分が思ったままを素直に書いたよ」

言うほどふざけて書いたつもりもない。「赤い繭」の冒頭は、熱を出した夜に見る夢に似ている。似たような家のドアを何度も叩き、出てくる人に同じ質問を繰り返す。「ここは私の家ではなかったでしょうか」「ここは私の家ではなかったでしょうか」「ここは私の家ではなかったでしょうか」。――悪夢だ。

藤生が何か言いたげに口を開くのと、図書室からチャイムの音が遠く響いてくるのは同時だった。僕は卒業文集を開き直し、藤生に向かって軽く手を振る。

「それじゃ、午後の授業も頑張って」

「荒坂君は、行かないんですか……？」

「うん。サボる」

樋崎先生に感想文を渡す前に調べておきたいことがあった。そのためだったら午後の授業の一つや二つサボることに躊躇はない。幸い河合先生はたまのサボりなら見逃してくれる。今日はもう教室に戻るつもりもないので、すでに帰り支度を終え鞄も持ってきていた。

授業放棄など僕にとっては珍しくもないのだが、藤生はそうでもないらしい。おろおろと僕を見上げてその場を動かないので、大丈夫だよと苦笑した。

「各教科につき何時間までなら休んでも問題ないか計算してあるから、心配しないで」

「そ、そんな基準があるんですか……」

「あるよ。それを超えると呼び出しがかかる。一年のときに把握した」

呼び出しがかかるほど僕が授業をサボっていたことを理解したのか、藤生の顔に呆れたような表情が浮かんだ。出会った当初と比べると、随分いろんな顔をするようになったものだ。

「それじゃ、また放課後に」

もう一度手を振ると、藤生も大人しくその場を離れた。

藤生がいなくなると、僕は手にしていた卒業文集を書架に戻し、その隣に並ぶ卒業アルバムに手を伸ばす。ぱらぱらとめくり、教員紹介のページで手を止めた。色褪せた顔写真が並ぶその中には、今よりだいぶ若い樋崎先生の顔もある。

今なお女子から人気が高い先生だが、二十年前の写真はさらに颯爽《さっそう》としている。当時は今以上に女子生徒に追い回されていたのではないだろうか。

唇に薄く笑みを浮かべた先生はこのとき四十歳。僕の父親よりも少し若いくらいだ。

写真の下には『樋崎　正人《まさと》』と名前が記載されている。

繭の標本の中に隠されていた指輪には、『M to T』と彫られていた。MからTへ。正人から、Tへ。

アルバムに見入る僕の背後では、授業の始まりを告げるチャイムが鳴っていた。


書架に前後二列で無秩序に押し込まれた卒業アルバムと卒業文集を手当たり次第引き抜いて、ようやく目当てのものを探し当てたのは六時間目が終わる間際のことだった。

見つけたはいいが、僕の想像と少し違うものが出てきてうろたえた。これは一体どういうことだろう。

首を捻っているうちに六時間目終了のチャイムが鳴り、程なく藤生が閉架書庫にやってきた。僕はまだ見つけたものをどう解釈すればいいかよくわかっていなかったが、とりあえず自分の鞄に手早く二冊の資料を入れ閉架書庫を出た。閉架書庫の本は貸出禁止だが、図書室の向かいの生物室に持ち込むぐらいは許されるだろう。

「探してたもの、見つかりました？」

藤生は僕が鞄に資料を入れたことに気づいていないようだ。まあね、と頷いて生物室へ向かう。予想外のものまで発見してしまったが、それはまだ言わなくていい。僕自身どういうことかわかっていないのだから。

六時間目は生物室を使う授業がなかったのか、生物室前の廊下は静まり返っていた。室内を覗き込むと、樋崎先生がこちらに背を向け窓辺に立っている。今日も糊《のり》の利いた白衣を着て、体の後ろで手を組んで窓の外を見ていた。

一日の授業が終わったばかりの空はまだ薄青い。室内に電気はついておらず、先生の後ろ姿は逆光になって、白いはずの白衣が灰色に見えた。

足音に気づいたのか先生が振り返り、僕と藤生を見て「待ってたよ」と笑う。

「『赤い繭』の読書感想文を持ってきました」

鞄を開けた僕を見た先生は窓辺から離れると、教卓の後ろに置かれていたパイプ椅子に腰を下ろした。じっくりと腰を据えて感想文を読んでやろうという意思表示か。望むところだと、僕は原稿を取り出し先生に手渡した。

樋崎先生、八重樫とアリシア、緑川先輩ら四人の読書感想文を掲載するスペースはそれぞれA４サイズの半分の大きさを確保しているが、僕ら図書委員はそれらの余白に三冊分の感想を書かなければならない。となると一冊当たりの原稿サイズは数行ほどで、当然文字も小さくなる。先生は手にした原稿から顔を離す素振りをしている。老眼らしい。

僕の隣に立つ藤生は、はらはらした顔で先生の顔色を窺っている。僕の感想文は国語の授業で提出したら再提出を命じられる類のものだから反応が気になるのだろう。

先生が原稿を読んでいる間に、僕は鞄から数枚のルーズリーフを取り出した。

「こちらも読んでみてください」

差し出されたルーズリーフを見て、樋崎先生が片方の眉を上げる。数行で終わる感想文とは比較にならないほど密度の高い文章が書き連ねられたルーズリーフだ。先生が白衣の胸ポケットから眼鏡を取り出した。今度こそ本気で読む気になった顔だ。

藤生は予期せぬルーズリーフの登場に驚いたらしく、僕のブレザーの裾を引っ張って耳打ちをした。

「あ、あの、あれ、なんですか？　まさか、あれも全部感想文ですか」

「いや、補足資料」

黙々と僕のルーズリーフに目を通す先生を横目に、僕は声を潜めることなく藤生に応じる。

「『赤い繭』の内容は不可解だ。世の高校生も音を上げるくらいに。何度読んだってわからないものはわからないんだから、別の方向から攻めてみることにした」

「……というと？」

「あの本を興味深く読む人がいるとしたら、それはどんな人なのか考察してみたんだ。とりあえず、手近なサンプルとして先生について考察した」

藤生が息を呑む。その気配を察したのか、先生は資料から目を上げぬまま肩を揺すって笑った。藤生はそれにも気づかぬほど動揺しているようで、僕のブレザーをぐいぐい引っ張って「何を書いたんです……！」と詰め寄ってきた。

「手始めに先生が生徒に流布《るふ》してる怪談をまとめてみた」

「怪談って、八重樫君が言っていた……？」

「それから間宮と生物部の柳井君も。三人とも少しずつ内容が違う」

放課後に生物室の窓から飛び降りた女子生徒、血まみれの赤ん坊を抱えて校内を徘徊する女子生徒、妻子ある教員と不倫をして指輪を残し失踪した女子生徒。

八重樫以外の話を聞くのは初めてだったのか、藤生の顔に真剣味が宿った。

「もしもこの怪談が過去に起きた出来事を断片的に語っているのだとしたら、藤生はどんなふうにつなぎ合わせる？」

かさりと紙のこすれる音がして、先生がルーズリーフを裏返す。両面びっしりと考察を書きつけたので読み終えるまでにはまだ時間がかかりそうだ。藤生は樋崎先生の耳を気にしているのか、声のトーンを落として答えた。

「順当に考えれば、女子生徒が教師と不倫をして、妊娠して、指輪を残して失踪……、いえ、その前に窓から飛び降りて、失踪、でしょうか」

「僕もそんなところだと思う。でも、どうして樋崎先生はこんな話を生徒たちにしたんだろう？」

先生の耳を気にして声を小さくした藤生とは逆に、僕は少し声を張る。しかし紙面に視線を落とした先生は動かない。表情も変わらない。

「廊下の標本戸棚には繭の標本がある。十八年前に先生が作ったものだ。瓶に貼られた古いラベルの字が先生の字だったから間違いない。繭の中には指輪が入ってた」

僕の言葉に、ようやく先生が目だけ上げてこちらを見た。視線が交錯する。目元の表情を読み取る前に、先生の視線は再び紙面に落ちる。

藤生は先生の顔を見ながら、おずおずと僕に尋ねた。

「どうしてそんなところに、指輪が……？」

「隠そうとしたんじゃないかな。指輪の内側にはイニシャルも彫られてた。『M to T』、MからTへ。ちなみに樋崎先生の下の名前は、正人だ」

藤生がゆっくりと瞬きをする。乾いた紙に水を一滴落としたように、その顔にじわじわと広がっていくのは何かを察した表情だ。

「さっき話した三つの怪談は、全部十八年前の出来事だ。ついでに言うと、樋崎先生は十八年前もこの学校にいて教鞭をとってる。閉架書庫の卒業アルバムでも確認した」

再び紙のめくれる音がした。先生は悠々と僕の書いた考察を読んでいる。僕らの会話はすでに紙の上の考察を追い越しているだろうに顔を上げない。だから僕も続ける。

「十八年前、この学校の女子生徒と不倫関係にあったのは樋崎先生なんじゃないかな。だけど仲がこじれて、女子生徒はこの生物室から飛び降りた。繭の中に隠してある指輪は先生から生徒に贈ったもので、内側に彫られたイニシャルを誰かに見られたら不倫がばれるかもしれないから、生徒から指輪を奪って隠した」

藤生は口を半開きにして僕を見ている。でも、と言ったものの先が続かない。偶然にしては辻褄《つじつま》が合い過ぎて、先生を庇う言葉も出てこないらしい。

生物室に沈黙が訪れる。窓辺でカーテンが揺れて、ようやく窓が開いていることに気がついた。今日はテニス部の活動日ではないようで、生物室の下のクレーコートからボールの打球音らしきものは聞こえてこない。

とん、と小さな音がして、先生が教卓の上でルーズリーフを揃えた。すべて読み終えたのか眼鏡を白衣の胸ポケットに戻し、僕と藤生に体を向ける。

「なかなか興味深い考察だった」

「ありがとうございます」

「それで、『赤い繭』を好んで読む私は一体どんな人間だと君は結論づけた？」

こんなときでも先生はゆったりと笑い、動じたところが少しもない。僕の言ったことが事実ならもう少し慌てそうなものだし、事実と異なるなら侮辱だと怒ってもいいだろうに。胸の内がまるで見えず、今更のように不安になる。

本当は、藤生を前に押し出して「赤い繭」の解説を頼みたかった。藤生なら、思いもよらない角度から物語を切り取って先生の秘密を暴いてくれるのではないかと期待もした。でも先生が望んだのは僕の感想だ。だから僕なりにあの物語を読み込んだ。

「赤い繭」という物語を手掛かりに、僕は先生の秘密を暴くことができるだろうか。

大きく息を吸い込んで、声に迷いが伝わらないよう喉元に力を入れた。

「先生は、十八年前の事件を自ら蒸し返そうとしているように見えます。読書感想文に『赤い繭』を選んだのも、標本戸棚にある繭を示唆したかったのが理由のひとつではないかと思いました。でもそれ以上に、『赤い繭』は先生の人生そのものを象徴する物語だったようにも読めました」

「つまり？」

「中身が空っぽです」

先生が眉を上げる。もう少し詳しく、と目顔で促されて補足した。

「『赤い繭』に出てくる繭の中身は空です。先生自身も空っぽなんじゃないですか。自分で自分の取るべき行動を選ばずにここまで来てしまったのでは」

だから言い寄ってくる女子生徒のことも強く拒否しなかった。諾々《だくだく》と深い仲になって、でも相手が妊娠してしまって、それでもなお事態を静観していたら相手に自殺未遂なんて起こされてしまい、最後は生徒から指輪を奪って事実を隠蔽しようとした。

「そのことを、今になって悔やんでいるのでは」

言い終えるまで、先生がどんな顔をするか見当がつかなかった。隣に立つ藤生も緊張した面持ちで先生の反応を待っている。

激怒するか。笑い飛ばされるか。それとも僕の考えは全くの見当違いで、困惑されてしまうだろうか。

様々に想像していたが、先生の反応はどれとも違った。

先生は深く椅子に凭《もた》れかかると、ゆったりと腕を組んでこう言ったのだ。

「ばれたか」

動揺するどころか、満面の笑みを向けられて面食らう。

これでは僕の言い分を全肯定してしまったようなものではないか。弁解もなしか。想定していなかった展開に言葉を失う僕を見上げ、先生は微笑んだまま手を叩いた。

「君はすごいな。これだけの情報を集めてそんな考察ができるなんて、プロファイラーとかカウンセラーになれるんじゃないか?」

「茶化さないでください」

端からまともに取り合うつもりがないのかと気色《けしき》ばんだが、先生は馬鹿にした様子もなく目を伏せる。

「茶化してないよ。君の考察は概《おおむ》ね合ってる。私は空っぽだ」

先生の口調は淡々としている。それに異を唱えたのは藤生で、「そんなことありません」と珍しく大きな声で僕らの会話に割って入ってきた。

「先生は努力して教員になって、私たちに勉強を教えてくれてます。生徒の相談にだって乗ってくれて、空っぽなんかじゃありません。いい先生です……！」

興奮して語尾を震わせる藤生を見て、先生は眩しいものを見るように目を細めた。

「ありがとう。そう言ってもらえると、良き教育者であるべく努めたかいがあった」

「先生のご両親のようにですか？」

すかさず口を挟んだ僕を見て、よく知ってるね、と先生は唇の端を上げた。

「クラスの女子が言ってました。子供の頃はバイオリンを習っていて、名門大学を卒業して、教員になって、お嬢様学校に通っていた奥さんと結婚したって」

「こうやって他人の口から聞くと、私の人生はまるで順風満帆《じゅんぷうまんぱん》だな」

「違うんですか」

先生は「どうかな」と呟いて窓の外へ目を向ける。

「君の言う通り、自分で選んだことが少な過ぎて他人の話を聞いているようだ」

「バイオリンも？」

「それは母の趣味だね。母が飽きたらすぐやめたよ」

「教員になったこともですか」

片頬で笑って、先生は膝の上で両手を組む。

「親に教員になるよう強要された記憶はないけれど、子供の頃からそうなるものだと思っていたのは確かだね。そのために勉強に励《はげ》んで、教員になって、親の勧めで結婚をした。特に不満はなかったよ。君たち学生は他人の敷いたレールを走ることを嫌がるけれど、行き先が決まっているのは案外気楽でいい。迷うことなくここまできた」

不満はなかったんだ、と繰り返し、先生は小さく息を吐いた。

「それなのに、どうしてだろう。数年前に両親が立て続けに他界して、葬儀を終えたら何もかも終わってしまった気になった。レールが途切れた気分だ。私の人生はまだ続くのに」

結婚するまでは両親の設計したレールを走っている自覚もあったが、自分の家庭を持ってからは、自ら人生設計をしていたつもりだった。

しかし現実は違っていて、親はいつまでも親のまま、所帯を持った息子の人生にも口を出し続ける。なまじ同じ職業なんて選んでしまったものだから、息子であると同時に導かれるべき後輩でもあり続けなければならなかった。

「藤生さんの言う通り教員になるために必死で勉強したし、生徒にとって良き指導者、良き理解者であるべく努力もした。でもそれは親にそう望まれていたからで、私自身がそうありたいと思っていたかと問われると――もう、よくわからない」

大き過ぎて視界に入りきらない絵を眺めるように、先生は少しずつ顔の角度を変えて窓の外の空を見詰める。

「繭は私の人生そのものだ。他人の意志で糸を紡《つむ》いで、望まれるまま繭の形を作った。傍から見れば立派に見えるかもしれないが、中身は空っぽだ。自分の意志が入っていない。だから君の考察は正しいよ、荒坂君」

急に名前を呼ばれて驚いた。これまで出席番号しか覚えていなかったのに。

硬直する僕を横目で見て、先生は忍び笑いを漏らしている。もしかしてこの人は、生徒の名前をきちんと覚えているくせにわざと出席番号で呼んでいたのだろうか。

「空の繭の中に何かあるとしたら、唯一あれだけかもしれないね」

先生は唇に笑みを残したまま廊下を視線で指し示す。

「他人の意見に諾々と従ってきた私が唯一自分の意志を貫いて隠した、罪の証だ」

先生が何を指しているのか察して、僕は表情を硬くした。

「繭の中に隠している指輪のことですね？　先生が生徒と不倫をしていた証拠の」

ここまでくれば否定されることもないだろうと思ったが、先生は頷かなかった。横目で僕を見て、楽しそうに目を細める。

「指輪のイニシャルを見たんだろう？　駄目だよ、勝手に標本を開けたりしたら」

話の腰を折る気かと思ったが、無断で標本を開けたのは事実だ。言い訳もできず謝れば、素直でよろしい、と先生は目元の笑みを深くした。

「MからTへ。確かに私の名前は正人だけれど、Mで始まる名前は他にも沢山ある。たとえば二十年前に私がこの学校に赴任したとき教頭だった男の名前は道雄《みちお》だ。彼は私の大学のOBだった」

突如話の風向きが変わり、心臓が嫌な具合にリズムを崩す。二十年前の卒業アルバムで僕は樋崎先生の下の名前を確認したが、他の教員の名前までは見ていない。

先生はのんびりと笑ってまた窓の外に目を向ける。

「この学校の女子生徒と浅からぬ関係になったのは、私ではなく当時の教頭だよ」

事実はあっさり語られる。僕が夜中ルーズリーフに書き連ねた考察も、同じくらいあっさりと覆《くつがえ》された。絶句する僕の傍らで、藤生がほっとしたように息をつく。

動揺したが、先生が嘘をついている可能性もある。うろたえていることを悟られぬよう、なるべく硬い声で「当時のことを詳しく教えてください」と願い出た。

「年寄りの話は長いよ？」

「構いません」

「じゃあ、私は好きに喋るから、飽きたら君たちは途中でも帰ってしまっていい」

先生が僕らに横顔を向ける。そこからはほとんど独白に近かった。僕らの方を見もせずに、淡々とした口調で当時を振り返る。

二十年前に先生がこの高校に赴任してきたときの教頭は、同じ出身校のよしみで何かにつけて先生に親しく声をかけてくれた。教頭とは一回り年が離れており大学在学中に面識はなかったが、互いに気も合い、仕事帰りに度々《たびたび》飲みにいくこともあったそうだ。

「二年ほどして、教頭に『放課後に生物室を貸してほしい』と頼まれるようになった」

他の会議が入ってしまって会議室が使えないとか、最初はそんな理由だった。数日後、今度は職員室だと仕事がはかどらないから生物室で仕事をさせてほしいと言われた。

初めの数回は疑問にも思わなかったが、何度も続けばさすがに何かおかしいと察する。それとなく尋ねてみると、わかってるんだろう？　とばかり目配せされた。

「あのときの顔つきで大体わかった。大方、校内で不倫でもしているんだろうってね」

「止めなかったんですか」

「ほどほどに、とは言っておいたよ。不倫の片棒を担がせられるのはうんざりしたが、止めたところで素直にやめるような人ではなかったし。校内の鍵のかからない部屋にしけ込まれて、生徒によからぬものを見せてしまうのも気が引けた」

どうせ不倫相手は同僚の教師だろう。そう思ったから強く止めることもしなかった。何か問題が起きたとしても、当人同士が責任をとれば済む話だ。

教頭に頼まれるまま、月に何度か放課後に生物室を貸すようになった。普段から仕事は職員室ですることが多かったので、不便に思うこともなかったそうだ。

それから半年ほど経ったある日、職員室で仕事をしていたら電話が鳴った。電話の相手は教頭だ。今日は生物室を使っているのではないかと尋ねれば、午後から急な出張が入って今は学校にいないという。校長に用があるというので電話を代わり、だったらもう生物室を空けておく必要はないかと職員室を出た。

教頭に生物室を貸す日は、いつもどっぷりと日が暮れるまで部屋に立ち寄らないようにしていたが、その日は躊躇なく生物室の戸を開けた。

室内は窓から差し込む夕日に赤々と照らされ、まるで赤いセロファンを透かし見たようだった。当然のことながら誰もいない。でも窓が開いていた。

授業が終わった後、きちんと確認したはずなのに。自分のいない間に誰かがここに入ったのだろうか。教頭の不倫相手が、急な出張のことを知らずここまで来たのかもしれない。鉢合わせなくてよかった。気まずい思いをする羽目になる。

そんなことを思いながら窓辺に近づき、そこに置かれていたものに気づいて息を呑んだ。

窓の下に、踵を揃えた上履きが置かれていた。爪先は窓の方を向いている。

首筋の産毛がざわりと逆立って、中途半端に開いていた窓に飛びついた。

室内だけでなく、窓の外も夕日に照らされ、どこもかしこも赤かった。見下ろした先、クレーコートの上に女子生徒が倒れている。胎児のように体を丸めて動かない彼女の体も赤く、制服の白いシャツを赤く染めたのが夕日なのか血なのか判断がつかない。

後ずさりをしたら踵で何かを踏み潰した。窓の下に残されていた上履きだ。女子生徒のものか。夕日を浴び、上履きすらも赤く染まっている。

その中で何かが光った。靴の中に何かある。屈み込んで、ノートの切れ端らしき紙と指輪が入れられていることに気づいた。

紙に何か書かれている。『子供をよろしくお願いします』という文面を見た瞬間、何もかも理解した。教頭がこの場所で逢引きをしていたのは、同僚ではなく生徒だったのだ。

「――なんてことをと思ったよ。教育者にあるまじき行為だ。信じられず呆然としていたら、窓の外が騒がしくなった。下を通りかかった誰かが飛び降りた生徒に気づいたんだ」

慌てて窓から身を乗り出して、下の人間に状況を尋ねた。

女子生徒は気を失っているだけらしい。外傷も出血もないと聞いて胸を撫で下ろした。すぐに救急車を呼ぶべく身を翻しかけ、上履きの中のメモと指輪に目を留める。

迷ったのは一瞬で、目についたそれをズボンのポケットに押し込んだ。廊下を走って職員室に向かいながら、これはあの生徒の告発だと思った。

女子生徒は教頭と不倫をして、恐らく妊娠もしている。教頭がそれを知っていたのかどうかはわからないが、窓から飛び降りるくらいだ。相当思い詰めていたのだろう。教頭に言い出せなくて、それでこんな暴挙に出たのかもしれない。

「どちらにせよ、教頭から話を聞くまではこの指輪もメモも人目に触れさせてはいけないような気がしたんだ。教頭の不倫相手が生徒だとわかった瞬間、生物室を提供していた私も共犯者のような気分になってしまった」

二十年近く昔のことを語っているのに、先生は言葉を淀ませることなく一定のスピードで喋り続ける。誰にも語ることができないまま、ずっと胸の内で繰り返してきた言葉なのかもしれない。砂時計の砂が落ちて山になり、崩れてまた山になるように、先生の昔語りは連綿と続く。

「生徒はすぐに病院へ運ばれた。校長と女子生徒の担任が病院へ向かって、私を含めた他の教員はずっと職員室で待機していたが、なかなか意識は戻らなかった」

教頭はその日、出張先から学校へ戻らなかった。

翌日も教頭を待ちながら、不倫相手のことを聞き質《ただ》さなければと思った。女子生徒は妊娠しているかもしれない。それが明らかになれば、当然両親は相手を追及するだろう。

生徒が意識を取り戻したら指輪とメモも返そう。人目に晒すような真似はせず、本人と教頭と家族だけで話は進めるべきだ。人の口に戸は立てられない。教師と不倫をしたことが噂になれば、女子生徒の今後の人生に関わる。

一刻も早く教頭から話を聞きたかったが、校内も混乱していた。警察はもちろん、マスコミまで学校に押し掛けたからだ。校長と教頭は保護者の対応に追われ、常に誰かに取り囲まれて、ゆっくり話をする時間などあるわけもない。

そうこうしているうちに、飛び降りた女子生徒が病院で意識を取り戻した。

連絡を受けたときはいよいよかと覚悟を決めたが、事態は予想外の展開を見せた。

「意識を取り戻した生徒は、記憶を失っていたんだ」

僕と藤生は目を丸くする。

「記憶喪失っていうやつですか？」

「ああ。自分の名前はもちろん、両親の顔すらわからなかったらしい」

「そういうの、本当にあるんですね。ドラマとかでしか見たことないですけど」

先生は苦笑めいたものをこぼし、「私もそう思った」と返した。

「だから最初は、記憶を失ったふりをしているんじゃないかと思ったよ」

医師の話では、飛び降りたとき頭を打ったのが原因ではないかという。精密検査も行われたが記憶障害の他に異常はない。密かに疑っていた妊娠もしていなかった。

「妊娠に関しては、あの生徒が早とちりをしただけだったのかもしれない。どちらにせよ、彼女の残した指輪とメモを私が隠してしまったせいで、彼女が飛び降りた理由は誰にもわからなくなってしまった」

教頭は最後まで何も言わなかった。樋崎先生が何かを問う暇を与えず保護者やマスコミや生徒の対応に飛び回り、程なく別の学校に異動となった。

女子生徒は退院して、再び学校へ戻ってきた。周囲からはまるで転校生のような扱いを受け、廊下ですれ違うときはいつも明るく笑っていた。

手元に残った指輪の刻印は『M to T』。教頭の名前の頭文字はM。女子生徒の名前の頭文字はT。これを生徒の上履きの中に残したままにしていたら、さすがに教頭も何も語らぬまま学校を去ることはできなかっただろうか。

もうひとつ気になるのは、女子生徒が本当に記憶を失っていたかどうかだ。

病室で目覚めた生徒は、真っ先に両親から自殺未遂の理由を問われたらしい。その瞬間、女子生徒は自分が残したメモや指輪が誰かに隠蔽されたことを悟ったのかもしれない。飛び降りた理由など、あれさえ見れば容易に想像がつくはずなのだから。命を懸けた告発が揉み消されたことに絶望して、すべて忘れたことにしたのかもしれなかった。

「指輪とメモはそのままにしておくべきだったのか未だにわからない。教頭と生徒がどんな関係だったのかも不明だ。生徒が自ら望んで教頭と関係を持っていたのか、それとも教頭に何か無理強いをされていたのかも」

だとしたら、自分は犯罪の証拠を隠滅してしまったことになる。

かといって下手に事実を公表すれば、すべて忘れたふりをして気丈に振る舞う女子生徒の意志を無下《むげ》にすることにもなりかねない。あるいは本当に忘れているのかもしれないのだ。身に覚えのない忌《い》まわしい事実などなかったことにしておいた方がいいのではないか。

結局女子生徒の記憶は戻らぬまま、彼女は学校を卒業していった。

「卒業式で笑っていたけれど、あれが本心からの笑顔だったのかはわからない」

最後の言葉は溜息が引き取って、先生は静かに唇を閉ざした。

カイコが糸を吐くような長い長い独白が終わり、室内は繭にくるまれたような沈黙に支配される。

ここまで詳細な話を聞けば、さすがに先生が口から出まかせを言っているとは思えない。

十八年前に生徒と不倫をしていたのは樋崎先生ではないのだろう。

でも、だとしたら、やはり先生の行動は不可解だ。

「どうして今更、そんな昔のことをほのめかすような真似をしたんですか？」

遠い昔にこの学校で起きた事件を彷彿とさせるような怪談を生徒に吹聴したのはなぜだ。標本戸棚に何かあると匂わせるように緑川先輩に声をかけた意味もわからない。他にも女子生徒の古いメモを持ち歩いていたり、柳井君に標本戸棚の掃除をやらせようとしたり、断片的に過去の出来事を人目に触れさせようとしているように見える。

それまで窓の外に視線を向けていた先生が、ようやくこちらを振り返った。しかし視線は僕をすり抜け、僕の後ろに立つ藤生に向かう。

「彼女が……藤生さんがここにいたから」

突然名指しされて驚いたのか、猫背気味だった藤生の背筋が伸びた。藤生の顔に緊張が走り、同じく僕も緊張した。

そうだ、僕は、藤生と先生の間に何か浅からぬ因縁があるのではないかと思って、それで昨日は貴重な祝日を費やし、今日なんて午後の授業まですっぽかして、こんな昔の出来事を必死で考察し続けたのだ。先生の口を割らせるために。先生が隠しているものを明るみに引きずり出すために。

先生と藤生はただの教師と生徒で、赤の他人なのだろうか。

本当にそうだろうか。

目まぐるしくそんなことを考えていたら、先生が片手で目を覆って天井を仰いだ。

「藤生さん、たまにクラスメイトから上履きを隠されてるだろう」

先生の口から飛び出したのは、僕が想定していたのとは違う言葉だ。

藤生は口を開けたものの、長く黙り込んでいたせいですぐには声が出せなかったのか、ごくりと唾を呑み込んでから掠れた声で「はい」と応じた。

「生物室に上履きを隠されたこともあったね」

「あ、ありまし、た……」

先生は目元を覆う手を口元へずらし、天井を見上げて呟いた。

「六時間目の後だったかな。生物室の窓の下に君の上履きが揃えて置かれているのを見て、驚いた。あまりに見覚えのある光景だったから」

先生が目を眇める。どんなときでも笑顔を絶やさないと思っていたその顔から笑みが抜け落ち、漂白されたような無表情になった。

「あのとき、十八年前のあの日にタイムスリップしてしまったのかと思った」

先生が遠い過去を振り返るような目をしたから、僕もそのときの様子を想像してみた。

夕暮れの生物室はどこもかしこも夕日に照らされ、赤いセロファンを透かし見たようだ。窓は開いていて、カーテンが揺れる。その下に、爪先を窓に向けて置かれた上履き。

誰もいない、空っぽの、真っ赤な生物室。

「まさにあの日の再現だった。天啓めいたものすら感じた。来年度には教職を辞す、そんなときにあんなものを見るなんて。最後の最後に赴任した学校がここであることに感慨深いものは感じていたんだ。でも過去の事件は記憶から薄れて、そんなこともあったな、程度にしか思っていなかった。あの日、藤生さんの上履きを見るまでは」

当時の驚きや迷い、焦燥と罪悪感がいっぺんに生々しく蘇った。

細い糸で丁寧に包んで隠していた罪を暴かれた気分だ。このまま穏やかに現場を去ろうとしていたのに、そうはさせるかとばかり誰かに首根っこを押さえられたような。

そんな気分になって、その場に頽《くずお》れそうになった。

片手で顔半分を隠したまま、先生はゆっくりと目を閉じる。実年齢よりもずっと若いと思っていたが、その目元に刻まれた皺は思いがけず深い。

「それから何日かして、今度は埃をかぶった標本戸棚を熱心にスケッチする生徒が現れた。あれが二度目の天啓だったな。これまで誰も、あの標本棚に興味を向ける生徒なんていなかったのに」

例の女子生徒が卒業した後も、メモと指輪はずっと生物準備室の机の中に隠していた。けれど先生自身学校を異動することになり、メモはともかく指輪の処分に困ったらしい。

自分が勝手に捨てるわけにはいかない。かといって自宅に持ち帰るのも気が引ける。だからこの学校に残していくことにした。すぐには人目につかない場所。それでいて、長く保管されるだろう場所。標本が打ってつけだと思った。それもできるだけ珍しくない、人目を引かない標本がいい。だからカイコガの繭に指輪を隠した。

「十五年振りにこの学校に戻ってきたら、あの標本棚がそのまま残っていたから驚いた。ひとつも減らず、ひとつも増えず、私がこの学校を去る前に鍵をかけたまま、誰も開けていなかったんじゃないかと疑うくらい、そのままだった」

教員生活の最後に、因縁浅からぬこの学校に配属されたのも何かの巡り合わせかもしれない。そう思ったら、何か行動を起こしたくなった。それで緑川先輩に声をかけた。思わせぶりなことを言えば、標本に隠した秘密に気づいてくれるかもしれない。

しかし後輩の絵を隠した罪悪感と展覧会のプレッシャーで圧し潰されそうだった緑川先

輩は、先生が暗に示した標本に注意を向けようとはしなかった。

「匂わせたくらいでは案外何も起こらないんだと思って、それで気が大きくなったんだな。他の生徒にも怪談と称して少しずつあの事件について話して聞かせた。あまり接点のなさそうな生徒を選んだつもりだったんだが、まさか君があの噂を聞き集めてくるとは思わなかった」

先生は肩を揺すって笑っているが、聞けば聞くほど何をしたかったのかわからなくなって、僕は少し声を尖らせた。

「結局のところ、先生は当時のことを暴かれたかったのかそうじゃないのか、どっちなんです？　やってることが中途半端ですよ、匂わせるばっかりで。こんな回りくどいことをしないで、誰かに言えばよかったじゃないですか」

先生は眉を上げ、おかしそうに笑ってこちらを向く。

「一体誰に何を言えばいい。二十年近く前に起きた出来事だ。今この学校にいる教員の中にだって、当時のことを知っている人間なんていない。教頭だってとうに教職を退いて、記憶を失った生徒すらどこでどうしているのかわからないのに」

「でも、探せば見つかるかもしれませんし」

「探し出されたら相手も迷惑だろう」

なおも笑いながら、先生はゆったりと足を組んだ。

「誰も当時の事件を暴くことなんて望んでいない。罪を白日《はくじつ》の下に晒すのは、私の自己満足でしかないのだから」

自分のしていることを自己満足と言い切る口調はいっそ清々しい。僕らに言い聞かせるというより、自分で再確認するように先生は続ける。

「私はただ、行動した、という事実が欲しかったんだ。最後まで誰も真相に気づかなくとも、『自分は真実を打ち明けようとした』という事実は残る。それだけでよかった」

「それは……」

どういうことなんだ、と頭を抱えそうになったところで、藤生がそっと僕のブレザーを引っ張って耳打ちした。

「先生が言っていることは、緑川先輩と一緒です」

「緑川先輩……？」

言われてみれば、先輩も誰に強いられたわけでもないのに自ら罪を告白するような感想文を出してきた。あのとき先輩はなんと言っていただろう。

秘密を抱え続けるのは苦しい。いっそ打ち明けてしまいたい。でも責められるのは怖い。確かそんなようなことを言っていた。

僕はあのとき、自分の絵を隠した犯人なんて知りたくなかった。むしろ犯人が明るみに出たことで先輩が絵筆を折るなら、いっそ暴いてくれなくてよかったのにとすら思った。

罪を暴いたところで当事者が喜ぶとは限らない。その通りだ。先生はそれを理解しているから、これまでひっそりと秘密を抱え込んでいたのだろう。

事件が起きてから十八年。先生は黙々と秘密を守ってきた。緑川先輩を見るに、秘密は持ち重りするもののようだ。時が経てば軽くなるというものでもないらしい。秘密を抱え続けるのは、僕らが思うよりずっと苦しいことだったのかもしれない。

樋崎先生は椅子に腰かけ、静かにこちらを見ている。

立っているときは長身が際立ち、大股で颯爽と歩く姿は年齢を感じさせないのに、こうしていると先生は確かに定年間際の老教師で、随分とくたびれて見えた。

「――つまり僕らは、年寄りの感傷に振り回されたということですね？」

藤生がぎょっとしたような顔でまた僕のブレザーを引っ張る。口を慎《つつし》めということだろう。藤生の心配とは裏腹に、先生は「辛辣《しんらつ》だがその通りだ」とおかしそうに笑った。

本人が自覚しているのならそれでいい。そこを責めるつもりはない。先生の思わせぶりな言動に勝手に首を突っ込んで振り回されたのは僕の方だ。

「別に、先生の気を楽にしてあげる義理もないんですけど、一応」

言いながら先生の前を横切り、肩にかけていた鞄を教卓の上に置いた。中から取り出したのは先程閉架書庫で見つけた資料だ。

活字を見るとじっとしていられないのか、藤生も僕の側にやってくる。

「それ、図書新聞と卒業文集、ですか？」

「うん。閉架書庫から持ってきた。河合先生には黙っておいて。ところで樋崎先生、生物室の窓から飛び降りた女子生徒ですけど、名前は田口智子《たぐちともこ》さんじゃありませんでした？」

口元に笑みを浮かべていた先生の顔から、さっと笑みが引いた。真顔で凝視され、こんな険しい顔もできるのかと初めて知る。

「……どうして彼女の名を？」

「先生の手帳に挟んであったメモです。『子供をよろしくお願いします』って」

「あれを見たのか、でも名前なんて書いていなかったはずだ」

食い気味に言葉をかぶせてくる先生に頷いて、僕は古い図書新聞を差し出した。

「確かに名前はありませんでしたけど、筆跡に見覚えがあったんです。どこで見たのかしばらく思い出せなかったんですが、前に藤生と古い図書新聞を読んだときに見た気がして、探してみました」

「……筆跡？」

先生は怪訝な顔で僕を見たまま図書新聞を受け取る。開かれたページは生徒が投書したお薦めの本のコーナーで、田口智子という生徒が書いた『源氏物語』の感想文が載っている。

「指輪を見てイニシャルはわかってたんで、この人で間違いないかなと思ったんですが」

先生は文末に書かれた生徒の名を見て、愕然としたように目を見開いた。

「まさか君、本当に筆跡だけで彼女の文章を探し出したのか……？」

「先にこの新聞を見ていたので、そう難しいことでもなかったですけど」

先生だけでなく、藤生も目を丸くしてこちらを見ている。もしかすると、思ったより難しいことを僕はやってのけてしまったのだろうか。

「それはともかく、問題はこっちです。卒業文集」

今日の午後、閉架書庫で僕が探していたのはこちらだ。怪談を聞いただけでは飛び降りた女子生徒が一命を取り留めたのか否か判断がつかなかったので、きちんと卒業しているのか確認したくて探し回った。田口智子の名前も大体の年度もわかっていたが資料の数が膨大で、地層のような資料の山を掘り返すのにかなり時間がかかってしまったが。

卒業文集には田口智子の作文も載っていた。僕はそのページを開いて教卓に置き、先生から図書新聞を返してもらって文集の横に並べる。

「図書新聞は田口智子さんが二年生のときに書かれたものです。多分飛び降りる前のものじゃないでしょうか。卒業文集は卒業直前に書かれたものなので、飛び降りた後のものになります」

先生が立ち上がり、教卓の上に並んだ文集と新聞を見比べる。藤生も近づいてきて、眼鏡を押し上げながら紙面を覗き込んだ。

「見比べてみて、おかしいと思いませんか？」

先生と藤生が同時に顔を上げる。揃って「何が？」と言いたげな顔をされ、うっかり怯みそうになった。見れば一発でわかると思ったのに、二人はぴんとこない顔をしている。

「いや、おかしいですよね。全然違う」

「……あの、何が、ですか？」

「字だよ。筆跡が違う」

先生と藤生が、「筆跡？」と声を揃えた。藤生はもう一度紙面に顔を近づけ、先生も白衣の胸ポケットから眼鏡を出す。そこまでしないとわからないのかと思ったが、どうやら二人とも本気でわかっていないらしい。

「嘘だろ、全然違うじゃないか。文字の幅が、この辺とか」

「た、確かに、新聞に書かれた文字の方が、若干細い、ですかね？」

「え、本当に違いがわからない？　冗談じゃなくて？」

「あの、荒坂君こそ、本当に違うように見えるんですか？」

「見えるよ、全然色が違う」

「色？」

焦って口を滑らせた。

撤回しようとしたが、それまで紙面を睨んでいた先生が顔を上げる方が早かった。

「もしかして君、共感覚の持ち主か」

先生は共感覚を知っているらしい。返答に迷っていたら藤生まで反応してきた。

「共感覚って、文字に色がついて見えるっていう……？」

「知ってるの？」

「はい、こういうモノクロの文字にも色がついて見えるんですよね？」

藤生の言う通り、僕は白黒で印刷した文字に色がついて見える。本人の好むと好まざるに関係なく、視覚から入ってくる情報とは異なる知覚を得てしまう。それが共感覚だ。

二人とも共感覚を知っているなら話は早い。僕は古びて黄ばんだ紙面を指で撫でた。

「『源氏物語』の感想を書いたこの文章は、僕には全体的に赤く錆びた色に見える」

「筆跡によって色が変わって見えるんですか？　私てっきり、文字ごとに色が違って見えるのかと思ってました」

「うん、文字ごとにも違う。でも、筆跡が変わると全体のトーンが変わって見える」

ひらがなの『あ』は赤。それはいつ見ても変わらない。けれど筆跡によって明度や彩度が変わる。上からセロファンを重ねるように。

例えば樋崎先生の字だったら、全体に彩度が下がって青みを帯びる。深い青色の万年筆のようなトーンだ。緑川先輩の場合は少し緑がかる。緑の色鉛筆を使ったみたいに。八重樫の字は、少しだけ光る。メタリックの青だ。

字が持つ色に筆跡のフィルターがかかって、田口智子の字は全体が赤錆びて見えた。

「もしかして、荒坂君が本を読むのが苦手なのはそのせいですか？」

藤生が身を乗り出してきて、逆に僕は体を引く。この話題は苦手だったが、藤生だけでなく樋崎先生まですっかり話を聞く態勢になっているので、渋々頷く羽目になった。

「ごちゃごちゃ色がついてる文章を読んでると、集中しにくいんだ。あと、読んでるうちに色が溜まる。その、意識の中に」

これは本当に理解してもらえたことがないのだが、色のついた文字を読んでいると頭の中に無数の色が蓄積されていく。どこかに吐き出さないと気持ちが悪くて、それで紙の上に色を吐き出す。小説を読みながら手慰みのように絵を描いてしまうのはこのせいだ。

どうせわからないだろうと思ったが、意外にも藤生は腑に落ちたような顔をした。

「『少年の日の思い出』に出てくる蝶がピンクと紫で、『赤い繭』に出てくる繭が青かったのはそのせいですか。本の内容とは関係なかったんですね」

「うん、溜まった色を吐き出したら、ああなった」

「絵を描くことがデトックスってそういうことだったんですか。ちなみに、音に色がついたりはしないんですか？　味覚が伴うこともあるって読んだことがあるんですが」

「味覚は感じないけど、音にも色がついて見えることはある」

例えば教室の喧騒。ポップコーンが弾けるように、音に合わせて色が飛ぶ。女子の声には明るい色がつくことが多いだろうか。雨の音は色というより細かなフラッシュに似て、そういう日は特に読書がはかどらない。

それまで黙って僕と藤生の会話に耳を傾けていた先生が、ふむ、と腕を組んだ。

「そうか。だから君の絵はあれほど色使いが緻密なのか」

不意打ちに息が止まった。僕の絵を知っているのか。

僕が以前鎌をかけたときはまるで動じなかったくせに。僕の名前すら覚えていないような顔をしていたくせに。今の今までそんな素振りは見せなかったくせに、この人は緑川先輩が隠した絵が、僕の絵だと知っているのだ。

狸爺、と胸の中で悪態をつく。睨んだところで先生は毛ほども動じず、なるほど、としきりに頷いている。

「共感覚を持つ人間は、そうでない人間より色彩感覚に優れているというデータもある」

「そういえば、緑川先輩に虹が八色に見えるって言ってましたけど、それも……？」

「いや、知らない。僕には八色に見えるだけで、共感覚のせいかどうかまでは知らない。というか、僕の話はもういいんですよ」

強引に話を戻し、僕は卒業文集を指さす。

「二人には違いがわからないかもしれませんが、図書新聞に載っている文字と文集に載っている文字は別物です」

閉架書庫でこれを見たときは驚いた。書いた人物の名前は一緒なのに文字の色がまるで違う。片や赤く錆びた色で、片やパステルカラーなのだ。何かわけがあって文集は別人が代筆したのかと思ったが、先生の話を聞いてようやくその理由がわかった。

「多分、田口智子さんは本当に記憶喪失だったんだと思います。自分の文字の形も忘れてしまったくらいですから。演技なら筆跡まで変わることはないはずです。自分の置かれた状況に絶望して全部忘れたふりをしたわけじゃないと思います」

先生の顔からまた表情が消えた。ゆっくりと目を伏せ、図書新聞と文集の文字を見比べている。やはり先生には筆跡の違いがわからないらしく、迷うように視線が揺れた。

「あと、この人記憶を失う前に『源氏物語』を読んでるんですよ。なんだっけ、誰訳？」

藤生に水を向けると、すぐに「谷崎潤一郎です」と答えがあった。

「藤生もこの感想文読んだよね」

「はい。全五巻を三日で読み終えていました。興奮して一気に読んだみたいですね。光《ひかる》源氏《げんじ》と紫《むらさき》の上《うえ》は恋人同士の理想像だとも書いてました」

「光源氏と紫の上ってかなり年の差があったよね。田口智子さんも年の差のある恋人が理想だったのかもしれない」

僕は言葉を切って、先生が顔を上げるのを待つ。

しばらく待って、ようやく先生がこちらを見た。

「僕の友達が『舞姫』を読みながら言ってました。自分の恋愛が上手くいってるときは楽しく読めたけど、上手くいかなくなってきたら辛くて読めなくなったって。本って読む人の精神状態によって感想が変わってくるものだと思うんです」

もう田口智子本人に真実を訊ねることはできないが、残された感想文から当時の心境を推測することはできるかもしれない。

『源氏物語』は平安時代の恋愛小説だ。しかも大長篇である。主人公である光源氏と、その最愛の恋人である紫の上は年の差カップルだ。話の中には不倫も出てくる。そんなものを楽しく読んでいたのだから、教頭と不倫をしていた田口智子は自分の置かれた状況に罪悪感や後ろめたさを覚えていなかったのではないだろうか。

「全部想像ですけど、先生が思うほど悲観的な状況じゃなかったかもしれません」

先生は表情もなく僕を見詰め、ほとんど唇を動かさずに呟いた。

「だとしても、私が教頭のあってはならない行為を黙認したことに変わりはないが」

「それだって実際のところはわからないですよ。彼女、妊娠してなかったんでしょう？肉体関係があったのかもわかりません。案外教頭先生の方が彼女から脅されてたのかもしれませんよ。あんな手紙を残して飛び降りたら、実際に二人の関係がどんなものであったとしても、誰も教頭の話なんて聞かないでしょう」

「でも彼女は窓から飛び降りたんだ。そこまで思い詰めていたのに」

「本気で思い詰めて死のうとしたら、屋上から飛び降りるんじゃないですかね」

先生が軽く目を見開く。今まで考えたこともなかったという顔だ。

「昔は屋上に鍵でもかかってました？」

先生は口元を手で覆い、無言で首を横に振った。

ついでに言うと生物室の下はクレーコートだ。同じ二階から飛び降りるにしても、コンクリートのピロティに飛び降りなかっただけ彼女は冷静だったのではないか。

「卒業文集にも将来の夢とか、友達のこととか、前向きなことばっかり書いてましたよ。だから、良かったんじゃないでしょうか。下手に思い出させたりしなくて」

確証はない。すべて想像だ。本当のことはわからないし、起きてしまったことはもう変えられない。

唯一変えられるものがあるとすれば、過去を見詰める樋崎先生の視点だけだ。読み慣れた小説を思いがけない角度から読み返すように、新しい発見が先生の眼差しを変えてくれればいいと思う。

そしていつか気づいてくれればいい。罪の意識を抱えながらも、先生が教員を続けてくれたことに感謝している生徒もいたと。

例えば、今ここにいる藤生のように。

先生は呆然と窓の外を見ていたが、しばらくするとよろけるように椅子に腰を下ろした。

相変わらず表情がないので何を思っているのかはわからない。

結論を出すのは先生に任せ、僕は教卓から一歩下がった。

「そういうわけで『赤い繭』の感想文、お待ちしてます。ゴールデンウィーク明けにはください」

明後日からは連休が始まる。休みの間に他の記事を埋めておけば十分提出期限に間に合うだろう。

一件落着、と思ったら、俯いたままの先生が「いいのかな」と言った。

「私のように空っぽの人間が書いても、いいのか」

先生が顔を上げる。その顔が急激に老け込んで見えて息を呑んだ。

過去の事件を断罪されずに済んでほっとしたのだろうか。それにしては安堵というより虚脱に近い表情で、目が虚ろだ。本当に空っぽになってしまったように見える。

先生が長年抱いてきた罪悪感を打ち消してあげたつもりだったのに、まさかこんな顔をされるとは思わなかった。

親切が裏目に出た気分だ。自分のことを空っぽの繭にたとえていた先生が唯一その内側に抱え込んでいたものを、僕は不用意な言葉で消してしまったのかもしれない。

藤生も痛ましげな顔で先生を見ており、どうしたものかと僕は室内を見回す。

当てもなく視線を巡らせ、背の高いスチール棚の間にひっそりと置かれた冷凍庫で目を留めた。僕の胸の辺りまでしか高さがない小さな冷凍庫だ。前に覗いたときはカモの脚が入っていたが、あれもいつか標本になるのだろうか。脚だけの標本なんて見たことも聞いたこともないが、樋崎先生なら作りかねない。標本作りは先生の趣味だろう。

空っぽなんて言いつつ先生にも趣味はある。そう思うに至ってようやく口が動いた。

「先生、空っぽの繭って存在すると思いますか？」

尋ねてみても先生はぼんやりとした表情のままで、小さくひとつ瞬きをする。

「空の繭なら、廊下の戸棚に……」

「あれは中にいるカイコを掻き出して作ったんですよね。穴も開いていたし。そうではなくて、中から成虫が出てきた痕もない、完全に無傷な空の繭ってあると思いますか？」

先生がもう一度瞬きをする。何か考え込む顔つきになって、少しだけ普段の表情に戻った。

「あるとしたら、冬虫夏草《とうちゅうかそう》……いや、全く無傷ならそれも考えにくいな。寄生されたらいずれ菌が発芽する。内側からカイコだけ消えるということだろう……？」

「ありえないですか」

「絶対とは言い切れないが、ちょっとそういう状況は思いつかない」

「ちなみに、もしも山の中でそんなものを見つけたらどうします？」

「持ち帰って標本にする」

反射のような速さで返事があった。想像通りだ。先生ならそう言うと思った。

カモの脚なんてものを冷凍庫に大切にしまっている人だ。空の繭なんて見つけたら嬉々として持ち帰るに決まっている。そして丁寧に標本にするのだろう。

「空っぽの繭も、そうやって誰かのコレクションになるなら無意味なものとは言えないんじゃないですかね」

まだ何か考え込んでいた先生が、弾かれたように顔を上げた。

先生は空の繭を無価値なもののように語っていたが、実際はどうだろう。現役の生物教師が持ち帰って標本にするくらいには珍しいのではないだろうか。「赤い繭」に出てくる繭だって、最後は子供のおもちゃ箱に大切にしまわれる。

それに繭があるということは、少なからずそれを作ったカイコがいたはずだ。

「たとえ糸を紡ぐよう指示したのが自分以外の誰かでも、その糸で繭を作ったのは先生でしょう。その努力まで意味のないものと切って捨てることはないんじゃないですか」

他人の敷いたレールを走ってきたなんて言い草にも同じことが言える。レールから脱線することなく、最後まで走り切ったのは他ならぬ自分だ。

先生は何も言わない。でも、もう木の虚《うろ》のような目はしていない。瞳が小さく左右に動き、何か考え込んでいる様子だ。

考え事の邪魔をしないよう、僕は鞄の持ち手を肩にかけた。

「それじゃあ、感想お待ちしてます。今年度の僕の放課後がかかってるんですから、くれぐれもよろしくお願いします」

軽く会釈して先生の傍らを通り抜ければ、返事の代わりに軽く片手を上げられた。藤生はまだ心配そうな顔をしていたが、ぺこりと頭を下げて僕と一緒に生物室を後にする。

僕らが廊下に出ても先生は一度もこちらを振り返らなかった。戸を閉める間も微動だにしない。

日が傾いて、生物室の中に赤い西日が差し始める。

白衣を着た先生の背中は丸みを帯び、その姿は生物室に取り残された大きな繭のようにも見えた。

終章　藤のささめき

今年のゴールデンウィークは五連休だった。過ぎてしまえばあっという間で、気がついたらもう終わっている。

連休明けの木曜日。四時間目の授業は美術、音楽、書道の選択科目で、美術を選択している僕は早々に課題の静物画を描き終え授業を抜け出した。チャイムが鳴ったらすぐ購買部へ向かえるよう、教室ではなく図書室に向かう。

「荒坂君、またサボり？　そろそろ追い出すよ？」

図書室に入るなりカウンターにいた河合先生に声をかけられ「サボりじゃなくて早めに切り上げただけです」と返す。

「だったらいいけど、図書新聞の方はどう？　提出期限は今日だけど」

「図書室が閉まるまでには持ってきます」

きっぱり宣言すると先生は手を叩いて喜び、「楽しみにしてる」とご機嫌でカウンター内のパソコンに向き直った。

僕は河合先生の傍らを通り過ぎて本棚へ向かう。図書新聞も完成間近でもう無理をして本を読む必要もないのだけれど、何度も足を運んだ日本人作家の棚に足が向いた。

作家順に並んだ本棚の端には、安部公房の本があった。「赤い繭」が収録されている本の隣には、以前藤生が読んでいた『箱男』がある。

何度見ても不思議なタイトルだ。手に取ってページをめくり、冒頭でもう音を上げそうになった。初《しょ》っ端《ぱな》から主人公の男性が頭から腰のあたりまで隠す段ボールの箱をかぶっていたからだ。『箱男』とはそういう意味か。ちなみに箱をかぶる理由については詳しく説明されていない。代わりにどんな箱を選ぶのがベストか解説されているが、知りたいのはそこじゃない。「赤い繭」と同じ匂いがする。

一度は本を閉じかけたが、踏みとどまってもう少し文面を辿ってみる。

紙面に様々な色が飛び交うが、時間をかければ読めないこともないだろうか。この男が箱をかぶっている理由も気になる。

しばし逡巡したものの、僕は本を手にカウンターへ向かう。僕に気づいて顔を上げた河合先生に『箱男』を差し出すと、目を丸くされた。

「荒坂君、これ、借りるの？　本嫌いの荒坂君には手こずる内容かもしれないよ？」

わかってます、と僕は頷く。冒頭でそんな予感は覚えた。

きっと難解過ぎて途中で放り出したくなるだろうし、辛うじて読み終えたとしても困惑するしかないのだろう。それはもう、「赤い繭」を読んだときに学習した。

それでも、自分なりの感想を抱えて藤生と本の話がしたいと思った。同じ本を読んで、感想を言い合って、思いがけない観点から物語を切り取る藤生に驚かされたい。

「理解できなかったらできなかったで、本の虫に解説を頼みますから大丈夫です」

本の虫、という言葉にぴんときたのか、先生は僕から本を受け取ると頰にえくぼを作って貸出処理をしてくれた。

「本嫌いが初めて図書室で借りる本が『箱男』かぁ」

「これ、どういう内容なんですか?」

「それは読んでのお楽しみ」

箱をかぶった男が主人公という時点でろくでもない気がするが、そんなことを言ったら藤生に全力で反論されるのだろう。藤生は殊の外この作家を評価していたから。

先生から本を受け取ると、室内にチャイムの音が鳴り響いた。四時間目の終わりだ。

図書室を出て生物室の方へ視線を向けると、水槽前に女子生徒が三人いるのが目に入った。しゃがみ込んで何かしている。ウーパールーパーでも見ているのかと目を凝らし、それが同じクラスの黒崎たちであることに気がついた。

黒崎たちはくすくすと笑いながら、水槽の並ぶスチールシェルフの下に何か押し込んでいる。それが上履きであることに気づいて、僕は大股でそちらへ近づいた。

「何してるの」

後ろから声をかけると、黒崎たちが一斉に僕を振り返った。シェルフの下に押し込もうとしていた上履きからぱっと手を離す。

上履きの爪先に書かれた名前は、思った通り藤生のものだ。

「それ、藤生の上履きみたいだけど」

僕の指摘に、黒崎たちはさっと視線を交わした。

「藤生の上履きを隠してるの？」

自分でも思いがけず低い声が出て、三人は少し怯んだ顔をする。けれど黒崎だけはすぐ気丈な表情に戻って、勢いよくその場に立ち上がった。

「そう。私たちが隠した上履きを、藤生さんが探すゲームしてるの」

「そのゲーム、藤生の合意をとってる？　それとも一方的に黒崎たちが仕掛けてるの？」

「一方的じゃないでしょ。藤生さんだって毎回ちゃんとゲームに参加してるもん」

ゲームじゃなくて、上履きがないと困るから探してるんじゃないかと言いたくなった。

表情を険しくした僕を見て、黒崎は呆れたような顔をする。

「何むきになってんの？　こんなのただの遊びじゃん」

「遊びじゃない、嫌がらせだ」

「でも藤生さんが嫌だって言ったこと一度もないよ」

黒崎の堂々とした物言いに励まされたのか、残りの二人も立ち上がって「そうだよ」「荒坂には関係ないじゃん」と言い放つ。

「それとも藤生さんに、うちらにこういうことするなって言うように頼まれた？」

「そういうわけじゃないけど――」

「じゃあ余計なお世話だよね。せっかくうちらが藤生さんと仲良くしてるのに」

女子と口論して相手を言い負かすことは難しい。おまけに今回は三対一だ。次の言葉を言いあぐねていると、職員室の方から誰かが駆けてきた。

息を切らして走ってきたのは、藤生だ。授業後、上履きがないことに気づいて昇降口に置いてある来客用のスリッパを取りに行ったのだろう。しかし駆けつけた藤生はスリッパを履いておらず、もつれるような足取りで僕のもとまでやってくる。

「藤生、スリッパは……」

「取りに行こうと思ったんですけど、廊下の向こうに荒坂君たちの姿が見えたので、な、何をしてるのかと思って……」

僕らに気づき、スリッパを取りに行く前にここまで来たようだ。

僕は水槽の前に立つ黒崎たちを押しのけ、シェルフの下から藤生の上履きを取り出した。

それを藤生の足元に置き、まっすぐ藤生の目を見る。

「黒崎はこれをゲームだって言ってた。でも、藤生はこんなの楽しいか？」

眼鏡の奥で藤生が目を瞠る。瞳が揺らいだ。

次の瞬間、黒崎が不必要に大きな声で藤生に言った。

「楽しいよね？　藤生さん！」

藤生の肩がびくりと跳ね、怯えたような目で黒崎を見る。黒崎たち三人は笑顔のようなものを浮かべているが目が笑っていない。「はい」と言え、と強要する目だ。藤生の顎先が小さく震えて、逃げるように視線が下を向く。

俯こうとしているのか頷こうとしているのかわからず、僕は図書室で借りたばかりの『箱男』を藤生に見えるように持ち直した。

僕の持つ本に気づいたのか、藤生の震えが止まる。

本の背表紙にラベルが貼られているから図書室で借りてきたことは一目瞭然だろう。本嫌いだった僕が初めて借りた本だ。内容は知らない。藤生の背中を押すようなものではないかもしれない。前向きなハッピーエンドではない気もする。

でも、僕が本を借りたのだという事実を藤生に知ってほしい。入学以来一度も本を借りに行ったことのない図書室に自ら出向いて、貸出処理をしてもらったことを。

好きな本なんてないと公言していた僕が、信じられないだろう。自分でも予想外だ。でも思わぬことで人の行動は変わる。本人が望みさえすれば。

藤生がゆるゆると顔を上げた。まだ少し顎先が震えていたが、しっかりと僕を見る。

僕も藤生を見詰め返す。前に屋上で、見ている、と約束したから。

きっと藤生は自分から動き出す。あのときの期待は揺らがない。だから藤生から目を逸らさなかった。

藤生はごくりと唾を呑むと、丸めていた背中をぎくしゃくと伸ばして黒崎たちの方を向いた。体の脇で両手を握りしめ、俯きがちにぼそりと言う。

「……た、楽し……です……」

「楽しい？　だよね？　ほら荒坂、あんたの勘違いじゃん」

黒崎がおかしそうに笑う。後ろにいた二人も声を合わせて笑ったが、藤生は俯いたまま大きく首を横に振った。眼鏡がずれるんじゃないかというくらいの激しさで。

黒崎たちが怪訝そうな顔をして笑い声が止む。その一瞬の隙間を縫うように、藤生は俯いたまま押し出すような声で言った。

「た……っ、楽しく、ない、です……っ！」

藤生にしてみればほとんど絶叫に近かっただろう。証拠に膝ががくがくと震えていた。

すかさず黒崎たちが反論しようとしたが、それを待たずに僕は言う。

「本人が嫌がってるならいじめだろ」

いじめという言葉に怯んだように、黒崎はぐっと言葉を詰まらせた。

「お、大げさでしょ、そんなの」

「大げさじゃない。藤生が嫌がってるんだからもうやるなよ」

僕は藤生に上履きを履くよう促す。俯いて震えながらもなんとか上履きを履いた藤生の腕を取り、職員室の方に向かって歩きながら黒崎たちを振り返った。

「あと、古典のノートも藤生に押しつけるなよ。次にやったら田淵先生にチクるぞ」

「は……っ？　何それ、そんなこと……」

言い訳めいたことを言おうとする黒崎を「僕、筆跡鑑定人を目指してるんだ」という一言で黙らせる。

「黒崎たちが一学期二回目の授業から藤生にノート押しつけてること、田淵先生の前で証明できるよ」

言い置いて黒崎たちに背を向ける。半分ははったりだ。田淵先生に事情を説明しても信じてもらえるかはわからない。藤生は他人の筆跡を真似るのが無駄に上手いから。

だが背後から黒崎たちが呼び止めてこないところをみるとある程度の抑止力にはなりそうだ。そんなことを思いながら廊下を歩いていると、藤生が軽く腕を動かした。

それまで藤生の腕を摑んだままだった僕は、ようやくそのことに気づいて手を離す。

「ごめん、無理に」

昇降口の前までやってくると、それまで俯いていた藤生がゆっくりと顔を上げた。

「いえ、ありがとう、ございます……」

まだ少し声が震えている。藤生はふらふらと下駄箱の側面に背をつけると、大きく息を吐いて自身の胸に手を当てた。

「あ、ああいう人たちに、言い返せるなんて……思ってませんでした」

興奮しているのか、藤生の頬はうっすらと赤くなっている。

藤生のきっぱりとした拒絶の言葉を思い出し、僕は喉の奥で笑った。

「僕はずっと期待してたから、すかっとした」

藤生が大きく目を見開いて僕を見る。どうして驚いた顔をしているのだろう。期待していたに決まっているのに。当たり前じゃないか。

藤生は空気の塊を呑むように喉元を上下させると俯いて、目元にくしゃりとした笑みを浮かべた。

「……期待してくれて、ありがとうございます」

笑顔に反して、声は泣きそうに潤んでいた。うろたえたものの、藤生が本当に泣き出すことはなく、僕が手にしていた『箱男』を見るや否や「そういえばそれ、荒坂君が借りたんですか!? えっ、読むんですか!?」と興奮気味に詰め寄ってくる。

藤生らしいと言えば藤生らしくて、僕は藤生が安部公房について二度目の解説をするのを、笑いをかみ殺して拝聴した。

その日の放課後、授業を終えて皆が帰り支度を始める中、僕は藤生に声をかけた。

「樋崎先生から『赤い繭』の感想文もらったよ」

机の中身を鞄に移し替えていた藤生が勢いよく振り返る。僕が持つ原稿用紙に気づくと、視線がそこから離れなくなった。

「早かった、ですね」

「連休に入る前にあれだけ催促したからね」

樋崎先生の原稿を指先で挟んで左右に揺らすと、藤生は猫のように視線でそれを追いかける。原稿を藤生の机に置けば、藤生の顔もついてきた。その隙に、藤生の前の席を反転させて机同士をくっつけた。

「今日はここで図書新聞を仕上げよう。図書室だとあまり喋れないし」

藤生の返事を待たず椅子に腰を下ろし、鞄の中からコンビニのレジ袋を取り出す。中に入っているのはポテトチップスとチョコレートだ。こうして藤生と放課後に居残りをするのも今日が最後だろうし、これまでつき合わせてしまった礼のつもりで用意してきた。

以前僕が図書室に菓子を持ち込んだときと同じく藤生は目を輝かせ、自分もいそいそと鞄の中から何かを取り出した。

「あの、私も用意してきたので、よかったら……」

そう言って、おずおずとポッキーの箱を机に置く。お互い同じようなことを考えていたらしい。少しくすぐったい気分で礼を言い、作業に取り掛かる前に景気よく菓子の袋を全て開けた。

机の上に置いたスマートフォンに表示された時刻は水色。もうすぐ黄色に変わるが、図書室が閉まる橙色になるまでには新聞も完成するだろう。実際はモノクロの画面だが、数字にも色がついて見えるせいで時間は色で把握することが多い。

作業もそっちのけで菓子を口に運ぶ僕の前で、藤生がそっと先生の原稿を手に取った。

「これ、樋崎先生から直接受け取ったんですよね？　先生、どんな様子でした……？」

連休前、過去の出来事を吐き尽くした先生は疲れ切った顔をしていた。一気に老け込んだようなあの顔が忘れられないのだろう。心配そうに尋ねられ、僕は片方の眉を上げた。

「どうもこうも、拍子抜けするほど普段通りだったよ」

思い出して溜息をつきそうになる。昼休み、昇降口で藤生と別れた後に購買部の列に並んでいたら、後ろから樋崎先生に肩を叩かれた。

樋崎先生はいつも通り白衣を着て、唇に淡い笑みを浮かべこう言った。

「やあ、君は二年六組の図書委員の――」

「荒坂です」

した瞬間だ。

「そうだった。出席番号二番だね」

前は名前で僕を呼んだくせに。生徒を出席番号でしか呼ばないのは絶対わざとだと確信

先生は僕に原稿を手渡すと、笑顔のまま「図書新聞、楽しみにしてるよ」と言った。そ

れだけだった。生物室で僕と藤生に過去の出来事を打ち明けたとき一瞬見せた老いの影は

綺麗に払拭され、立ち去る背中はまっすぐ伸びて若々しかった。狸爺もいいところだ。

「感想文の内容も普通過ぎてびっくりした」

むしゃくしゃしたのでポテトチップスを三枚まとめて口に入れる。藤生は先生の原稿を

見て、確かに、と苦笑めいたものをこぼした。

「社会的共同体という幻想について、だっけ？　いかにも学校の先生が書きそうなことだ

よね。小難しい上に目新しくない」

「先生らしいと言えば、先生らしいですが」

「あの先生がどんな感想文を書くのか、ちょっと興味があったんだけどな」

鞄から図書新聞の台紙を取り出しながら呟けば、藤生が驚いたような顔をした。

「なんだか、意外ですね。荒坂君が他人の感想文に興味を示すなんて……」

「そうかな？」

「読書自体嫌っているようでしたし、架空の物語を読んだところで何を思えばいいのかわ

からない、なんて最初は言っていたのに」

　まあね、と肩を竦め、鞄から取り出したペンケースを台紙の横に置く。

「前も言ったけど、読書感想文は面白いと思うよ。読む人によって全然解釈が違うから」

　それに、と続けようとして声が尻すぼみになった。

　本当を言うと読書感想文だけでなく、本そのものにも興味を持ち始めている。学校帰りに本屋に寄って、柳井君が教えてくれた異世界転生ものに手を出そうか迷う程度には。

　なんなら藤生から読書初心者にお薦めの本をレクチャーしてほしいくらいだ。でも藤生の前で散々小説に興味がないと言い続けていたのに今更そんなことを言い出すのは格好がつかず、とりあえず以前藤生が読んでいた『箱男』など手に取ってみた。無事読み切れるかどうかはわからないが、これをとっかかりに少しでも本の話ができればいいなと思う。

　そんな僕の本心など知らず、藤生は同感だと言いたげな顔で八重樫と緑川先輩の原稿が貼りつけられた台紙を覗き込んだ。

「感想文を読むと、その人が本のどこにラインマーカーを引いたのかわかってしまいますよね。自分の心を晒す行為に近いように思えます」

　頷いて、それぞれの感想文に目を落とす。「舞姫」を読んだ八重樫とアリシアは国を越えて惹かれ合う恋人たちに想いを馳せたし、「少年の日の思い出」を読んだ緑川先輩は友人の蝶を盗んで壊してしまった主人公に自分を重ねた。

「そう思うと、授業で書いた感想文を廊下に貼るのって、ちょっとデリカシーないね」

「ですね。でも、自分と異なる感想を読むのはやっぱり、面白いです」

それは僕も同感だ。最初は高校生にもなって読書感想文なんて、とうんざりしていたが、案外興味深い代物だった。それは書き手本人が自分を見直したり前に進んだりするきっかけにもなったようで、八重樫はアリシアが学校を去る前に無事手紙を渡せたそうだ。

僕は樋崎先生の原稿を手に取り、スティックのりで台紙に貼る。これで新聞の二面と三面は完成だ。

「あとはなんだっけ？　一面は全部埋まってるんだよね。四面がほぼ手つかずか」

「そうですね。編集後記だけで埋めるわけにもいきませんし、残りは何か、テーマに沿った本を紹介するとかどうですか？」

「テーマねぇ……。お菓子とか？」

机の上に置かれた菓子を横目に呟けば、ぱっと藤生の顔が輝いた。

「いいですね、そうしましょう。早速紹介文も書きますね」

「そんなにすぐに書けるの？」

「タイトルと簡単なあらすじとお薦めのポイントだけなら、ほんの数行ですから」

藤生はシャーペンを手に取ると原稿用紙にさらさらと文字を綴っていく。スマートフォンで調べるまでもなく本のタイトルや作者名が出てくるのはさすがだ。

藤生が紙面を埋める横で、僕は感想文の貼られた台紙を取る。それぞれの原稿の隙間には図書委員の感想文も貼られていて、「少年の日の思い出」の藤生の感想に目を留めた。

『後味の悪いお話と思われるかもしれませんが、エーミールが主人公に罪悪感を抱かせぬため、わざと悪ぶっていると思って読むと読後感が変わるかもしれません。ちょっと乱暴に発破をかけているようで、私はエーミールが好きになりました』

藤生は早めに感想文を用意していたから、連休前にもこの文面は読んでいる。けれど、今日になって文末に一行増えていた。

『誰かに背中を押してもらえると勇気が湧いて、一歩踏み出す力になるので』

明らかに後から書き添えられたそれに、不覚にも胸を衝かれた。

この一文はいつ書き足されたのだろう。今日だろうか。僕は藤生の背中を押せたのか。何をしたわけでもなく、最後まで見ていただけだったけれど。

そんなことを思っていたら、ふいに藤生が呟いた。

「ずっと気になってたんですが……荒坂君はどうして、あんなに樋崎先生にこだわってたんですか？」

藤生が顔を上げ、互いの視線が正面から交わる。

「最初は、先生が自分の絵を燃やした犯人だと思い込んでいたから、だと思ってたんです。でもそうじゃないってわかった後も、先生から感想文をもらうために頑張ってましたよね。

十八年前の事件のことも、私の知らないところで熱心に調べていたみたいですし」

今更それを追及されるのかと内心うろたえた。

適当にごまかそうかとも思ったが、藤生の瞳はまっすぐで視線を逸らすのが難しい。出会った当初は僕の顔を見ようともしなかった藤生が、こうして一歩踏み込んだ質問をしてきたのに無下に退けるのも心苦しかった。

観念して、僕は力なく目を閉じる。

「十八年前、この学校の生徒と不倫したのは樋崎先生だったんじゃないかって、ちょっと疑ってたんだ。だから、放っておけなかったというか……」

「荒坂君、そんなに正義感の強い人だったんですね」

藤生の声は小さい。いつものことだ。いつものことなのだけれど、疑われているような気がしてしまうのはなぜだろう。僕の心に後ろめたいところがあるからか。

僕は薄目を開けると、藤生以上に小さな声で白状した。

「実を言うと……君が樋崎先生の娘なんじゃないかって、ちょっと、思ってた」

藤生が目を見開く。驚愕の表情を目の当たりにして、再び素早く目を閉じた。そうだよな。冷静に考えればあり得ない。でも立て続けに疑わしい情報が出てきたので、もしかしたらと思ってしまった。

目を閉じていても、藤生が口を半開きにしているのがわかる。僕の顔を凝視しているのも。頬や額にチクチクと視線が刺さるようだ。

「ど、どうしてそんなことを?」

「……どうしてだろう。自分でもよくわからない」

「そう思うに至った理由があったんですよね? ひとつひとつ教えてください」

勘違いだったとわかっているのに理由を説明するのは苦行に近かったが、ぜひと請われて渋々口を割る。

最初はただ、樋崎先生はやけに藤生に親切だと思っただけのことだった。率先して藤生の相談に乗っているし、藤生の名前だけ覚えている。

何より藤生の母親はこの学校の卒業生だ。十八年前に子供を産んでいたとしたら、その子供は僕らと同年代。それが藤生であってもおかしくない。

「それから前に君、言ってただろ。自分の親は教育者だったらしいって。自分の親のことなのに随分他人行儀だなって思って。その上父親はいないって言うから、もしかしたら、父親が教員だったのかなって……」

そこまで語り、ようやく閉じっぱなしだった目を開けた。対面では藤生が、思った通りぽかんとした顔で僕を見ている。

「わ……私の母はもう五十歳近いので、十八年前は、とっくにここを卒業してました」

「そうか……。先にそれを聞けばよかったな」

「教員だったのは母ですが、そうらしいと言ったのは、妊娠を機に教員を辞めたからです。ですから、母が教壇に立っていた実感が湧かず、ああいう言い方に……」

「なるほど」

「下の名前は、裕子《ゆうこ》ですし」

「指輪に彫られてたイニシャルも全然関係ないわけだ」

つまり最初から藤生に訊けば一発で勘違いに気づくことだらけだったということだ。もしかしたら藤生自身も樋崎先生が自分の父親とは気づいていないのかもしれない、なんて要らぬ気を回さず色々聞き出してしまえばよかった。しなくてもいい苦労をしたものだとげんなりしていると、藤生が口元を押さえて俯いた。肩が震えている、と思ったら、ふふ、と柔らかな笑い声が耳に届く。

俯いて、藤生は声を殺して笑っていた。

藤生が声を立てて笑う姿を見るのは初めてで、今度は僕がぽかんとした顔で藤生を見詰める。意外なほど無防備な笑顔から目を逸らせない。

「自分でも馬鹿みたいだと思うから、全力で笑っていいよ」

促すと、まだ肩を震わせながら藤生が顔を上げた。

「馬鹿みたいだなんて、そんな……」

「さすがに考えが飛躍し過ぎたと思う」

「確かに、ミステリー小説ならそういう展開もあるかもしれませんけど」

口元を押さえていた手を下ろし、藤生はおかしそうに笑って言った。

「そんなの本の読み過ぎですよ」

僕は軽く目を瞠る。

本の虫にそんなことを言われてしまって天を仰いだが、不思議と気分は悪くない。

ツボにはまってしまったらしく、藤生はなかなか笑い止まない。止めるのも惜しいような気がして、僕は無言で感想文の貼られた台紙を手元に引き寄せた。

樋崎先生の感想文の横には僕の感想が貼られている。

『高校生には難解過ぎる代物。何度も読み返すと悪夢を見ている気分になれる。バッドトリップしたい人にお薦め』という感想の横に、僕はこう書き足した。

『わからないから、わかりたくて何度も読み返してしまう中毒性あり』

自分の文章を読み返し、まさかこんなことを思う日が来るなんて、とペンを放る。

まだ本を読むのは苦手だ。でもそれが、とても魅力的なことであると知ってしまった。

少しでも、わかりたい、と思うくらいには。

放課後の教室には、藤の花に似た柔らかな笑い声がまだ降り続いている。

著者略歴　作家　著書『鹿乃江さんの左手』『ショパンの心臓』『君の嘘と、やさしい死神』『もうヒグラシの声は聞こえない』他多数

HM=Hayakawa Mystery
SF=Science Fiction
JA=Japanese Author
NV=Novel
NF=Nonfiction
FT=Fantasy

読書嫌《どくしょぎら》いのための図書室案内《としょしつあんない》

〈JA1428〉

二〇二〇年四月二十五日　発行
二〇二二年五月二十五日　四刷

（定価はカバーに表示してあります）

著者　青《あお》谷《や》真《ま》未《み》
発行者　早川浩
印刷者　矢部真太郎
発行所　株式会社　早川書房
郵便番号　一〇一 - 〇〇四六
東京都千代田区神田多町二ノ二
電話　〇三 - 三二五二 - 三一一一
振替　〇〇一六〇 - 三 - 四七七九九
https://www.hayakawa-online.co.jp

乱丁・落丁本は小社制作部宛お送り下さい。
送料小社負担にてお取りかえいたします。

印刷・三松堂株式会社　製本・株式会社明光社

ISBN978-4-15-031428-6 C0193

本書は活字が大きく読みやすい〈トールサイズ〉です。